L'Étage des morts

DU MÊME AUTEUR
aux Éditions Albin Michel

LAST AFFAIR
roman

Hugues Pagan

L'Étage des morts

ROMAN

Albin Michel

© Éditions Albin Michel S.A., 1990
22, rue Huyghens, 75014 Paris

Tous droits réservés.
La loi du 11 mars 1957 interdit les copies ou reproductions destinées à une utilisation collective. Toute représentation ou reproduction intégrale ou partielle faite par quelque procédé que ce soit — photographie, photocopie, microfilm, bande magnétique, disque ou autre —, sans le consentement de l'auteur et de l'éditeur, est illicite et constitue une contrefaçon sanctionnée par les articles 425 et suivants du Code pénal.

ISBN 2-226-04130-3
ISSN 0989-4144

*A Hélène, pour tout,
à la Nuit pour le reste.*

A quelle heure on arrive ?

Zéro

C'était un matin de décembre, un de ces beaux matins froids et venteux, avec un ciel tellement récuré de fond en comble qu'il en avait un petit air neuf et pratiquement indolore, comme bien des interventions bénignes sous anesthésie locale. C'était un nouveau ciel et un nouveau matin, mais toujours la même ville et la même vieille histoire. Non loin, sans qu'on la voie d'où j'étais, la Seine se crêpelait de courtes vagues grises qui miroitaient à contre-courant comme autant de petits copeaux de lumière dans le soleil glacé. Les rues s'embouteillaient de vacarme jusqu'à ras bord et les passants se hâtaient sous la morsure de la bise. Périphériques saturés. Il était dix heures quarante et une. La météo avait annoncé : situation anticyclonique, beau temps sec et froid sur l'ensemble du pays, risques de gelées matinales en plaine dans le Centre et dans l'Est. Températures inférieures aux normes saisonnières en cours de journée. Vent modéré à fort du secteur Est. Soleil.

Depuis ma place, ce que j'apercevais du ciel ressemblait à une laque pâle et distante, occupée à tout autre chose, et juchée très au-dessus des immeubles abrupts qui nous surplombaient. J'entendais le vent (du secteur Est) gronder dans les gaines de climatisation qui n'avaient jamais climatisé quoi que ce soit de mémoire de flic. Il grondait et sifflait avec un entrain bizarre. Bizarre pour moi. Le bureau était passablement lumineux, vaste et froid et trop haut de plafond pour un bureau — même pour celui du chef de la Division. Il semblait inhabité comme nombre de lieux qui servent à l'apparat. Il ne l'était pas. A travers la cloison, on percevait sans tout comprendre les bribes alternées d'une conversation à la radio et le crépitement saccadé et monotone d'un télétype, par essence incompréhensible. Un bureau. Quatre hommes dedans. Trois hommes et Calhoune. Rien que quatre flics.

Bientôt trois.

Ce que je voyais du ciel, je ne pouvais l'apercevoir qu'en me renfonçant dans le fauteuil que j'occupais. C'était celui qu'on réservait d'ordinaire aux clients, tout au moins aux clients assez importants pour intéresser directement le chef de la Division. Le fauteuil des accusés. Il était en cuir havane, pas pire ni meilleur que bien d'autres sinon qu'on s'y enfonçait et qu'il se trouvait juste au milieu de la pièce. Il était facile de surplomber de toutes parts son occupant. J'y étais enfoncé.

A ma gauche, à hauteur du coude, il y avait une table basse jonchée de revues techniques et de brochures sur le Projet de modernisation de la police dont tout le monde parlait depuis l'époque où j'étais rentré à l'Usine mais que personne n'avait jamais vu naître. Ce genre de remarque peut aussi bien s'appliquer à Dieu lui-même et à la fin des privilèges, aussi ne vaut-elle pas grand-chose. Il y avait aussi un cendrier chromé plus ou moins en forme de tulipe, mais hors de portée pour moi. Calhoune aussi.

Calhoune était appuyée des épaules à la fenêtre. Elle avait la tête basse et les chevilles croisées, et entre le majeur et l'index une cigarette dont elle ne s'occupait pas. Naturellement, Calhoune ne s'appelait pas Calhoune. Comme le reste du monde, elle avait un vrai nom et un prénom, même si on ne se les rappelait plus. Calhoune était grande, belle et prospère. Je l'avais connue moins luxueuse à ses débuts (avant que tout le monde finisse par l'appeler Calhoune), moins opulente et moins glacée, bien moins parfaite. Peut-être était-elle seulement plus jeune à l'époque. Jeune, tout le monde l'a été un jour ou l'autre. Peut-être.

Je n'en voulais pas à Calhoune. Je n'en voulais à personne, mais surtout pas à elle. Calhoune au moins m'avait bien prévenu. Elle m'avait dit qu'elle m'aurait. Elle ne me l'avait ni juré ni promis, comme on le fait en général sous le coup de la rage, de la colère, ou d'une de ces passions tristes et violentes qu'on accorde aux mortels et qui ne durent guère plus qu'eux, elle me l'avait dit doucement, lentement — comme une évidence. Une évidence un peu lasse, tout de même. Personne n'est parfait.

Je ne lui en voulais pas. Elle m'avait eu. Une bien longue traque pour elle, et qui l'avait beaucoup occupée ces derniers temps. C'était au fond ce que j'avais pu lui offrir de mieux. Une sorte de divertissement à sa mesure — et à la mienne. Maintenant que tout allait être consommé, fini, *clouté,* comme disent les flics dans leur jargon de flics, comment lui en aurais-je voulu ? Elle était venue assister au dernier acte. Et alors ? C'est elle qui avait mené l'enquête. Quoi de plus naturel qu'elle fût présente ? Présente à quoi ? Calhoune souffrait. Elle pouvait rester immobile et se taire, mais je savais qu'elle souffrait. Pas à cause de moi et de ce qui m'arrivait, mais à cause d'elle et de ce qu'elle avait fait. Elle souffrait et son corps sentait la souffrance — l'odeur aigre de la souffrance. Elle a allumé sa Dunhill avec des gestes lents et précautionneux sans relever le front, sans regarder personne. Elle souffrait et elle avait peur.

C'était pourtant mon enterrement et pas le sien.

Moi non plus, je ne disais rien.

En face de moi, derrière le bureau presque nu, il y avait Moll, droit et abrupt comme une falaise — comme une falaise ou un remords. Moll était le chef de la Division. Il allait faire ce qu'il devait faire, sans plus. Derrière lui, un vaste poster en couleurs était fixé au mur. On y reconnaissait la baie d'Alger. Je la reconnaissais pour avoir pris la photo depuis les hauts d'El-Biar un soir de mai 1962. Presque pas de voile atmosphérique. On y voyait loin. Un paquebot blanc doublait la jetée en s'en allant et pour un peu on se serait attendu à ce qu'il se mette à grimper à une allure d'escargot jusqu'en haut de l'horizon avant de basculer de l'autre côté, derrière, là où il n'y a rien. Naturellement, c'était impossible. Il avait été stoppé net, le bateau blanc, juste à l'endroit où il se trouvait, comme un homme qui vient de prendre une balle expansive entre les omoplates. Un homme immobile.

Juste avant la chute.

Moll me regardait fixement. Je regardais fixement le paquebot blanc. Il poussait un petit bourrelet d'eau verte devant l'étrave et un court sillage gris s'épanouissait à sa poupe. Certains hommes et presque tous les navires savent ainsi vous tourner le dos. La vie aussi.

Moll se tenait exagérément raide et l'épaule très rembourrée de son veston à la mode me cachait les bâtiments de l'amirauté situés plus à gauche. Comment lui en vouloir ? J'avais connu des tauliers pires que lui. Moll était un homme grand et athlétique. Il avait juste ce qu'il fallait de brioche pour inspirer confiance, et au menton une fossette attendrissante où on pouvait rêver loger une bille. Il se dégarnissait sur les tempes et ça ne lui allait pas mal. Il avait un sourire lent et chaud, des yeux bruns capables de compassion, et presque autant d'imagination qu'une frisée aux lardons. Je ne l'avais jamais connu moins sûr de lui. Moll était un homme honnête. Il faisait partie de ceux qui ont eu la chance de naître un jour du bon côté de la rue et de n'avoir jamais dû le quitter. A soi toute seule, ça n'est pas une raison de les détester. Il suffit de ne pas les envier. Moll était commissaire principal. Il était venu prendre son galon de divisionnaire à la Douzième, comme ses prédécesseurs l'avaient fait avant lui et comme ses successeurs le feraient à sa suite. Il ne leur fallait ni creux ni vagues.

De ce point de vue, un type comme moi ne l'arrangeait pas.

Lui aussi avait peur. Évidemment, bien moins que Calhoune.

Sa peur à lui était abstraite et sèche, et strictement tactique, purement événementielle. Elle n'affectait en rien ses glandes sudoripares. De manière générale, Moll avait moins de profondeur qu'un plat à barbe et à peu près autant de sensibilité. C'était le rouage gris et fiable d'une grande machine anonyme — anonyme et peu fiable.

Il appuyait ses grandes mains osseuses sur le maroquin posé devant lui, et dont le cuir grenat et mince était élimé, mais lisse et doux au toucher comme un vague chagrin. Sous ses doigts fermement écartés, il y avait un arrêté qu'il ne me restait plus qu'à signer. Moll ne savait pas : je pouvais refuser. Refuser de signer. Tout compliquer. On ne savait jamais.

A sa gauche, debout lui aussi mais en retrait, se tenait le délégué national du syndicat des inspecteurs — celui des syndicats d'inspecteurs auquel j'appartenais et qui n'était pas le mieux vu. Charles Vannier était inspecteur divisionnaire comme moi. Il arborait une mince mallette en vernis noir et se comportait comme un conseiller juridique. En ce qui me concernait, il aurait aussi bien pu être au diable. Lui aussi, je l'avais connu. Quand on fait la même chose durant un quart de siècle, on finit par connaître du monde, de gré ou de force et souvent sans le vouloir. Presque toujours sans le vouloir. Vannier était un personnage dodu et suffisant. Il avait une petite face de pékinois et des cheveux très noirs et raides peignés au clou. Il portait un complet de tergal gris avec en dessous un gilet rayé bordeaux et noir comme en ont les loufiats. Pas tous les loufiats, seulement ceux qui veulent s'habiller en loufiats. Il regardait partout et personne en particulier. Vannier ne m'aimait pas et moi je m'en foutais. Il n'avait jamais été capable d'arrêter quoi que ce soit, pas même une pendule. Il le savait, en plus. L'instant d'avant, il avait allumé un mince cigarillo tout en dévisageant Moll sans que celui-ci me quitte des yeux et il avait conclu sa courte péroraison en soulignant :

— Il faut qu'il soit inculpé. (Il, c'était moi.) Ainsi, il aura accès au dossier. Cette mesure de suspension ne repose sur aucune accusation précise. Il faut jouer l'inculpation. Le syndicat lui fournira des avocats et suivra son affaire avec la plus grande attention.

C'était une longue tirade pour Vannier. Une longue tirade pour tout le monde. Ça n'avait pas plus de sens et de portée que n'importe quelle déclaration officielle. C'était juste ce qu'un délégué syndical se devait de dire dans ce genre d'occasion pour justifier sa position de détachement et ses notes de frais. Moll le savait, c'est pourquoi il l'avait subie sans broncher, sans y accorder plus d'importance qu'il n'en fallait. Il m'a répété à mi-voix :

— Vous êtes suspendu.

Ça faisait beaucoup de syllabes aussi. On sentait bien qu'il en avait marre. Moi aussi. Calhoune aussi, peut-être. Je n'avais pas envie de jouer. Vannier a remué les épaules d'un air de s'en foutre. Il s'en foutait. Je pouvais encore refuser de signer. C'est ce que font certains malfrats chevronnés, même si pour la plupart ils savent que ça ne change rien. Des débutants le font aussi, sans savoir. Je n'avais plus envie de jouer.

J'ai pris appui sur les accoudoirs du fauteuil dont je me suis extrait. Je me suis levé et j'ai tout signé à la suite, l'original et les copies dans l'ordre où Moll me les passait, sans rien lire, sans rien garder. Quand j'ai eu fini, je l'ai senti se détendre mais pas Calhoune, dans mon dos. Sa peur à elle était dense et laide, ses volutes presque palpables. Sans retirer mon blouson, j'ai défait le brêlage en dessous et tout est venu pièce par pièce : mon pistolet dans l'étui que je portais horizontal de manière que la crosse soit en avant et tombe sous les doigts, comme Rourke dans *L'Année du Dragon*, sauf que je le faisais bien avant lui, les menottes et le chargeur de rechange, tout mon mince fourniment au cuir usé, aux bretelles mangées de sueur, et j'ai tout posé sur la glace du bureau devant Moll qui n'avait pas cessé de me fixer dans les yeux comme s'il craignait de se noyer. De ma poche intérieure, j'ai sorti le porte-cartes avec ma médaille et ma brème. Je l'ai ouvert et je me suis regardé sur la petite photo — et je ne me suis pas plu. L'Identité judiciaire n'avantage personne. Elle n'enfonce personne non plus. Si le photographe de l'Usine m'avait fait ce maigre visage de jeune gouape aux yeux durcis et à la bouche amère, c'était peut-être vraiment ma vraie tête à moi, à l'époque, la seule vraie. Celle qu'on a quand on est mort.

Je ne m'aimais pas en mort. J'ai refermé le porte-cartes, je l'ai jeté sur le reste. J'ai fini par retrouver mon brassard de police dans une poche de jean. Il était à demi déchiré et plus du tout fluorescent. Je l'ai rendu. Derrière moi, Calhoune a peut-être bougé et peut-être pas. C'était fini. Moll m'a tendu la main.

J'ai regardé une dernière fois le grand paquebot tout blanc qui partait je ne sais où, la nuit qui montait et la mer si vaste qu'elle se violaçait tout en haut, si vide, là où devait se trouver l'horizon un peu courbe, très haut, et enfin la mince bande de ciel mauve très tendre et si pâle qu'il en paraissait translucide.

En me tendant la main, le commissaire principal Moll m'a dit au revoir et bonne chance à mi-voix, je crois.

Comme j'ai toujours aimé les hommes qui ont le mot pour rire, je lui ai serré la main et je suis sorti sans saluer les deux autres, même pas Calhoune qui attendait. Dans les couloirs, personne n'a fait attention à moi. On ne m'a pas évité non plus. Des machines à écrire crépitaient un peu partout, des téléphones sonnaient. En passant devant le standard, dans les staccatos haletants du télétype, j'ai entendu deux équipes de la voie publique qui émettaient entre elles sans beaucoup de discipline radio. Les voix étaient jeunes et pleines d'excitation. Deux équipes sur un plan de came. A les entendre, on sentait que le moment de la curée était proche.

A la sortie, le planton, un gosse efflanqué qui écoutait du Led Zeppelin au casque sur son baladeur m'a salué de la tête. Il tripotait les revers de son blouson d'uniforme en louchant dessus comme s'il se fut agi d'un secret embarrassant. Ça ne lui aurait servi à rien que je réponde.

Dehors, sur le trottoir, j'ai allumé une Camel derrière mes paumes. Il faisait beaucoup de vent froid. Les voitures de l'Usine étaient rangées un peu partout au petit bonheur la chance, pour la plupart en double file, et je n'en ai pas vu une qui ne ressemblât de près ou de loin à une épave. Machinalement, je me suis palpé le flanc gauche, là où je portais d'habitude mon arme. Bien sûr, il n'y avait plus rien. J'ai mis mes Ray-Ban et j'ai enfoncé les poings dans mes poches de blouson. Il ne me restait plus qu'à foutre le camp, ce que j'ai fait.

Plus loin, mais pas très loin, en descendant les escaliers du métro, je me suis rappelé que Franck était mort. Je me suis rappelé aussi à quoi il ressemblait en pièces détachées à la fin de l'autopsie. Éviscéré, la cage thoracique béante et le crâne scié en deux, il ressemblait très exactement à un tas de pièces détachées. Seule une de ses mains était restée intacte, la droite. La gauche, on lui en avait brisé chaque doigt, l'un après l'autre, tout le temps qu'avait duré son agonie.

J'ai continué à descendre, marche par marche.

Il ne faut pas croire que j'en avais vraiment envie, mais descendre, c'est ce que nous faisons tous un jour ou l'autre. Il ne faut pas croire non plus que c'est très difficile.

Le plus dur, c'est seulement de s'y mettre.

Un

Savoir quand on a commencé à glisser, pourquoi... Comment on a fini par s'y mettre pour de bon... Allez savoir. Comme si on savait jamais au juste le fond des choses et de soi-même. Pour moi, je dirais *La Nuit de la femme sans tête*. Pas vraiment sans tête, du reste, puisqu'elle l'avait bien perdue mais qu'on l'avait retrouvée. On retrouve presque tout lorsqu'on se donne la peine de chercher, de là à dire que c'est réellement ce qu'on cherchait ou que ça fait toujours plaisir, il y a un monde.

On était au début de l'hiver et j'assurais la permanence sur le secteur Est. C'était une nuit calme. L'appel était tombé à la radio à deux heures dix et le temps que je mette mon pistolet à l'étui et que j'enfile mon blouson, l'Étage des morts m'avait appelé. Accident mortel de la circulation, un mort et un blessé grave qui avait toutes les chances d'y rester. Tout en mettant mon keffieh autour du cou, j'avais annoncé que je me transportais sur les lieux. On fait un beau métier. J'avais embarqué Léon avant qu'elle trouve le moyen de se défiler et j'avais pris une voiture, une 309 toute neuve qui servait le jour au Groupe criminel. Les nobles ont droit à des égards — des voitures avec presque pas de kilomètres et un radio-cassette en plus de la radio de bord.

Dans les phares, la pluie faisait un fin et dur pollen glacé. Elle ne tombait pas vraiment. Elle se contentait seulement comme nous de tout embrouiller. Je roulais trop vite, même pour la nuit et le périphérique. J'aurais roulé trop vite pour partout et par tous les temps. Dans l'habitacle qui sentait bon le plastique, par-dessus le trafic radio languissant de l'Usine, entre deux chorus stricts, empesés et sans plus d'avenir que la solidarité nationale, la voix traînante de la grosse black implorait le Seigneur — n'importe quel Seigneur. Avec des accents rauques d'une âpre et rude beauté qui tenaient beaucoup d'elle et pas mal de la gnôle de contrebande, elle se plaignait en vrac qu'il fasse de la tempête sous tous les cieux, sur toutes les mers, que son type (son homme) soit parti par la porte de derrière en emportant le frigidaire et plus généralement qu'elle soit trop grosse, trop vieille et trop noire pour qu'un pote l'emmène danser — n'importe quel pote, Seigneur.

Chacun a ses soucis et le blues en est plein.

Celui-ci datait de 1929. Il avait été enregistré à New York City et sauf la chanteuse (probablement Trixie Smith), on ne savait rien du personnel (cornet et clarinette non identifiés). Il s'appelait *Le Blues de la grosse mémère*.

J'en avais des centaines d'autres chez moi. Des centaines d'autres et l'intégrale de Lester Young, celle du Duke et tout ce que Mingus a enregistré. Chez moi, c'était chez eux.

A côté, Léon avait flanqué les pieds dans le vide-poches. Léon fumait des Gitane sans filtre l'une après l'autre. Les genoux sous le menton, elle faisait la gueule. Elle portait des bottes texanes fatiguées et un jean qu'on lui aurait juré peint à même les cuisses, un blouson de cuir à peu près comme le mien et contre le flanc droit le gros .357 de l'Usine. Son sourire était mis de travers la plupart du temps et elle ne cessait guère de se toucher les cheveux. Léon ne faisait pas exprès d'avoir l'air d'une dure : c'était une dure. C'est toujours une dure, où qu'elle soit maintenant. Elle n'aimait ni ma façon de conduire, ni ma manière de parler, ni la musique que je mettais tout le temps, quand je pouvais — et moi non plus.

Trop le cafard, mon pote, trop le cafard...

Quelquefois, je me demande si Léon n'était pas plus dure, encore plus dure et dégueulasse que moi, mais quelle importance ? Une pure question de rhétorique. Léon était deuxième de groupe — mon adjoint. C'est moi qui l'avais demandée et elle avait accepté du coin de la bouche, sans un mot. Une femme seule, sans attaches. Une teigne. Ses poings avaient toujours l'air d'être pleins de cailloux et Léon n'avait pas besoin de plus de sommeil que moi. Elle m'avait suivi à la Nuit. Depuis cinq ans, nous avions passé plus d'heures, de jours et de nuits ensemble qu'avec n'importe qui d'autre, et malgré cela, nous étions restés seuls, Léon et moi, chacun de son côté sans savoir... Des hommes seuls dans une histoire sans relief.

Je ne pouvais pas savoir. Pas tout.

Personne ne sait tout.

A côté de moi, Léon de profil fumait une Gitane sans filtre en faisant la gueule. Léon avait horreur des cadavres — des *refroidis*, comme elle disait. Question de feeling. Je ne connais pas beaucoup de flics qui aiment, je veux dire qui les aiment vraiment, et ces flics, j'ai un peu tendance à les considérer comme des tordus. Question de point de vue. Droit devant Léon, étaient enfin apparues les troubles et fatigantes lumières de la fête. C'était une petite nouba qu'on donnait à guichets fermés rien que pour nous, les flics et les pompiers, les gens du SAMU surtout et dans une moindre mesure ceux des services techniques et les types de la voirie — une fête dans la nuit alors qu'on n'avait rien demandé.

Tout cela faisait une clairière dans la pluie.

Des flics en gilet fluo mettaient les grands panneaux lumineux en place, d'autres disposaient des cônes de Lübeck pour canaliser la circulation sur la file restante, d'autres enfin, courbés en deux, examinaient l'asphalte luisant au phare portable. L'ambulance de réanimation stationnait au milieu des fourgons, bien blanche et presque pimpante avec ses vitres en dépoli d'où émanait une tranquille lumière immobile, bleutée comme du néon. Son moteur tournait, on le voyait à l'échappement, mais la rampe était éteinte, de même que le gyrophare. Toutes les autres lumières, orange, bleues et rouges tapaient ensemble, précaires et sans chaleur, haletantes à la façon de cœurs vides qui battent en désordre. Aucune d'entre elles ne portait beaucoup plus loin que la vie courante.

J'ai freiné deux fois de suite en glissant de travers et j'ai annoncé : « PJ sur place » à la radio en donnant mon indicatif de nuit. Le type de l'Étage des morts m'a répondu qu'il avait reçu. Il avait une voix qui ne m'était pas inconnue, bien qu'elle me parvînt hachée et détimbrée, ainsi que bien de celles qui proviennent du passé. Pour une raison ou une autre, Léon a poussé un de ses soupirs ternes. Elle a enlevé les pieds du vide-poches, d'une main elle a éteint la cassette (probablement Trixie Smith, 24 janvier 1929) et de l'autre elle a abaissé son pare-soleil pour qu'on voie la plaque police allumée.

Un flic m'a fait des gestes de Batman à l'appontage et je me suis rangé derrière une autre 309, la voiture-pie de Vernes, et Léon et moi sommes descendus dans le froid et la pluie, chacun de son côté.

Toute la vie est ainsi faite.

Aussitôt, j'ai regardé ma montre : il était deux heures trente. L'homme, à l'Étage des morts, avait dû mentionner sur sa feuille d'activité : « PJ sur place à deux heures trente. » J'avais mis un temps honnête pour venir de la Division. La voix dans le poste sur Radio-Cité aurait pu être celle de Franck. De merde. Je me suis dirigé vers l'endroit où la GTI avait tapé la glissière avant de rebondir plus loin et de s'envoler. Puis de retomber. Je n'ai pas eu le temps d'atteindre l'épave qui grésillait encore.

L'officier de paix Vernes est apparu en travers de ma route.

La Nuit de la femme sans tête, c'était lui qui commandait les tuniques bleues sur le district, en intérim de je ne sais qui. Sa tâche s'arrêtait où commençait la mienne. Guère plus grand que moi, Vernes faisait presque deux fois mon poids et bien la moitié de mon âge. Très propre et équipé pour gagner, il était né avec le minitel et sa génération était celle du compact-disc, de la micro et des boîtes à rythmes synthétiques, du vidéo-clip et des femmes acryliques. C'était un homme irrémédiablement récent. Quel dommage qu'il aimât tant la nuit et qu'elle le lui rendît si mal. Elle n'était pas faite pour lui, ni lui pour elle. Il a retiré ses gros gants de cuir tout en remontant son pantalon d'uniforme trempé. Il portait aux pieds des Doc Martins qui n'avaient rien de réglementaire.

Comme presque tous les jeunes, Vernes me vouvoyait. Pour eux, j'appartenais à juste titre à une espèce en voie de disparition, qui englobait Philo Vance, le pasteur King et l'ingénieux inventeur du Taj-Mahal, celui qui avait mis au point le premier appareil de TSF, et mes fils n'étaient autres que Harry Dixon et Elliot Ness, dans deux registres sensiblement différents mais comparables. Je datais de l'époque des avions à hélice, du swing et des panamas en paille tressée — un reste de l'ère des amplis à lampes. Pour eux, j'étais vieux. Pour moi aussi, mais ils n'avaient pas à le savoir.

En me vouvoyant, Vernes m'a dit :

— Toujours sur les bons coups, vous.

Son sourire dolent lui a découvert les gencives. Il a rajouté avec un semblant de douceur :

— Vous allez encore faire la gueule. Vous.

Par la force des choses, il ne s'adressait qu'à moi. Léon traînait alentour. Vernes ne l'aimait pas — c'était un jeune flic passablement élégiaque et Léon était trop dure pour lui. Les jeunes flics élégiaques me fatiguent, les autres aussi. D'un autre côté, je n'avais pas à faire la gueule et les bons coups n'étaient pas pour moi, et pas plus pour lui. On n'appelle pas les flics sur un bon coup. Vernes me fatiguait. Léon aussi et même la pluie qui nous faisait à tous un peu comme des larmes dans la lumière des phares entre les cils. Vernes a bougé la tête et s'y est pris avec son pantalon comme s'il se secouait la bite — mais il ne se la secouait pas — et lorsque Léon a fini par rejoindre, il m'a tendu la main et je l'ai serrée. Il l'a tendue à Léon qui l'a également serrée avec cette mauvaise grimace qui a fait la fortune cinématographique de Widmark. Ils se sont serré la main. Pourquoi non ?

Puis je suis allé jusqu'à la Golf — ce qui avait été une Golf, une Golf noire neuve immatriculée dans le 94. Elle avait cessé d'être neuve. Dans mon dos, d'un ton qui se voulait sec et neutre, Vernes a rendu compte :

— Deux guignols qui se donnaient la chasse depuis la porte de Vincennes. Cette bagnole-ci et une Lancia Delta Turbo. Savoir lequel a commencé le premier ! Le connard à la VW a fini par gagner, et la fille qu'il y avait avec aussi. Le type de la Lancia a réussi à s'arracher. Le conducteur de la Golf est dans l'ambulance du SAMU. Intransportable. La fille...

Je me suis penché dans ce qui avait été l'habitacle. Quelque chose vivotait toujours en grésillant quelque part dans les tôles déchiquetées et les morceaux de pare-brise, quelque chose qui ressemblait à un petit feu électrique bien que la batterie eût explosé à l'impact. Vernes a braqué sa grosse torche électrique par-dessus mon épaule. Le sang fait parfois tout son possible pour avoir l'air de cambouis, mais son odeur ne trompe pas. L'habitacle empestait le sang. Il y en avait partout, comme s'ils s'y étaient mis à deux douzaines pour se faire égorger. Plus de volant, mais le poste extractible pendouillait au bout de sa tresse de fils. J'ai réussi à enlever la cassette. Presque intacte, elle contenait du Sting qui datait de l'époque où Sting ne se prenait pas encore pour Dylan Thomas. Comme elle ne pouvait rien m'apprendre, je l'ai jetée sur le plancher. Dans les débris du tableau de bord, j'ai réussi à relever le kilométrage de mémoire, puis je me suis redressé et Vernes a éteint sa maglite. Je me suis retourné plus ou moins en repassant dans ma tête les premières mesures de *Saint Louis Blues*. J'en connais par cœur d'innombrables versions, toutes aussi maléfiques les unes que les autres, et aucune ne parvient à m'être réellement indifférente. Pour la plupart, elles racontent l'histoire de cette femme de Saint Louis, de cette femme de la Louisiane, parée de perles de pluie, cette femme dont le cœur est si lourd qu'il a l'air d'une grosse pierre qu'on jette dans la mer. Dans celle que je préfère, l'intro au cornet est d'une rare amertume et rend un son de mélancolie presque indélébile.

Trop le cafard, mon pote.

Vernes en a profité : il s'est mis à dodeliner doucement de sa grosse tête carrée. Il montrait moins de gencives, soudain. Ses cheveux ras et trempés, couleur de paille, étaient dressés droit en tout sens comme ceux d'un punk. L'élégance des punks restera pour moi un mystère insondable, ainsi que le sens de tout un tas de mots qu'on utilise à tout bout de champ alors qu'ils ne sont guère moins meurtriers que des bombes à fragmentation. Vernes avait pris un air d'idiot qui ne lui allait pas bien. Il avait sorti de son blouson bleu un paquet de Stuyvesant qu'il avait promené à la ronde, mais Léon s'était déjà renvolée. Quant à moi, je ne fume que des Camel.

Tout en en allumant une, j'ai regardé les gyrophares qui battaient sans mesure et sans ordre sur des rythmes précipités, et les flics en tenue qui moulinaient à grands bras. A l'aide de leurs bâtons lumineux, ils essayaient de faire dégager les charognards occupés à ralentir pour ne rien manquer de ce joli spectacle un peu ténébreux, qui semblait tellement les fasciner mais ne parvenait qu'à me flanquer la migraine.

On voyait bien, collées aux vitres des voitures, les faces qui avaient l'air d'être celles de morts — d'autres morts. Comme tous les morts, elles ne passaient pas vite. Une main blême, parfois, essuyait une vitre embuée et le geste ressemblait presque à un adieu.

Vernes m'a montré qu'il avait les boules — et où.

Je lui ai demandé où se trouvait la femme.

Il a rallumé sa grosse torche et en a braqué le court faisceau vers le ciel avec une grimace de dépit. Ça ne servait à rien, pas même à faire ressembler sa maglite à un sabre au laser. Il n'y avait pas assez de ciel pour ça. Il a balayé un morceau de bitume, ça n'a pas été très utile non plus. Tout était bien trop mouillé et vieux. Il a poussé un peu plus loin, jusqu'à la bâche en plastique déployée par terre et qui a semblé tout d'un coup absorber toute la lumière, les trois quarts de mon amertume, et presque tout mon courage.

Vernes m'a déclaré très doucement, comme s'il redoutait de réveiller la belle :

— Voilà... Une jeune. Presque une gosse. Elle ne portait pas de ceinture. Quand la voiture s'est envolée, elle a été éjectée. En retombant, elle s'est mangé la glissière. Elle n'a plus de tête. On vous a tout laissé en place pour les constatations. Vous voulez voir ?

Je ne voulais pas : on me payait pour ça.

Vernes s'est contenté de soulever un coin de la bâche. Le reste, c'était à moi de me l'appuyer. Je me le suis appuyé.

Évidemment, Léon était occupée ailleurs avec les gardiens de la paix, à relever le plan de situation ou je ne sais quoi. Plus de tête. J'ai enfilé mes gants et tout en la manipulant, je me suis mis à parler dans mon dictaphone. Quinze à vingt ans, de race blanche, de sexe féminin. Type européen. Corpulence mince. Taille moyenne. Ça ne servait à rien de la dévêtir complètement. C'était une de ces gentilles petites sauteuses de maintenant, plutôt plus propre que la moyenne. Sexe imberbe, cicatrice ancienne d'appendicectomie. Une de ces petites sauteuses qui n'attachent pas. Elle était vêtue d'un blouson Executive Chevignon, d'un Levi's 501 et d'un sweater Fruit Of The Loom crème qui, à la lumière de la torche halogène, paraissait empesé de goudron

— mais ça n'était pas du goudron, seulement du sang en grande quantité. Soutien-gorge et slip en coton ayant été blancs. Ses sphincters n'avaient pas lâché, ce qui se produit parfois mais pas toujours. Elle portait aux pieds des chaussettes Burlington dans les tons mauve et bleus et une paire de Nike-Air qui semblait neuve. Quinze à vingt ans. Voilà. Elle revenait d'une fête (d'une autre fête), avec son coquin, ou bien elle y allait. Le coquin devait étrenner sa jolie bombe toute neuve qui brillait dans la nuit de tous ses feux. Histoire de s'éclater, comme disent les gosses maintenant, il avait trouvé le moyen de se tirer la bourre avec un de ses semblables. Atmosphérique contre turbo. Rien qu'une petite bourre, chérie. Lui au moins, il s'était éclaté. Chérie aussi. Je ne déteste pas les gens qui savent vivre dangereusement. J'ai éteint mon dictaphone et j'ai commandé à Vernes de faire enlever le corps.

Là où était la tête échevelée, un gardien a défroissé un sac-poubelle sans rien dire et me l'a tendu. C'était à moi le soin. Je me suis accroupi sur les talons et je l'ai ramassée. Elle était déjà très froide et un peu de sa froideur m'est remontée jusqu'aux coudes. J'ai retiré les mèches qu'elle avait dans la figure (cheveux châtain foncé, mi-longs, légèrement ondulés) et je l'ai un peu secouée comme on égoutte. J'aurais pu y mettre plus de douceur. Elle m'a regardé de ses yeux très sombres, très enfoncés dans les orbites. Ils étaient écarquillés et elle avait gardé la bouche grande ouverte sur ses petites dents déjà ternes. Son expression exempte de frayeur était celle qu'on a lorsqu'on appelle de toutes ses forces quelqu'un, dont le train a commencé à s'ébranler, quelqu'un qu'on a manqué de peu et qui est bel et bien parti, maintenant trop loin pour qu'il puisse vous entendre, même s'il le voulait — mais qu'on continue à appeler, pas pour lui, pour soi tout seul. Sous les coulures de sang, la face était livide et intacte. Dans mon dos, le gardien s'est agité. Vernes regardait ailleurs.

J'ai pensé à Calhoune. Elle m'appelait mais j'étais parti.

Bien entendu, c'était impossible. Calhoune habitait chez le Roi Marc, dans sa belle villa de Samois tout près de la Seine. Elle était environnée de beaux meubles et d'objets de prix. Calhoune n'avait rien à foutre de moi. Elle n'avait jamais rien eu à foutre de moi, alors, pourquoi m'aurait-elle appelé ?

J'ai pris le sac en plastique des mains du gardien et il a tout de suite tourné les talons, il est allé s'appuyer des deux poings à la glissière de sécurité un peu plus loin dans la pluie et la nuit. Peut-être avait-il lui-même une môme de cet âge, ou bien n'aimait-il pas ce qu'on lui demandait de faire, ou alors il avait envie de vomir. Je me suis arrangé pour fourrer la tête dans le sac sans m'en mettre partout, j'ai refermé tant bien que mal et Vernes a levé le menton tout en me fixant.

— Bon Dieu de merde, m'a-t-il dit.

Il avait rallumé une cigarette. Ses yeux n'étaient pas bien expressifs mais j'ai senti qu'il avait besoin de parler. Pas moi. Contre mon flanc, la tête de la gosse ne pesait pas très lourd. Elle ne paraissait faite que d'angles. Je ne sais pas ce que j'ai ressenti, à part de la fatigue. Je me souvenais de Calhoune, c'est sûr, de la façon qu'elle avait d'enlever ma chemise avant de venir se mettre au lit — Calhoune squattait tout le temps mes chemises. Ce n'étaient pourtant que de vieilles chemises kaki de coupe militaire, bien pratiques avec toutes leurs poches mais au chic très discutable et sans grande valeur marchande — tout comme moi, au fond.

Le besoin de parler tourmentait Vernes comme une rage de dents. Nous sommes retournés vers le halo de lumière dans lequel baignaient les fourgons en traînant les pieds comme deux footballeurs fourbus et trempés qui regagnent le vestiaire sans mot dire après un mauvais match de coupe. J'ai vu Léon réapparaître, dégingandée et faraude, avec son bloc de sténo à la main et un crayon. Elle a fait mine de mordre, tout en remuant sa tignasse mouillée à la manière d'un barbet. A cause de la grimace, ou peut-être pour rien, lorsqu'elle s'est trouvée à portée de tir, j'ai laissé glisser la tête dans mes paumes d'un geste uni et coulé comme un goal ringard et j'ai fait comme si j'allais engager du gauche. Léon m'a cru, bien qu'elle n'ignorât pas ce qu'il y avait dans le plastique : elle a tout lâché, elle a croisé les avant-bras devant la figure sans réfléchir et elle est restée une seconde de travers sur un pied, dans la posture inutile et grotesque de l'avant qui s'attend à être fusillé d'un moment à l'autre d'un terrible shoot à tir tendu — mais naturellement rien n'est venu.

Léon a fini par baisser un peu sa garde. Elle a jeté un regard entre ses doigts comme depuis une meurtrière. Elle a vu que j'avais tout remis sous le coude et reposé le pied bien à plat. Je n'aurais jamais été un grand footballeur. Je n'aurais jamais été un grand quoi que ce soit : je n'ai pas de goût pour le meurtre. Léon a laissé pendre ses grandes mains maigres et elle a remué les mâchoires sans rien dire. Pour une femme de son âge, Léon était encore bâtie comme une playmate. Dommage qu'elle ait eu ces yeux couleur d'étain poli, très larges, très écartés, qu'on aurait dit tout le temps pleins de colère et d'eau froide, cette grande bouche prompte au sarcasme, amère comme une plaie d'argent — pas mortelle, bien sûr, mais qui ne se refermerait jamais. Dommage qu'elle ait tant fait peur aux hommes, Léon.

C'est fragile, les hommes. Tout en ramassant ses affaires à ses pieds, Léon s'est mise à m'insulter à voix basse. Comme beaucoup d'autres avant elle. J'ai pensé que ça ne portait pas à conséquence. Tout n'était pas faux dans ce qu'elle disait. Ni Vernes ni moi n'avons souri. Personne n'a souri.

Trop le cafard, mon pote...

Tout seul avant de partir, je suis monté dans le fourgon où la gosse était stockée et j'ai rouvert la bâche. C'était une femme. Elle gisait sur le dos avec les bras le long du corps, ses petites mains inertes exsangues ouvertes de part et d'autre des cuisses dans ce geste de dénuement total et d'abandon que n'ont que ceux auxquels on n'a pas laissé le temps, les morts et les vivants. J'ai arrangé ses vêtements tant bien que mal, je lui ai mis la tête comme il faut, dans le giron. Certaines choses sont encore plus dépourvues de sens que d'autres qui se contentent seulement de ne pas en avoir du tout. C'est pourquoi on les fait.

J'ai refermé doucement la bâche.

Un des gardiens de Vernes m'avait retrouvé le sac de la fille, un truc en nylon à quatre sous qui se porte avec des bretelles dans le dos et qui ressemblait à un bébé panda. A l'intérieur, il y avait une carte nationale d'identité, une bouteille d'eau minérale entamée qui avait survécu au choc, deux boîtes de préservatifs de sécurité et quatre billets de deux cents francs. J'ai rempli l'ordre d'envoi du corps à l'Institut médico-légal avec les mentions de la CNI, j'ai signé l'imprimé en mettant mon nom et mon grade et je l'ai posé sur la bâche. J'ai écouté le trafic radio un instant, les petits bruits de moteur qui craquait encore en se refroidissant. Pas de sens, mon pote, pas de sens.

En redescendant du fourgon, un interne du SAMU m'a sauté dessus et s'est adressé à moi comme s'il m'en voulait personnellement. Il m'a annoncé que le type dans l'ambulance venait de glisser. Ça tombait bien, on commençait déjà à tout éteindre, à ramasser les cônes de Lübeck et les panneaux, à dégager les voies. Une dépanneuse de l'âge du fer s'était mise à charger les restes de la GTI sur son plateau et on entendait les lents grincements rauques du métal qui se tord et qui geint. Vernes était remonté dans sa voiture et Léon dans la mienne. Des moteurs démarraient. Fin de partie. La voirie du périphérique ne tarderait pas à nettoyer et peut-être un jour ou l'autre finirait-on par changer la glissière abîmée et tordue. Bientôt ne resterait-il plus rien qu'un peu de terre, d'huile de vidange et de sang que la pluie nettoierait petit à petit, sans bruit, sans esbroufe et sans haine.

Rien que la pluie.

Deux

Il y a des femmes et des hommes, et plus généralement des tas d'êtres humains, dont la vie paraît n'avoir été qu'une longue, une interminable agonie. On dirait qu'ils s'y sont mis presque tout de suite, à mourir, comme s'ils n'avaient rien trouvé de mieux à faire de leur temps — du pognon, par exemple. Ils y seraient peut-être arrivés, s'ils avaient voulu, au lieu de jouer les petits malins. Rien n'est pire qu'une agonie qui dure. Rien n'est moins décoratif.

Je suis rentré à l'Usine (Léon conduisait) avec le sac en forme de bébé panda sur les genoux. J'avais les bas de pantalon pleins de sang. Je ne revenais de nulle part et je n'allais nulle part. Comme tous ceux qui n'ont pas réussi, je n'avais pas de très bonnes dents et les gencives me faisaient souffrir. Léon avait compris, aussi ne m'a-t-elle pas cherché pendant le trajet. J'ai fumé cigarette sur cigarette sans remettre ma cassette. Même Trixie Smith ne pouvait rien pour moi.

Il s'était mis à pleuvoir, vraiment, durement, et le cours de Vincennes était vaste et désert comme nombre de nos espoirs.

De retour à l'Usine, j'ai appelé l'Étage des morts pour rendre compte. C'est ce qu'on fait toujours en pareil cas. L'Étage des morts est la manière quelque peu désinvolte qu'ont des comiques dans mon genre d'appeler l'état-major, ce qui ne plaît pas toujours aux autres comiques qui y travaillent et ne se considèrent pas forcément, eux, comme des comiques. L'Étage des morts se trouve au 36, quai des Orfèvres, dans l'île de la Cité — autant dire pour moi à l'autre bout du monde. J'ai rendu compte. Une chasse à la con. Deux refroidis, un mâle et une femelle, et un auteur en fuite. Victimes identifiées, familles avisées. Routine. Mon correspondant paraissait patient. Il m'a demandé les pedigrees des deux morts et je les ai donnés, puisque je les avais. Qu'est-ce qu'on avait d'autre sur la Lancia Turbo ? On n'avait rien d'autre : elle avait percuté la Golf à l'arrière gauche, volontairement ou pas, ce qui avait eu pour effet d'envoyer la Volkswagen dans la glissière et son conducteur s'était empressé de prendre la fuite. Une Lancia Delta Turbo rouge. Il paraît qu'elles le sont toutes. Le seul témoin des faits n'avait pas eu le temps de relever d'immatriculation. Il était resté sur place le temps de donner sa propre identité et de recevoir une convocation pour se rendre au commissariat de jour chargé de la suite de l'enquête.

Oui, la Golf avait été transportée à la préfourrière.

Corps envoyés à la morgue par mesure d'hygiène et de décence.

Non, la fille n'avait pas vingt ans. Et alors ? Il n'y avait pas d'âge pour s'en aller, pas d'âge légal en tout cas. Pas encore. Mon correspondant a relu ses notes à haute voix en soulignant que la fille était née de père inconnu. Et alors ? Alors, rien. C'était pour dire. Pour dire quoi ? A bout de questions, il m'a demandé mon nom et mon grade, et lorsqu'il les a eu enregistrés, toujours à haute voix, il y a eu une brève conversation dans l'écouteur et il a rajouté à mon intention :

— Oui... (Oui ?) Franck est sur une autre ligne. Il voudrait vous parler. Vous ne raccrochez pas ?

J'ignorais que Franck travaillait de nuit à l'Étage des morts. La dernière fois que j'avais eu des nouvelles de lui, il était chef de groupe aux Stups. Lui et son équipe venaient de crever une filière libanaise et tout le monde disait qu'il était promouvable commissaire au choix. Depuis bien longtemps, Franck avait cessé de faire partie de mon monde et moi du sien. Les bluesmen disent : *des chemins séparés*.

Je n'avais pas envie de parler, c'était bien assez déjà de devoir le faire pour des motifs de service. Parler, ça finit toujours par entraîner trop loin. J'ai raccroché sans plus attendre.

La Nuit de la femme sans tête.

Lorsque Léon est revenue de la machine à café avec deux gobelets (80 % détergent liquide, 20 % cambouis) et qu'elle a posé le mien à côté de la machine à écrire, je tapais déjà le procès-verbal de constatations depuis vingt bonnes minutes en m'aidant du dictaphone. Un flic ressemble à un appareil de photo — un bon flic est comme un vieux Nikon, froid, sec, fiable. Seulement un œil avec une mécanique robuste derrière. L'image qu'il doit transmettre aux magistrats sera précise, sûre et sans grâce, comme le sont les clichés d'archives. On n'y arrive pas tout de suite et certains policiers n'y parviendront jamais. Rien qu'un œil glacé comme un objectif Tessar de 50 m/m du temps où Zeiss les fabriquait encore à Iéna. Avec son souci d'objectivité et de précision, Karl Zeiss aurait fait un flic splendide. Comme pour les appareils de photo, il n'est pas nécessaire de s'en prendre aux flics si ce qu'il y a dans l'image n'est guère supportable. J'en étais à la description du corps et de son habillement.

J'ai cessé de taper et j'ai éteint mon petit dictaphone. Léon est retournée fermer la porte et s'y est appuyée des omoplates. Ça se voyait qu'elle non plus n'avait pas le moral. Elle s'est d'abord occupée un petit moment à souffler sur la mousse brunâtre dans le gobelet. Ce qu'il y avait dessous semblait provenir d'une vieille serpillière. Rustique, Léon. Quand elle a eu fini de boire, elle m'a de nouveau insulté à voix basse tout en me regardant, mais elle pensait à autre chose, ou bien à quelqu'un d'autre :

— Putain de ta race, j'ai bien cru que tu allais me shooter dedans, enfoiré.

A présent, ça avait l'air de la faire rire. Depuis un moment, tout le monde s'était mis à traiter tout le monde d'enfoiré à la Division — depuis Coluche, ce qui tend à montrer que la police est aussi une maison de verre. Il y avait ainsi tout un tas d'enfoirés de diverses sortes et une infinité de nuances qui allaient de la franche et brutale indignation à une sorte d'admiration péjorative teintée de perversité. Léon n'était capable d'aucune sorte de nuance. Elle était trop fidèle et elle en avait trop vu. La migraine me cognait dans les tempes avec la dureté pénible d'un maillet de camping. Léon m'a examiné comme un journal d'il y a deux mois. Elle se rappelait quelqu'un d'autre. Elle n'allait pas tarder à me gonfler. Je me suis accoudé au capot de la machine, j'ai posé le menton sur mes avant-bras — et je lui ai souri. Personne n'aurait aimé ce sourire. Je ne l'aimais pas non plus, mais il m'arrive de m'en servir. Je lui ai dit d'aller se faire mettre. Certaines auraient détesté, pas Léon. Elle a seulement henni avec application en remuant les chevilles et le bas-ventre. Les hommes le font quand les bonbons leur collent au papier. Léon n'avait pas de bonbons — pas à ma connaissance. Elle a avancé le bassin. La toile du jean moulait les lèvres de son vagin avec une insistance trouble propre à susciter des lourdeurs lombaires chez les vivants — certains vivants. Les mâles en particulier, mais pas tous les mâles. Sans me lâcher des yeux, elle a frotté entre son long index raidi.

J'ai ri autrement. Léon s'est réveillée, elle a jeté son gobelet dans la poubelle et a allumé une Gitane. Dans la fumée, elle m'a dit de son ton de flic :

— La mère de la fille est là. Zola, mon pote... Tu prends ou je prends ?

Je lui ai dit de prendre. Léon m'a regardé de travers.

J'ai compris pourquoi quand la femme est entrée en examinant tout partout autour d'elle. Les chiens qui en ont trop encaissé font de même au bout de leur ficelle, où qu'on les traîne et même quand c'est pour leur bien qu'on les traîne, avec toute la meilleure volonté du monde — surtout quand c'est pour leur bien, parce qu'ils n'ont pas l'habitude. Les chiens mieux que les hommes flairent l'enculerie et la méchanceté. C'est qu'ils connaissent la musique. Tout de suite, je l'ai vue chercher le moyen de s'arracher avec ses gros yeux délavés (il n'y avait pas moyen), l'échine basse à frissonner, les pattes raidies, à trembler des mâchoires. Elle avait l'air de bien connaître la vie et les hommes, cette femme.

Elle est restée au milieu de la pièce à serrer son sac contre elle, alors que personne ne voulait le lui prendre, pourtant. On devinait qu'elle s'était fagotée en hâte avec tout ce qui lui était tombé sous la main, des fringues achetées sur catalogue et par lots, des choses comme elle : pas chères. Ceux qui boivent (ceux qui boivent beaucoup et tout le temps), les flics les appellent des *biturins*, et ceux que la vie a trop tabassés, tous les laissés-pour-compte, les soutiers de ce grand navire bien blanc, bien fier, qu'est la grande société, on les nomme des *baltringues*. Elle était les deux. Elle buvait. Sa cuite n'était ni vieille ni récente, comme tous les états de faits. Elle portait des plaques blanches et rose pâle sur la figure, semblables à de la lèpre. Ses yeux larmoyaient. Son regard ne reposait sur rien de précis. Elle a quand même bougé la tête. Elle avait eu les cheveux rouges — une vieille teinture faite à la maison. Léon lui a avancé une chaise avec le pied et elle-même est allée se jucher sur l'autre bureau poussé devant la fenêtre. Après s'être assise, la femme a ramassé les pans de son imperméable sur ses genoux et elle a accommodé tant bien que mal en portant d'abord les yeux sur Léon puis sur moi. Où qu'ils soient et même dans les locaux de police, les riches s'installent, pas les pauvres. Les pauvres savent bien que la police n'est pas pour eux, pas plus que la justice ou les soins dentaires. Il n'y a qu'eux pour craindre les flics. Pas les malfaiteurs, ni les riches, seulement les pauvres. Elle ne s'est pas installée.

De mon tiroir, j'ai sorti le sac qui avait l'air d'un bébé panda et j'en ai déversé le contenu devant elle. Elle a remué les lèvres comme si elle comptait en silence et a remarqué :

— Il manque son parapluie.

Léon allumait une cigarette au mégot de la précédente. Elle s'est penchée en avant et j'ai craint qu'elle allonge son grand bras mais elle s'est contentée de balancer le torse avec l'air de souffrir des lombaires et ses talons de bottes se sont mis à battre contre le flanc du bureau sur un tempo moyen qui n'était pas vraiment menaçant.

Elle s'est bornée à demander :

— Vous avez un boulot ?

La femme a tourné la tête dans la direction approximative de Léon, derrière laquelle, dans la lumière, on apercevait dehors les branches luisantes et griffues des petits arbustes du patio. Il s'était mis à pleuvoir pour de bon, le vent s'était enfin levé, et elles s'agitaient sans bruit de l'autre côté de la vitre, vainement, un peu comme nous tous, et je leur trouvais beaucoup de courage, à ces maigres branches sans lendemain, de continuer à bouger si peu que ce soit, alors que personne ne les y forçait, elles. Personne, sauf le vent.

La femme a répondu à Léon — seulement à elle :

— Je touche une pension.

Elle a réfléchi et ajouté, bien que ce ne fût pas utile :

— Avant, j'ai travaillé comme personnel de fabrication. Après j'ai fait des ménages. Maintenant, j'ai une pension d'invalide.

Léon a ricané distinctement en soufflant de la fumée par la bouche. Elle parvenait souvent à se fabriquer sans peine une vilaine face de gargouille. Elle a continué à se balancer, mais un peu plus doucement, et toujours en fumant. La femme a reporté son regard sur moi. Elle devait me trouver moins dangereux, moins dur. Plus reposant. Peut-être plus semblable à elle. Je ne pouvais pourtant pas lui être d'un grand secours.

Oh, j'avais deviné tout de suite à quoi Léon voulait aboutir. Léon avait horreur des proxénètes — de tous les proxénètes. J'avais compris tout de suite et elle aussi quand Vernes m'avait remis le sac de la morte. Toutes ces capotes dedans, la bouteille d'eau minérale pour se rincer la bouche ou les fesses, les kleenex, la carte d'identité pour éviter de se faire ramasser sur un contrôle... Les huit cents balles pliées en quatre bien proprement dans la poche de devant... C'était le mince et triste viatique de toutes celles qui n'ont peut-être jamais eu autre chose à vendre qu'elles-mêmes. Rien de plus triste que le sac d'une pute. D'un autre côté, dans le bébé panda, je n'avais retrouvé ni seringue ni contravention et le corps ne portait aucune trace de piqûre. Sur le cours de Vincennes comme ailleurs, il n'y a que deux vrais grands proxos : la came et l'État. L'État et la came. Comme apparemment elle ne se shootait pas et qu'elle n'avait pas eu le temps de ramasser sa dernière prune pour racolage actif avant de s'en aller, j'en conclus qu'elle avait réussi à échapper aux deux.

Tout le monde ne pouvait pas en dire autant.

Ça ne servait à rien de s'en prendre à la mère, mais Léon était à cran. Je n'aimais pas toujours ses manières, seulement elle était encore capable d'indignation et d'un autre côté je ne voulais pas qu'elle se sente brimée ou qu'on puisse me reprocher de ne pas laisser un peu de champ à mes lieutenants. En outre, la migraine me donnait la nausée et je n'y aurais pas vu à dix mètres. Ça ne servait à rien, mais j'ai laissé Léon poursuivre.

— Votre fille, elle travaillait ?

C'était une question à dix francs et tout le monde dans la pièce connaissait la réponse — une réponse à dix francs. Aucun de nous ne valait plus cher. La femme m'a regardé de nouveau, peut-être parce que j'étais devant elle, peut-être parce que je n'avais encore rien dit et que malgré cela elle avait compris que j'étais le chef et donc celui qui pourrait mettre fin à ses tourments, peut-être aussi pour une tout autre raison que je ne connaîtrais jamais. Elle avait la même forme d'yeux que la morte, mais ils étaient plus vides et abîmés, plus impénétrables encore. Ils donnaient l'impression que leur propriétaire était partie en oubliant d'éteindre. Elle a tiré lentement un paquet de News de sa poche et l'a défripé tout en m'interrogeant de la tête. Je lui ai fait signe que oui, elle pouvait fumer. Elle a cherché dans ses poches, mais c'est moi qui lui ai donné du feu. La femme m'a remercié du coin de la bouche comme une vraie dure. Elle avait peut-être été une vraie dure. Elle m'a dit sans hâte, à moi qui ne lui demandais rien, et qui au fond ne voulais rien savoir, mais c'est le propre de certains interrogatoires qui sont comme de petits destins croisés, elle m'a dit ce que Léon voulait entendre :

— Lila travaillait sur le Cours, inspecteur. Elle faisait, comme on dit, la prostituée. C'est elle qui ramenait les sous pour le loyer. C'est pas une grosse pension que j'ai.

J'ai encore un peu écouté sa voix — pas ce qu'elle disait. Proxénétisme aggravé. Elle parlait un français bon marché et sa voix était terne, monotone, usée jusqu'à la trame. Ordinaire. Les mots ne comptaient pas — ils ne comptent presque jamais. La voix... La voix n'était ni belle ni laide, comme le malheur dès lors qu'on n'a pas choisi, faute de moyens, d'en faire une tragédie grecque. C'était la voix ordinaire du malheur ordinaire. Ce qu'elle disait coulait comme d'un goutte-à-goutte. Je me foutais de ce qu'elle disait. Elle a tout de même fini par se taire. On finit toujours par se taire et c'est pourquoi il ne faut jamais désespérer. Elle est restée assise à fumer, avec la main devant la bouche. Léon aussi avait cessé de bouger. Elle m'avait prévenu : « *Zola, mon pote...* » Je voyais bien le manège, la mère maquereautant la fille et ça ne devait pas dater d'hier, ni de l'année d'avant, seulement j'avais déjà rencontré l'inverse et tout un tas d'autres combines autrement plus intéressantes, singulières et ingénieuses depuis le temps que je traînais dans la rue — et j'étais trop fatigué.

J'ai ordonné à Léon : restitution et dehors.

La femme a regardé sa cendre de cigarette et partout autour d'elle avec crainte. Comme il n'y avait pas de cendrier dans la pièce, je lui ai montré le sol jonché de mégots. Elle a réfléchi un instant, a secoué sa cigarette et m'a demandé, pendant que Léon se mettait à l'autre machine à écrire :

— Maintenant qu'elle est morte, qu'est-ce que je fais faire ? Qu'est-ce que je vais devenir ?

C'étaient deux questions. Ni à l'une ni à l'autre (ni à aucune autre), je n'avais de réponse. Plutôt que de répondre n'importe quoi, je suis allé pisser en laissant Léon se débrouiller. On a les lâchetés qu'on peut et moi-même, je ne savais pas ce que j'allais devenir. Rien du tout, probablement.

Trois

Naturellement, la nuit a fini par se terminer. La femme nous a encore un peu gonflés avec cette histoire de parapluie qu'on n'avait pas retrouvé — qu'on n'avait pas cherché —, on lui a restitué les affaires de sa fille et Léon lui a marqué sur une convocation l'adresse de la morgue ainsi que celle du commissariat de jour qui poursuivrait l'enquête, et puis elle est partie, lentement, doucement. Peut-être n'avait-elle plus très envie de rentrer chez elle. Léon, qui s'était radoucie, l'a raccompagnée jusqu'à la poterne.
   Peu avant cinq heures, on nous avait amené deux voleurs à la roulotte qui ont été opérés tout de suite. Les choses auraient pu être pire. Entre six et sept, j'avais somnolé un moment dans l'un des bureaux du fond où il y a deux lits pliants, mais pas de fenêtre. J'avais revu toute la bande, y compris Calhoune et Franck. Dans mon rêve, qui n'en était pas vraiment un, ils étaient plus jeunes et moi aussi. C'était en juin, près des étangs, et nous avions allumé un grand feu en notre honneur et en celui du soleil dont c'était la fête. Mon ancien groupe vivait ses derniers jours, moi aussi. « Jadis, a écrit Rilke, jadis nous fûmes riches... » Calhoune portait une de mes vieilles chemises, des jeans et des santiags. Calhoune m'aimait. Franck aussi, je suppose. A l'époque, je suppose, tout le monde m'aimait et j'aimais tout le monde ou presque. Surtout Calhoune et Franck. Les

flammes crépitaient et grondaient et des gerbes d'étincelles montaient dans le ciel noir comme des balles traçantes. C'était en juin et il avait fait très chaud et sec. Certains souvenirs sont plus dévastateurs qu'un tir groupé dans l'abdomen. A l'époque, j'aurais souhaité qu'on m'enterrât dans le sable avec mon cheval et ma guitare, au jour du dernier jour.

A l'époque, je ne savais pas. Je n'avais pas commencé à descendre. Je cheminais encore sur la ligne de crête. Peut-être même Calhoune disait-elle vrai, peut-être m'aimait-elle vraiment après tout, à sa manière. A l'époque.

En fin de service, personne ne s'était inquiété du conducteur de la Golf et on n'avait pas retrouvé la Lancia. Bien des petits crimes demeurent ainsi impunis, beaucoup de minuscules regrets atroces aussi.

Au matin, j'ai quitté la Division et je suis allé prendre le métro. Dans les couloirs, j'ai croisé tout un tas de vivants qui allaient dans un autre sens que le mien. Dans l'ensemble, ils paraissaient astiqués et raisonnablement neufs, convenables comme le sont les rames et les stations le matin, les trottoirs et les rues, et peut-être au fond le monde entier et tout ce qui en est encore à peu près au début avant que les choses n'aient trouvé le temps de trop mal tourner. Ils étaient pressés aussi, bien plus que moi.

Dans mon sens, je remontais. J'avais fini. Une nuit de plus. J'avais les paupières lézardées et la gorge en carton de trop de cigarettes, j'avais froid dans les os mais cette fois encore je ne m'en étais pas trop mal tiré. Presque indemne.

Je suis resté debout appuyé à une barre, le sac en bandoulière et les poings enfoncés dans mes poches de blouson, à rêvasser en me balançant sur les talons au rythme du wagon, un tempo plus proche du tango argentin que de la valse, avec souvent des syncopes de deux ou trois mesures, des hoquets secs et carrés comme une intro de rock. Dans le temps, le Duke a commis pas mal de blues qui ont l'air d'avoir été écrits dans un train. Je me suis demandé quelle sorte de musique il aurait tirée du métro, certainement des choses moins harmonieuses, plus dures et plus concrètes, mais pas moins irrémédiables. Les graffiteurs fous avaient encore frappé : les vitres étaient barbouillées de leurs grosses signatures à la peinture blanche. Les plus belles ressemblaient à des runes, ou aux dernières traces d'une civilisation éteinte, et la plupart à rien. Celles-ci ne ressemblaient à rien. Je me suis bougé et un morceau de vitre intact m'a renvoyé l'image d'une face maigre aux yeux remplis d'ombre et aux joues creuses — rien de bien reluisant, simplement une de ces gueules en coin de rue comme en ont ces pâles voyous qui rôdent et ne croient plus guère aux réductions de peine — et certains flics qui n'y ont jamais cru. C'était la mienne.

Je rentrais.

J'habite un cinq pièces au dernier étage d'un immeuble déjeté à la façade couleur d'une dent malade. La boutique de hi-fi du rez-de-chaussée est fermée et les fenêtres du premier et du second sont murées avec des parpaings. Un jour ou l'autre, un promoteur trouvera que ça a trop duré et un incendie se déclarera accidentellement. Ce sont des choses qui arrivent et l'enquête n'aboutit jamais. En cinq sets, on édifiera à la place un de ces machins clean avec parking et digicode que les golden-boys s'arrachent, quelque chose de propre et d'élégant comme une sanisette. Peut-être que je serai parti avant. En attendant, avec d'autres baltringues dans mon genre, j'y vivais. Le couloir d'entrée en bas donne dans deux rues à la fois à l'image des traboules lyonnaises, ce qui est bien pratique pour les camés et les dealers, et les rare boîtes aux lettres bâillent à tous les vents, ce qui n'est pratique pour personne. L'escalier vétuste se tarabiscote et s'entortille dans le noir autour d'une rampe aux allures de vieille folle qui frémit et gronde tout du long dès qu'on y pose la main comme un tambour de bronze. On y trouverait facilement de la grâce et du mystère. En haut, la verrière est cassée et il pleut sur mon palier aussi bien que dehors.

Sur mon palier, la fille qui habitait avant chez moi (avant que ce soit chez moi) a laissé par terre contre le mur près de la porte un grand miroir de bistrot dans lequel on peut se voir en pied. Le cadre s'enjolive encore de ces fleurs en plastique qu'elle allait rapiner dans son cabas au Père-Lachaise, les jours de grand vent, d'angelots aussi roses, joufflus et vains que des promesses électorales, et dans les deux coins supérieurs elle avait suspendu de ces colliers de perles synthétiques dont on se sert pour orner les couronnes mortuaires. Il y a aussi, attachée avec une tresse de raphia, une grosse pointe-feutre plate. Dans le temps, ceux qui passaient la voir s'en servaient pour lui laisser des messages sur la glace verdie, quand elle n'était pas là.

Je n'ai jamais eu ni le courage de tout lire jusqu'au bout ni celui de tout effacer. Tout est resté tel quel. Ceux qui passaient savent bien qu'elle est partie et peu de gens viennent me voir.

Je remontais chez moi, marche par marche, en soufflant à mi-palier. Le pistolet me battait contre le flanc — un de ces vieux automatiques que le bureau de l'armement retire petit à petit de la circulation et remplace par de gros revolvers .357 qui ne sont ni moins lourds ni mieux adaptés à nos missions, seulement plus à la mode. Je remontais. Sept étages sans ascenseur.

Je n'allais plus très vite, ni très loin, seulement un peu plus haut. Après le septième, il n'y avait plus rien. Sauf le ciel. A quoi bon se hâter? J'étais comme une machine fourbue envoyée sur la voie de garage. Je rentrais au dépôt.

Sur mon palier stagnait un fin crachin fantomatique.

La pluie avait éclaboussé le bas du miroir.

Ma porte, je n'y suis pour rien, avait été recouverte dans le temps d'un rouge sang très gras, tellement épais et encore si luisant qu'on aurait pu le croire appliqué du matin à grands seaux, alors qu'il datait de l'octroi. Pas très haute mais carrée, elle s'orne de tout un tas de verrous en laiton ou en chrome, qui auraient pu la faire paraître solennelle et redoutable si un seul d'entre eux avait jamais réussi à résister aux huissiers. A des générations d'huissiers. Aucun n'y était parvenu. On l'ouvre en soufflant dessus.

Ce matin-là, quelqu'un avait soufflé dessus et était rentré, et peut-être ressorti, sans même se donner la peine de refermer. Pour quoi faire ? Sauf Yellow Dog, il n'y avait plus rien à voler chez moi, plus rien qui en valût la peine : les sicaires du fisc s'en étaient chargés et sur eux au moins on pouvait compter. Ils avaient tout nettoyé. Eux aussi pratiquent l'acharnement thérapeutique. Ils ne m'avaient laissé que le minimum légal — le minimum légal et Yellow Dog.

Yellow Dog est un jeune et gros chat mastoc au pelage d'un gris jaunâtre. Il a l'élégance rustique d'une 403 Peugeot. Sa grosse face carrée arbore souvent une expression pédante et il a les yeux orange, larges et durs comme la mauvaise lune. C'est un animal sans race. Lorsqu'il se déplace, il ne fait pas plus de bruit que l'ombre d'un nuage sur la mer. Je l'ai trouvé dans un squatt de l'îlot Chalon quand ce n'était encore qu'un bébé. Il se blottissait entre les seins d'une fille qui venait de claquer de surdose. Nous nous sommes plu tout de suite, lui et moi. Nous étions aussi seuls. C'est des choses qui se sentent. Depuis que nous habitons ensemble, il a grandi et forci, et je sais que la nuit quand je ne suis pas là, il vadrouille sur les toits où il fait les quatre cents coups — et que c'est un tueur. S'il en était autrement, peut-être que je l'aimerais quand même, mais lui ne m'aimerait pas. Même quand il ronronne et s'étrangle dans mes mains avec son terrible bruit de turbine creuse, Yellow Dog a une mine sinistre et des airs de sauvagerie.

Personne n'aurait l'idée de taxer Yellow Dog.

Trop risqué, mon pote...

Je suis rentré. Yellow Dog n'était pas en train de me guetter comme de coutume, assis en tailleur devant la pièce qui me sert de chambre. Je suis rentré et j'ai laissé glisser mon sac sans bruit à mes pieds. De la cuisine dont la porte était poussée, il est venu une odeur de café. Du vrai café, pas de la cochonnerie soluble dont je me sers la semaine et tous les autres jours du mois. C'était la dure, forte et salubre senteur de l'expresso. De l'expresso frais. Yellow Dog ne sait pas faire le café et je n'ai pas de fiancée attitrée. Depuis que je me suis remis à payer la pension alimentaire tous les mois, Mme Ex ne vient plus me voir. Je ne me connaissais pas d'autre ennemi que ce type qui habite Salem aux USA, un certain R. J. Reynolds dont le nom est inscrit au dos des paquets de Camel et que je ne rencontrerai jamais, pas d'autre ennemi mortel que lui ou mon percepteur. Ni l'un ni l'autre n'aurait eu la délicatesse de venir me faire le café. Du café.

J'ai entrouvert mon blouson en étouffant le bruit des boutons-pression et je me suis avancé comme on le fait dans un endroit hostile. C'était ridicule, bien entendu. D'un coup de botte, j'ai ouvert la cuisine.

Franck a vu tout de suite où se trouvaient mes doigts — sur la crosse de mon pistolet. Tout en brandissant ses mains vides au-dessus de la tête, il a émis un rire bref qui se voulait apaisant. Il était assis, le dos à la petite fenêtre qui ne donne sur rien. Yellow Dog habitait en travers de ses cuisses comme un fusil à canon scié et donnait l'impression de dormir. Franck a enlevé les pieds du tabouret et a souri alentour. C'était pour rire. Il m'a fait signe de prendre place. Il a dit :

— *Salut et fraternité, pays... Café ?*

J'ai sans doute bougé les épaules, puis je me suis assis à califourchon en face de lui, tout en renfonçant mon pistolet dans l'étui. Nous n'avions pas beaucoup de place et guère de temps. Presque sans bouger, Franck m'a servi et il a ajouté juste ce qu'il fallait de crème, ensuite il a sorti un étui à cigarettes en laque sombre de sa poche de manteau, l'a ouvert et me l'a tendu avant de se servir. C'est lui qui a

allumé nos deux cigarettes avec le Dupont que je lui avais toujours connu. Par-dessus la courte flamme, il m'a regardé froidement, tristement, comme on vise. Le café était fort, amer et chaud comme le sont les vrais durs dans les vieux films noirs. J'ai soutenu son regard et il a observé :
— Je t'ai connu plus prospère, *pays*... Plus en forme.
Ce genre de remarque ne pouvait aboutir à rien. La voix de Franck était courte, sourde et rauque, mais pas désagréable, sauf qu'elle semblait provenir de la pièce à côté. Avec le froid. Ce qu'elle racontait à son insu contredisait le complet sombre aux revers italiens, les bottines Weston et la grosse Rolex que Franck portait au poignet gauche. Je me suis penché et j'ai bien scruté ses yeux puis toute sa face. Il a remué une main sèche et maigre devant lui. Sa chevalière était à présent trop large. Il a retroussé les lèvres, mais dans ses yeux se lisait de la peur.
— Cancer.
— Combien de temps ?
Il a haussé les épaules. Sa cigarette fumait toute seule.
J'ai aimé Franck plus que n'importe qui d'autre au monde, si on excepte Calhoune. Je l'aimais encore mais ce n'était pas ce qu'il voulait, qu'on l'aime. Il voulait autre chose et j'ai su qu'il ne me le dirait pas, pas ce qu'il voulait vraiment. Il a de nouveau regardé partout sans s'attacher à rien. Il a observé :
— Tu es foutu, *pays*. Tu aurais dû appeler...
— Pas la peine, Franck.
Il a secoué la tête. Un jour ou l'autre, on finit par se taire. J'avais déjà fait un bon bout de chemin, mais pas assez puisqu'il m'avait retrouvé. Il m'a demandé :
— Qu'est-ce qu'il te reste ?
Il a répondu à ma place :
— Rien. Tu es fini. Tu n'as plus de moelle. Plus rien. Tu baises encore ?
Je baisais encore. Quand Farida venait me voir. Le plaisir sans l'amour. Cent fois, elle m'avait proposé de la thune

pour sortir du trou. Farida avait de la thune. Elle travaillait dans le quartier Opéra et roulait en Mercedes. Deux ou trois fois seulement, elle était parvenue à me payer le restaurant, et pas dans le quartier Opéra. Chez Gino, un Rital qui m'avait servi de cantine quand j'étais le patron des Unités de recherches et où personne n'aurait trouvé à redire que je ne paye pas. Parfois, elle me laissait une cartouche de cigarettes. Et merde. J'ai repris du café. J'avais froid et envie de dormir. Franck s'était remis à me regarder. Il allait mourir, c'était un fait.

J'aurais préféré qu'il ne fût pas revenu.

Il a écrasé sa cigarette en prenant des précautions exagérées.

Sans me quitter des yeux, il a tapé là où ça pouvait faire le plus mal. Il m'a dit :

— Tu l'attends toujours. Tu n'as jamais cessé de l'attendre. Je te connais, *pays*. Tu l'attendais depuis toujours. Il aurait mieux valu que tu ne la rencontres jamais. (Il a agité les doigts comme sous l'eau courante.) Elle, elle ne t'attend plus. Elle court les antiquaires, *pays*. Quand elle n'a pas une voiture de l'Usine, elle roule en Porsche.

— C'était ce qui pouvait lui arriver de mieux, Franck.

Il m'a jeté un regard surpris. Je ne lui demandais pas de comprendre. Il ne faut jamais demander aux autres de comprendre. Il ne faut pas non plus leur en vouloir d'être différent d'eux. J'ai enlevé mon keffieh, j'ai allumé une de mes cigarettes et moi aussi j'ai regardé alentour ce moche petit décor de bois blanc et de peinture sans âge, ce plafond qui s'écaillait par place et ces faïences aux murs, ces choses tristes que j'habitais et que je m'acharnais à tenir toujours propres et nettes comme j'aurais souhaité que l'eût été ma vie. Franck a repris du café. Il a réfléchi avant de parler, puis il m'a déclaré :

— J'ai revu Calhoune. Nous avons parlé de toi. (Il a souri en portant la tasse à ses lèvres.) Elle m'a dit : *Je me demande ce que j'ai pu foutre tout ce temps avec un baltringue pareil...*

C'était assez finement vu et d'une manière lucide. Je ne trouvai rien à y redire. Franck a reposé la tasse avec une extrême minutie. Sans doute aurait-il fait de même d'une pièce d'échec pour un mat en deux coups. Il a poursuivi :

— Elle est à l'inspection générale des services. (Il a traduit instantanément :) Elle est aux Bœufs. (Il ne m'apprenait rien. Je le savais par Radio-Coursives. Calhoune avait été affectée à la police des polices dès sa sortie de l'École des commissaires, ce qui ne se voit pas tous les jours. Il a encore bougé les doigts.) Je l'ai revue parce que...

— Je sais, Franck.

Il a relevé le front. Il préparait son mat en deux coups. Je n'avais plus sommeil, seulement très froid et mal dans les articulations. Qu'est-ce qu'elle avait pu foutre tout ce temps avec un baltringue pareil ? Tout ce temps avait duré trois ans. Trois ans. Je me suis levé et j'ai mis deux aspirines effervescentes dans un peu d'eau que j'ai bue en m'appuyant au petit chauffe-eau. Je savais et j'ai dit à Franck :

— Je ne me défendrai pas, *pays*.

Il m'a examiné, puis il a regardé ses doigts et il a reposé la main sur le crâne de Yellow Dog qui s'est contenté de remuer une oreille dans son sommeil. Lui aussi avait dû connaître une nuit difficile. Franck m'a fait signe de lui donner une Camel et je lui ai lancé mon paquet qu'il n'a eu aucune peine à attraper. Rapide, Franck. J'ai rincé mon verre et je l'ai renversé sur la paillasse. Quand je me suis rassis, Franck a eu une grimace qui n'était peut-être due qu'à la souffrance. Il a estimé :

— Alors, tu es rincé. Calhoune t'a mis dans la zone rouge. Ce qu'on ne trouve pas, on n'a aucun mal à l'inventer, et elle n'aura pas de mal à trouver. Ni à inventer. Elle a des amis, tu sais.

Ça aussi, je le savais. Moi aussi, j'avais eu des amis. J'en

avais eu à peu près aussi longtemps que j'avais pu payer. J'ai répété à mi-voix, plus pour moi que pour lui :
— Je ne me défendrai pas.

Il m'a observé de ses yeux ternis. On y lisait de la peur et une sorte d'amertume que je ne lui avais jamais connue. Je n'aimais pas leur expression. La Camel l'a fait tousser et il l'a coincée dans l'encoche du cendrier. Lorsqu'il s'est redressé en tâchant de rattraper son souffle rauque, sa voix m'est parvenue courte et hachée, mais très froide. C'était sa voix de flic. Ses yeux aussi étaient redevenus ses yeux de flic. On n'y lisait plus ni peur ni regret ni la moindre trace de commisération à l'égard de quiconque, même s'il avait de petites larmes au coin des paupières. Elles n'étaient dues qu'aux effets mécaniques de la toux. Il m'a demandé sèchement :
— Combien tu vaux ? Là, maintenant. Tout de suite ?

Je n'ai pas répondu. Il m'a dit :
— Je te donne trois plaques. Trois cents briques. En cash, exempt d'impôts. La moitié du fade. (Il a ricané à ses propres propos, sans la moindre trace d'entrain. Franck n'avait jamais parlé comme un malfaiteur. Les comptes qu'il réglait à l'intérieur, il les réglait avec quelqu'un d'autre que je ne connaissais pas et dont je n'aurais pas aimé être le débiteur. Il a fixé la Camel dans le cendrier avec une sorte de haine.) Un gros coup, *pays*... Six cents briques minimum. (Il a ricané tout seul.) C'est pas de l'argent propre. Rien que du fric qui n'existe pas.

Il n'y a pas d'argent propre, ni non plus d'argent sale. Il y a seulement des manières propres ou sales de le gagner et de le dépenser. Franck s'était remis à regarder à l'intérieur de lui-même et rien n'indiquait que le spectacle lui convînt parfaitement. Il me laissait du temps, un peu de temps. A l'Usine, des gens racontaient que Franck *en mangeait*, et qu'il mangeait *cher*. J'ai su plus tard que c'était vrai. Ce que les gens qui bavaient ne savaient pas, ce qu'ils ne sauraient jamais, c'est pourquoi et comment Franck était devenu un policier corrompu, pourquoi il s'était fait rincer et ce qui lui en coûtait, en définitive, combien il a payé. Si on *savait* tout, c'est sûr qu'il ne resterait plus qu'à se taire.

J'ignore ce qu'il a cru quand je lui ai demandé pour quand c'était. Il m'a seulement dit :

— Dans quarante-huit heures. (Il a pris son ton de briefing.) Mettons X. Un X. Il réside à l'étranger. Couverture en acier inoxydable. Il a une vraie femme, un vrai boulot, une vraie voiture. Ni connu ni recherché. Des vrais gosses qui sont vraiment à lui. Une fois par mois, il prend sa voiture et descend à Paris. (Il s'est mis à jouer avec sa chevalière. Elle lui venait de son père, qui la tenait du sien et ainsi de suite depuis des siècles, mais elle était devenue trop grande et trop lourde pour lui. Il a souri avec lassitude.) Dans la voiture, on a aménagé des caches. A Paris, on les remplit de fric, puis à un endroit convenu, X. charge avec lui le goûteur. Le goûteur est un camé. On ne trompe pas un goûteur. X. et le goûteur montent sur le Dam. Le goûteur goûte, le testeur teste. On ne trompe pas un détecteur de billets. Fric contre came. Retour à Paris. X. livre et ramasse trente mille balles et regagne ses vraies pénates, là où siègent ses dieux lares. Le goûteur retourne à ses chères études.

Franck avait abandonné sa bague. Il tripotait à présent sa tasse. Sa face était creuse, grise et indifférente, mais ses doigts maigres semblaient incapables de connaître le moindre repos. Il a conclu amèrement :

— Parcours sans faute. L'affaire dure depuis trente mois, mais la tête de réseau est intouchable. (Il a eu un sourire de loup que je ne lui avais jamais connu auparavant.) Cette fois, il y a six millions dans le pot. Tu vois un lézard ?

Il avait toujours son ton de professionnel s'adressant à un autre professionnel. Je ne voyais pas de lézard et en même temps j'en voyais trop. D'un côté, c'était simple, joli et presque moral : personne pour aller aux flics porter le deuil, de la monnaie en cash sans liasse marquée ni billets numérotés — et pas de vrai préjudice. Pour moi, ceux qui font dans la dope sont encore pires que les vautours du fisc et les promoteurs, même si leurs motivations et leurs méthodes sont identiques. On ne peut pas leur porter tort en cassant le coup. D'un autre côté, il fallait savoir tellement de choses, par exemple qui était X., la marque et le type de sa voiture ainsi que son numéro d'immatriculation, les points de passage, le jour et l'heure. Six plaques. Il devait y avoir, devant ou derrière, une voiture de protection... Bien trop de choses à savoir. Mais si on les avait dans la main, ces choses, c'était un coup facile. Je crois bien que j'ai dû rire un peu, sans méchanceté, sans la moindre arrière-pensée blessante pour Franck. Comme disent les sandinistes, j'avais perdu depuis longtemps l'habitude bourgeoise de faire deux repas par jour. Je n'aspirais qu'au repos et à l'oubli. « Comme la vie est lente, et comme l'espérance est violente... » Certains poèmes sont des plaintes qu'on n'aura jamais le courage de déposer. Franck a sorti de sa poche de manteau un jeu de photos en couleurs. Il les a étalées comme une donne de poker, de manière que je voie bien l'homme et la voiture. L'homme avait l'air d'un jeune fonctionnaire international et la BMW portait des plaques consulaires. Franck a commenté d'un point de vue technique :

— Nikon-moteur, zoom 70/200. Pellicule 400 ASA. (Il a pointé son index.) Les caches de fric se trouvent dans les garnitures de portières et la malle. Ici, dans le compartiment moteur, en bas du pare-brise, l'endroit où ils mettent la came... (Il a reculé le buste et n'a pu s'empêcher de paraître satisfait.) Les plaques sont de vraies plaques du corps diplomatique. Tu connais le goûteur : c'est Ali-Baba Mike. Et c'est pour dans quarante-huit heures au plus tard. Rien que toi et moi.

— Pourquoi moi ?

J'ai cru qu'il allait se mettre à compter sur ses doigts, mais il les a seulement contemplés de mauvaise grâce, tout en

faisant avec un geste futile. Sa Camel fumait seule, il n'en resterait bientôt plus rien. Il a dit :
— Parce que tu es foutu. Parce que tu sais te taire.
C'étaient deux mauvaises raisons, mais le pire venait après, comme toujours :
— Parce que tu es le meilleur, *pays*. Le meilleur en combat. Ça ne t'a jamais dérangé de sécher quelqu'un.
Il a murmuré avec une étrange douceur qui n'était pas feinte :
— Je n'ai pas des yeux dans le dos, *pays*. Viens avec moi.
Voilà. J'ai fini le café froid. Yellow Dog dormait toujours. Derrière Franck, dans la petite cour sombre qui avait l'air d'un puits, il s'était remis à pleuvoir sans bruit. Personne n'a des yeux dans le dos. Combine de merde. Franck m'a regardé. Il devait se demander si j'avais peur. Je n'avais pas peur. J'étais froid et vide et j'avais un goût amer dans la bouche. J'aurais pu lui faire observer que je n'avais jamais séché personne pour mon propre compte, et jamais autrement qu'en légitime défense. J'avais appris à me battre bien avant d'entrer à l'Usine. J'avais été le meilleur en combat parce que j'avais eu la malchance de commencer jeune, parce que j'étais né là où il ne fallait pas, au moment où il ne le fallait pas, parce que... On ne va jamais vraiment au bout des choses et de soi-même. Entre autres griefs, on m'avait reproché à l'Usine de diriger mon groupe comme un commando et de me croire à la guerre — et d'avoir abattu d'une balle en plein front un pauvre type qui venait seulement de m'en mettre une dans le ventre, une balle qui aurait dû me tuer, si la malignité des choses ne s'en était pas mêlée. On m'avait enlevé le Groupe en me laissant le choix entre un commissariat de quartier et la nuit. Seule Léon m'avait suivi dans ma disgrâce, alors qu'elle n'y était même pas obligée.
Fidèle, Léon.
J'ai refait avec les photos une petite liasse bien nette, que j'ai battue, coupée et recoupée. Franck observait mes doigts.

Ils ne pouvaient rien lui apprendre qu'il ne savait déjà. J'ai étalé la donne — full aux as par les dames, servi. Qu'est-ce qu'on pouvait bien foutre avec trois cents briques ? Qu'est-ce qu'on pouvait bien foutre de plus quand on était triquard partout, usé, rincé, quand on n'avait plus la moelle ? Et avec un cancer ? J'aimais Franck, et malgré cela j'ai repris les photos, et je les ai remises en ordre et poussées devant lui, à proximité de ses doigts presque inertes. Je lui ai dit, et c'était une longue et épuisante tirade :

— Je ne parlerai pas, *pays*. Tu n'es pas venu et je ne t'ai pas vu. Fous le camp, Franck.

Il s'est levé, il m'a donné Yellow Dog et a ramassé les photos. Avant de sortir, sur la petite ardoise en plastique qui me sert pour les courses, à côté de la porte, il a inscrit deux numéros de téléphone, et sans un mot, sans se retourner, il est parti.

Je ne devais plus le revoir.

Plus le revoir vivant.

Quatre

C'est étrange et triste, comme parfois on arrive à se souvenir de tout. De presque tout. D'ordinaire, entre les nuits, je tâchais de dormir le plus possible — le reste du temps aussi. De ma vie, je n'avais jamais autant dormi. C'était idiot, bien sûr, puisque le sommeil pas plus que l'aspirine ou la renommée n'est un remède, mais je dormais beaucoup. Lorsque je ne dormais pas, je restais à rêvasser les yeux ouverts à me rappeler, et pas seulement ces choses roses ou regrettables, ces lambeaux de vie sans valeur pour autrui et qui ne tiennent à rien, ces choses privées de tout, non : je me rappelais aussi, par exemple, toutes les notes, tous les accords et les renversements, tous les enchaînements qu'on peut tirer d'un manche de guitare, leur son, leur couleur, l'intensité qu'on pouvait leur donner, seuls ou ensemble, je les repassais dans ma tête puis insensiblement venaient les harmonies, et si je n'y prenais garde, ces mélodies âpres, frêles et denses, tous ces blues qui se comportent souvent comme des voleurs avec effraction, qui rentrent chez vous de nuit, en réunion, tous ces blues dont les paroles peuvent sembler amères et empreintes de vulgarité, mais dont ni la joie ou la tristesse, ni le désespoir ou l'allégresse ne sont jamais ni amers ni vulgaires — ni tout à fait inoffensifs —, des paroles à peu près aussi meurtrières que des balles perdues. Ce matin-là, je n'ai pu ni dormir ni rêvasser.

Avec Yellow Dog sur les talons, j'ai fait l'état des lieux. Nous avons erré de pièce en pièce, tous les deux. Nous avons commencé par les deux du fond. Les murs de l'une sont tapissés d'un papier de bébé, tandis que ceux de l'autre s'ornent de navrantes scènes de chasse tout juste dignes d'une guinguette des bords de Marne — quand il y avait encore des bords de Marne. Et des guinguettes. Elles étaient vides, sans rideaux aux fenêtres ni courant, sans rien, aussi attrayantes qu'un verre d'eau du robinet. Nous avons poursuivi par la pièce d'angle qui donne sur deux rues et possède une grande lucarne dans le toit en plein milieu. Comme elle sonne clair, avec juste ce qui convient de sécheresse et de précision et que son parquet sombre et lisse lui donne une rondeur de bastringue, je l'avais appelée le Salon de musique. Tout un trio à cordes y aurait tenu à son aise, à condition qu'on se servît d'une contrebasse faite pour des lilliputiens. Elle contenait tout de même deux fauteuils à oreilles fin de siècle assez hideux, recouverts d'un reps grenat léthargique. Ils ne m'appartenaient pas. Ils n'avaient pas appartenu non plus à la fille qui vivait là avant. Elle avait été trop tardive pour eux.

On n'y était pas si mal, cependant.

Je me servais parfois de l'un ou de l'autre pour attendre la nuit. La nuit ou le matin. La nuit, le restaurant chinois d'en bas inonde la moitié du plafond d'un rouge étale, doux et terne, qui n'est pas dépourvu de charme. Aux fenêtres du Salon de musique, il y a des stores américains. Ils auraient sans doute beaucoup plu à Sam Spade pour surveiller la rue.

Yellow Dog m'a ramené dans nos deux pièces — celles que nous habitons. La première sert de salon. Contre le mur de gauche, une autre grande glace de bistrot est fixée à mi-hauteur. Elle est aussi vieille et verdie que celle du palier, mais nue et sans mémoire. Heureusement : c'est devant celle-ci que la fille s'est pendue à un crochet dans le plafond. Je le sais, parce que c'est moi qui ai été appelé pour les constatations.

C'était une année à la fin juin et elle avait laissé toutes les fenêtres ouvertes. Ses pointes de pieds ne se trouvaient qu'à quelques centimètres du sol, sur lequel elle avait disposé une grande feuille de plastique pour ne pas salir. Il y avait aussi une lettre. Une lettre pour la police et qui ne laissait aucun doute sur ses intentions suicidaires. Par exemple, on ne pouvait pas lui reprocher d'avoir manqué de savoir-vivre.

Il reste aussi le grand philodendron erubescens qu'elle a laissé et qui n'a pas cessé de prospérer depuis, peut-être parce qu'il demande peu de lumière pour pousser normalement. Devant la fenêtre dont les volets sont presque toujours tirés, j'ai mis un divan qui date de Calhoune. Farida m'a ramené deux tapis de prière de son pays. Ils ont de douces nuances parme auxquelles on n'accorde en général que peu d'attention. Ils sont pourtant en soie et leurs motifs en valent bien d'autres. Sans intention de nuire, ils se trouvent à peu près à l'aplomb de l'endroit où la fille avait décidé d'en finir.

J'ai toujours pensé qu'ils lui auraient mieux convenu que du gros plastique transparent, mais peut-être n'aurait-elle pas voulu les laisser sales derrière elle. Peut-être ne souhaitait-elle pas quelque chose de tendre et de voluptueux sous ses pieds nus avant de fermer et peut-être ce simple contact frais et doux comme une petite brise de mer aurait-il suffi à ce qu'elle ne grimpe pas sur son tabouret. Peut-être lui aurait-il suffi de se cuiter à en tomber raide. Elle ramenait ses bouteilles de chez le Tunisien du coin qui reste ouvert jusque très tard. C'est de chez lui aussi que je ramenais les miennes.

La dernière pièce est celle où je dors. J'ai tapissé les murs et le plafond de journaux d'un peu partout — partout où je sais à présent que je n'irai plus jamais. Elle est assez vaste, presque douze mètres carrés, et il y a des tentures aux fenêtres mais pas de rideaux. J'ai un lit au ras du sol, une couette qui elle aussi date de Calhoune avec sur la housse des motifs dessinés par Folon dans des tons roses, mauves et orangés, qui peuvent sembler féminins alors qu'ils ne sont qu'incurablement rêveurs et presque inoffensifs. Des caisses à munitions réglementaires me servent de chevets. A l'aide de briques crues et de planches, je me suis fabriqué des étagères qui supportent mon ampli à lampes, un tourne-disque à entraînement direct, deux grosses enceintes noires et pas moins d'un millier de disques. Presque autant de livres de poche. Aucun huissier n'en a jamais voulu.

Ils ont bien eu raison, tout cela ne vaut rien.

Dans son coffre, qui repose sur ma cantine militaire, il y a ma guitare. C'est une Gretsch acoustique qu'on peut électrifier, mais dont la caisse seule sonne déjà comme une cathédrale. Il ne s'en fabrique plus de pareilles. Eddie Cochrane et Carl Perkins s'en sont servi de semblables, et dans leurs mains elles pouvaient passer pour des armes de voyou, alors qu'il n'en est rien. Même quelqu'un de raisonnablement honnête peut en tirer quelque chose de beau, ou au moins d'acceptable. Cette guitare a autant de cœur que *Minnie The Moocher*. Dans la chanson, Minnie est taillée comme une grenouille mais elle a le cœur aussi gros qu'une baleine. C'est une chanson pleine d'un entrain dévastateur. On ne devrait jamais écouter les chansons. Même les plus insignifiantes peuvent revêtir des atours blessants.

Aucun huissier n'a jamais voulu non plus de ma Gretsch.

Heureusement. Elle vaut trop cher pour eux. Trop cher pour moi. Calhoune, qui n'était pas la moitié d'une gourde, ne l'aimait pas beaucoup. Peut-être parce que c'était tout ce que j'avais au monde puisque je ne connaissais pas encore Yellow Dog. Calhoune faisait partie de ces gens qui sont capables d'être jaloux d'un feu de signalisation du moment qu'on porte les yeux dessus et en tirent une légitime fierté. Calhoune n'aimait pas mes blues. Elle avait raison : le peu de talent que je croyais avoir ne m'a jamais rapporté d'argent (assez d'argent à ses yeux), seulement des emmerdements sans fin. Maintenant, je ne joue plus. Je la sors pour l'accorder, je monte une gamme ou deux... Je fais bien attention à ne pas me laisser embringuer. Les camés seuls savent comme ça blesse de revenir.

Parce que jusqu'à la fin on n'en finit pas de revenir.

J'ai encore un placard dans le mur où sont rangés des vêtements et du linge, mes cartouches de cigarettes, quelques papiers que je brûlerai un jour ou l'autre, des photos... Tout tiendrait dans deux ou trois cartons d'Évian. Peu de chose. Presque rien. Une cheminée que j'utilise pour économiser le courant. Pas loin, presque à la tête du lit, une trappe qui ne se voit pas donne sur une petite cache. Dedans, il y a une boîte en fer scellée avec de l'adhésif d'emballage marron. A l'intérieur, je conserve un automatique .45 Governement Model, avec son chargeur et une boîte de cinquante cartouches calibre 11,43 dont les ogives sont creuses. Ce sont ce qu'on appelle des balles dum-dum et leur effet à l'impact est assez effrayant, de même qu'à la sortie. Surtout à la sortie. Il y a aussi un petit magnétophone qu'on peut charger de très longues bandes. Il démarre et s'éteint à la voix ou au son et sert d'ordinaire aux gens des Services spéciaux. Il y a une barrette de shit, genre soupe à la dynamite, et la seule photo que je possède de Calhoune nue. Presque nue. Si elle sait que je l'ai, elle ne me l'a jamais réclamée, et si elle me l'avait réclamée, je ne la lui aurais pas rendue.

Chacun ses fantômes.

Yellow Dog s'est installé là où il dormait toujours. Cinq secondes après, il s'était abîmé dans le sommeil comme un sous-marin en immersion profonde. Je me suis allongé sans retirer mon jean et mes bottes. J'ai fumé cigarette sur cigarette en pensant à ce que m'avait dit Franck. Un fade de trois cents briques. Ali-Baba Mike. J'aurais aimé que tout s'arrête. Ma pendule à quartz faisait du bruit près de ma tête, un bruit saccadé et lancinant qui finissait par boucher tout le silence. Son pas d'automate occupait le moindre recoin d'ombre, à la manière mécanique et inexorable d'une armée ennemie. Quarante-huit heures. Trois plaques. Trois plaques. Quarante-huit heures. Sentinelles. Plus vivant, ou si j'avais eu un autre endroit où aller, je me serais bien laissé tenter. C'était un truc facile, vite fait, faisable à deux puisqu'il n'était pas question de serrer du monde, mais de le neutraliser. Un plan d'enfer. Il fallait *percer* à l'aller, au moment où le passeur chargerait Ali-Baba Mike. Il fallait... Bon Dieu, ni Franck ni moi n'avions plus grand-chose à perdre, un peu de sang, plus beaucoup de vie. Plus le moindre vrai avenir. C'étaient autant de raisons de faire en sorte de se la couler douce le peu de temps qui restait.

D'abord on rêve, après on meurt.
Le sommeil m'a pris comme un voleur au coin d'un bois. C'était ce qui pouvait m'arriver de mieux.

Quand je me suis réveillé, la nuit était revenue, ce qui était tout à son honneur. Mon Oméga qui a marché sur la Lune marquait dix-neuf heures vingt et Yellow Dog n'était plus à sa place. Je n'avais pas très chaud et la crosse du pistolet me meurtrissait les côtes. Je me suis fait du café instantané auquel j'ai ajouté du lait en tube et je l'ai bu le dos à la fenêtre. Pour un peu, j'avais rêvé, Franck n'était jamais venu me raconter son histoire à la mords-moi-le-pneu, seulement en relevant les yeux j'ai vu les deux numéros de téléphone qu'il avait laissés. L'un était celui que je lui avais toujours connu en Seine-et-Marne, l'autre correspondait à un Eurosignal, mais je ne le savais pas. Si je l'avais su, ça n'aurait rien changé. Si j'avais su, j'aurais tout effacé.
Mais est-ce que ça aurait changé grand-chose ?

Cinq

Ce soir-là, je suis arrivé tôt comme souvent, mais c'est seulement que je n'avais pas d'autre endroit où aller. Il me restait juste la Division et la Nuit, rien que la moitié du monde si on veut. La grande pendule du hall marquait vingt-deux heures trente-six. Ma montre aussi. J'ai entendu tout de suite les bruits de bottes, des cliquetis de menottes et les machines à écrire qui crépitaient en bas, toutes ensemble. Je suis descendu marche par marche avec mon sac en nylon au bout du bras. Il me restait la nuit. J'ai poussé la porte grillagée qui ne sert à rien puisque personne ne la ferme jamais à clé. Dessus, une pancarte interdit l'accès à toute personne étrangère au service.

J'ai pensé une dernière fois à ce que m'avait dit Franck, à son cancer. J'ai pensé à tout ce qu'on pouvait acheter pour trois cents millions, à des voiles rouges dans le soleil couchant et à une longue décapotable blanche glissant sans bruit sur le strip. Tout cela n'avait plus de relief ni la moindre importance, là où j'allais. J'étais trop vieux et trop fatigué, j'avais duré bien trop longtemps pour me mettre à tourner voyou. Je n'avais plus assez de rage et d'espoir. Plus assez de moelle.

Je suis passé devant les cages.

Elles étaient pleines et sentaient la peur, la misère et les pieds. Toutes les cages du monde sentent la même chose —

l'odeur du malheur et de ceux qui ont tout perdu. Dans le couloir, il y avait des clients tout du long, les uns assis sur les bancs, les autres par terre contre le mur, souvent la tête entre les bras à rien regarder au fond. Presque tous les prisonniers se ressemblent. Les flics aussi. Ceux qui avaient emmené la viande m'ont salué au passage. Pour la plupart, ils ne m'aimaient pas.

Je n'éprouvais aucune sorte de passion pour eux. Les cow-boys me fatiguent.

Dans mon bureau — dans la pièce qui me servait de bureau —, Léon avait posé ses fesses sur la table et calé le combiné du téléphone entre son épaule et sa joue. Elle griffonnait de la main gauche. Son visage de travers était livide, encore moins avenant que d'habitude, et ses yeux couleur d'étain n'étaient fixés sur rien. En enfermant mon sac dans l'armoire près de la fenêtre, j'ai allumé une cigarette d'une main. J'allais enlever mon pistolet de l'étui, mais elle m'a fait signe en poussant le bloc vers moi.

Vol à main armée avec prise d'otage. Sécurité publique sur place.

Police judiciaire avisée à vingt-deux heures trente.

L'autre téléphone s'est mis à sonner. C'était l'Étage des morts. Il me signalait un vol à main armée avec prise d'otage. Le même. VMA pharmacie. Deux auteurs. L'un des deux blessés par balles par le potard. SAMU sur place. Une femme prise en otage par le second voyou. Armé d'un fusil à pompe de type Mossberg. Bonne arme, le Mossberg. Le type de l'Étage des morts m'a dit :

— Le blessé s'est mangé deux balles de .38 dans le buffet. La Sécurité publique t'attend pour percer l'autre.

Léon a raccroché, moi aussi. J'ai pris des clés de voiture au panneau d'affichage. C'était la Renault du Groupe criminel. J'ai commandé à Léon d'aller prendre son pare-balles et le fusil à pompe au coffre. Elle m'a dit :

— Vernes est sur place. D'après lui, le preneur d'otage, c'est Jésus. L'autre va claquer.

Ses yeux étaient vitreux et fixes. Ils me racontaient autre chose que je préférais ne pas entendre. Je sais reconnaître de la haine lorsque j'en vois, même si pour ma part il ne m'arrive plus guère d'en éprouver. De la haine et beaucoup, mais pas la moindre trace de peur, ni rien qui y ressemblât de près ou de loin. Elle s'est balancée de la table, elle a ramassé son .357 dans le tiroir et m'a lancé le poste de radio portable.

J'ai pris Muppet au passage. Après Léon et moi, c'est le meilleur tireur de la Division. Dans les escaliers, il a fait :

— Jésus, hein ?

Pour aller plus vite, nous avons pris le périphérique. Quand on est monté une fois en voiture avec Muppet, on ne craint plus la mort. Tout du long, il a roulé sur la file de gauche avec le gyrophare et le deux-tons. Les autres bagnoles s'égaillaient devant comme des vols d'hirondelles au ras du sol, par temps d'orage. Derrière, Léon chargeait le fusil à pompe en travers des genoux. Des femmes et des hommes seuls.

Devant la pharmacie dont la façade fait l'angle, il y a trois fourgons de police secours et une ambulance de réanimation. On dirait que c'est la même nuit que la précédente à cause des figurants qui sont identiques. Muppet arrête la R 11 en glissant de travers. Nous sortons, j'ouvre mon blouson et Muppet prend le fusil des mains de Léon. Il le tient le canon vers le ciel.

Vernes est là, nu-tête, à se déganter.

— C'est bien Jésus. (Il me suit dans la pharmacie.) Il a arraché une cliente. Il est en face. Mes types bloquent l'étage.

Léon me suit, les poings enfoncés dans ses poches de jean. Elle a le revolver dans la ceinture, devant, à même la peau. Le braqueur est étendu en plein milieu de l'officine, avec son sang groseille sur le carrelage. Je connais l'interne qui s'en occupe. C'est une fille jeune et assez belle. On pourrait la croire capable de douceur. On croit surtout ce qui arrange. Le type vomit des gros caillots pourpres, la tête de côté. Dans les vingt ans, de type maghrébin, maigre comme le sont presque tous les camés. La fille me voit et se relève.

— Foutu. Intransportable. (Elle me tend un poignet tordu à cause de ses gants pleins de sang. Il faut bien que je m'en contente.) Un beau tir groupé. Wad-cutter, tu connais ?

Je connais les cartouches à balles wad-cutter. Ce sont des cylindres de plomb non chemisé. On s'en sert au stand de tir. A courte distance, elles champignonnent à l'impact et certaines se fragmentent, provoquant d'assez horribles blessures. Normalement, on ne s'en sert qu'au stand.

Derrière sa caisse, le pharmacien sourit à tout le monde. On le sent fier de lui et tout prêt à nous vendre son stock. Comme il comprend que je suis le chef d'enquête, il me regarde. Soixante-dix à quatre-vingts ans, veston en velours vert sur une chemise de chasse. Maintien agréable, avec ce rien de suffisance tranquille tout de même de ceux qui ont une Datsun 4 WD dans leur parking privatif et en cherchant bien une fiancée coûteuse qui pourrait être de dix ans plus jeune que leur belle-fille. Bien disposé à l'égard des forces de l'ordre.

Le seul vrai permis de tuer, c'est le pognon qui le donne.

Peut-être s'attend-il à ce que je lui laisse la parole, mais je tends les doigts au gardien qui a saisi son arme. C'est un beau Police Python à canon de six pouces chambré en .357. En basculant le barillet, je trouve deux étuis percutés et quatre balles qui n'ont pas servi. Wad-cutter. Je les fais tomber dans l'autre paume et Léon me tend une petite pochette plastique. Arme et munitions saisies pour les nécessités de la présente enquête. Je donne tout au gardien, je me retourne. Le type par terre continue à vomir des gros caillots avec des bruits rauques d'arrachement qui se font tout de même de plus en plus difficiles et ses maigres côtes crasseuses s'acharnent encore un peu, de moins en moins fort, à retenir ce qui lui reste de vie à dégueuler. J'enjambe le sang groseille et je sors.

— En face, me dit Vernes. Dernier étage. Il est bloqué. Il a un fusil à crosse et canon sciés.

Il s'est remis à pleuvoir ou je ne m'en étais pas rendu compte avant. J'envoie Léon enfiler son pare-balles. Muppet et moi n'en portons jamais. Il faut percer. Maintenant. Tous les os me font mal et je porte les doigts sur la crosse de mon pistolet. Jésus... C'est drôle comme parfois le passé vous revient dans la gueule. En face, c'est une sorte d'entrepôt de la ville. Cinq étages dont les fenêtres sont grillagées. Pas de toit en terrasse ni d'escalier d'incendie. C'est la pluie ou le vent, mais j'ai froid.

Maintenant.

Des escaliers et des couloirs. Ça sent la poussière et l'urine, ainsi que la graisse à machines et la vieille ferraille. Sur le palier du deuxième, dans un recoin, il se trouve un grabat avec des bouteilles de trichlo vides et leurs petites têtes de mort dessus, des fringues en vrac et sur un carton vide une bougie aux trois quarts consumée avec à côté des cuillers ordinaires tordues et noircies et une image de la Vierge dans l'un de ces cadres en plastique doré comme on en trouve dans tous les Prisunic. La femme dans ses dorures a un air de souffrance infinie et douce, les mains jointes au sternum. Elle semble belle et grave, elle. Par terre, il y a une poignée de cartouches de chasse calibre .12 avec de la chevrotine dedans.

Il n'est pas allé braquer loin de chez lui, Jésus.

Il est en haut, maintenant. Il tient la femme devant lui, avec un bras autour de son cou et le canon du fusil contre sa tempe. C'est une grosse sans âge engoncée dans une robe brune informe. Par les carreaux cassés rentre un air chargé de pluie. Jésus ne bouge pas, la femme non plus. On voit d'elle sa bouche grande ouverte, presque pas les yeux, elle agrippe son sac contre la poitrine, avec dedans les ordonnances et ses papiers, de l'argent peut-être, des photos et des lettres auxquelles elle tient. Jésus me voit comme je le vois. Léon et Muppet sont plus loin derrière, elle en couverture sur ma gauche et Muppet à plat ventre en haut des marches avec le fusil à pompe. Il a pris spontanément la position du tireur couché.

J'avance en sortant mon pistolet dont je remonte le chien et que je tiens à bras tendu sans effacer le torse. Jésus ne bouge toujours pas. La femme remue faiblement. Il appuie plus le canon contre sa tempe.

Je dis doucement :

— Jésus, la morue, je m'en fous. Des comme elle, il y en a des millions sur la terre. Mais toi, Jésus, tu n'as qu'un œil gauche.

J'ajoute :

— Dix sacs que tu vas au tas avant moi, Jésus.

Je sais bien ce qu'il voit, Jésus, s'il voit quelque chose, de son œil qu'il est bien forcé de sortir de derrière les cheveux filasse de la grosse : le gros orifice d'un canon de pistolet braqué en plein dedans. Là où il est, comme il se tient, j'ai à peu près aussi peu de chances de le manquer que de redevenir quelqu'un, quelqu'un de bien. Quatre fois déjà que je le stoppe, Jésus, deux fois en flagrant délit, deux fois sur mandat. Came plus Sida, Jésus. Le tir groupé de ceux d'en bas. En glissant lentement, j'ajuste encore. Et lentement, je vois le canon du flingue quitter la tempe de la femme et se tourner lui aussi vers mon front. En même temps, il y a un bruit de pluie, qui cesse comme il est venu. Le fusil n'est pas un Mossberg, c'est un simple Baïkal à un coup. Canon et crosse sciés, en effet.

La main de Jésus enveloppe le pontet. Il tient son arme à bout de bras, pas très bien, mais dans la direction générale de ma tête. Dans tous les cas de figure, la femme ne risque plus rien. Je la vois me regarder. Maintenant, c'est entre lui et moi. Elle, elle est sortie de l'image. Je répète :

— Dix sacs, Jésus.

A cette distance, il n'a lui non plus aucune chance de me

manquer. Chevrotines. J'ai déjà vu ce que ça donne à six-sept mètres, ça vous arrache la moitié de la tête et ce qui reste ne ressemble plus à rien. La mienne ne m'a jamais beaucoup plu comme elle était. La femme me fixe toujours la bouche grande ouverte et ses yeux sont aussi larges et sombres, aussi impénétrables que le canon du fusil. Trop long tout ça. Même sa propre mort, on se lasse à un moment de la regarder en face. Je dis :
— A toi, Jésus.
La mort est comme bien des femmes, elle ne veut pas de ceux qui l'aiment trop. Elle n'aime pas qu'on s'impose. Jésus fait un geste, il fléchit un peu les genoux et lâche la femme qui tombe en vrac devant lui, il tient toujours le flingue dans les doigts mais en baissant le canon vers le sol, puis, sans me quitter des yeux, il le repose par terre et le pousse du pied loin devant, le plus loin possible, de travers, avec le regard d'un homme qui se noie. Pourtant, un artillage, Jésus, ça l'aurait arrangé autant que moi.
Sous la femme, il y a une grande flaque de pisse.
Jésus est tombé à genoux. De ses deux mains maigres, il essaie un geste pitoyable, comme pour dire qu'il n'a pas pu. En trois pas, je suis dessus, je le relève par le col du blouson, le retourne et le plaque la gueule contre le mur, lui ramène les bras dans le dos et lui passe les bracelets. Chevilles écartées, palpation de sécurité. Il sent le canon de mon pistolet dans le creux de sa nuque. Il y a cinq cartouches de .12 dans sa poche gauche de blouson. Une médaille pieuse dans son jean. Rien d'autre. Quand je le retourne pour l'emmener, ses yeux se portent sur les miens. On n'est pas très loin l'un de l'autre. D'un seul geste machinal, je rabats le chien de mon MAC et je le remets à l'étui. On dit que les yeux sont le miroir de l'âme. Ceux de Jésus sont deux trous vides et sombres qui ne donnent nulle part. Ceux d'un homme noir comme un corbeau. Je l'empoigne par le col.
— Tu avais ta chance, Jésus.
Il ouvre la bouche pour rire. Plus beaucoup de dents, et

ce qui reste est mal planté devant. Les miennes ne sont pas fameuses non plus, c'est pourquoi je m'abstiens de sourire. Il déclare doucement :
— Perdu. Vous avez perdu.
Pour ne pas lui foutre sur la gueule, je le pousse vers la sortie en ramassant le Baïkal au passage, que je lance à Muppet qui s'est relevé et s'époussette le devant. Léon s'occupe du social. Elle relève la femme. Il me semble que la grosse gueule quelque chose dans mon dos, un mot pourtant qu'une femme comme elle ne devrait pas connaître. Bien sûr que j'ai perdu. Quand on a mon âge et mon grade, ça fait déjà un moment qu'on sait qu'on ne gagne jamais à tous les coups.

Au deuxième, Jésus me demande de lui prendre le petit cadre de la Vierge. Je ne vois pas en quoi ça peut l'aider, mais tout en ramassant les cartouches par terre, je le prends et le fourre dans sa poche arrière de jean. Voilà, comme on dit dans notre jargon de flic, c'est clouté. Fini.

Dehors, il pleut trop et il n'y a déjà presque plus personne. Les lumières de l'ambulance sont éteintes. La toubib blonde aux doux yeux d'ambre traverse quand même. Elle s'est jeté un blouson de nylon sur les épaules et se tient les mains aux épaules, les bras croisés sur la gorge en un geste qui semble désemparé mais n'est peut-être que frileux. Elle regarde Jésus, puis moi, d'un air indifférent. J'allume une Camel. Elle me prend mon paquet des mains et observe :
— C'est pas bon pour ce que vous avez.
Je lui donne du feu.
Elle me dit, en soufflant un peu de fumée :
— Décédé.
La pluie lui dégouline sur la figure. Certaines femmes ont cet air un peu hébété quand elles ont trop baisé. Elle fume beaucoup trop vite et la cigarette au coin de la bouche lui fait faire une grimace amère qui ne lui va pas. Trop jeune, trop tendre. Elle me tend un porte-cartes en plastique noir

qui imite le croco. On a essuyé le sang dessus à la va-vite. Elle dit, sans bouger les mâchoires :

— Dix-sept ans. Il y avait à peu près mille francs en caisse. Et le vieux qui joue les fanfarons devant les tuniques bleues.

Il y en a qui ont la chance de finir vite. Pour une raison qui m'est étrangère, Zyeux d'Or se comprime les seins. Il n'y a pourtant pas de quoi en avoir honte. Je fais emmener Jésus par un équipage de cow-boys pour livraison immédiate à la Division. Un peu plus loin, je vais soulager ma conscience entre deux bagnoles. Zyeux d'Or est restée plantée là où je l'ai laissée. Quand je reviens, elle est toujours debout à fumer, les yeux par terre. Il faudrait trouver des mots — des mots d'espoir. Sans relever le front, elle déclare, plus pour elle que pour quiconque :

— A chaque fois, inspecteur... A chaque fois, c'est la même chose. (Elle lève le menton, avec un air bravache.) Rectification : à chaque fois, c'est pire.

Je me bats encore avec mes boutons de braguette. Chacun ses combats et les miens sont infimes. Elle crache sa cigarette. Un fourgon démarre avec Jésus à l'intérieur. J'ai donné des instructions pour qu'il me soit livré intact. Il me reste à taper les constatations dans la pharmacie, à emmener le vieux pour audition. Léon continue le social. En la tenant par les épaules, elle conduit la grosse vers un autre fourgon. Trop de pluie, mon pote. Trop de nuit.

Pour Zyeux d'Or, je ne peux rien. Elle est très fraîche, avec un visage de gosse qui peut s'émerveiller encore d'un rien. Des voiles rouges dans le soleil couchant. Elle déclare :

— Chaque fois que je vous vois, vous me faites penser à Sam Sheppard. C'est peut-être parce que vous êtes maigre. Vous marchez comme un homme qui a fait beaucoup de cheval. Ou c'est à cause de votre boucle de ceinturon ? Vous êtes quoi ? Divisionnaire ? (Elle ricane sans raison.) Sam Sheppard...

Sheppard a du talent, beaucoup de talent. Moi aucun. Je

rallume une Camel au mégot de la précédente et elle me regarde avec avidité. Je lui écarte les poignets et elle n'offre pas la moindre résistance. Elle ne se rengorge pas non plus, elle comprend bien que ce n'est qu'un examen anatomique sans la moindre intention blessante. Je lui dis :

— Oubliez Sheppard, mon ange. Rien qu'un baltringue, un traîne-lattes qui fait la nuit... (Je n'aime pas ma voix quand elle est trop rauque et trop amère, mais on ne peut pas se taire tout le temps. Il y a des moments quand même où on est bien forcé de se rappeler.) No future. Vous avez des nichons splendides. Trouvez-vous un chic type dans votre genre, avec une jolie clientèle de province... Il vous fera un tas de chics gosses. Des voiles rouges dans le soleil couchant...

Elle aussi a un rire un peu amer. Je poursuis en m'en allant :

— Sortez de la merde, mon ange.

Elle me rattrape par la manche.

— Vous avez un phone, Sheppard ?

— Non, mon ange. Ça n'avancerait à rien.

Pour rentrer au siège, je prends le volant. Muppet a les deux fusils entre les genoux, le canon en haut. Je n'ai pas besoin qu'il parle pour sentir qu'il fait la gueule. C'est pourtant une affaire bien carrée, bien propre. Je lui tends mon paquet de Camel et il fait non de la tête. Radio-Cité annonce un homicide volontaire sur le treizième — pas chez nous. Ce n'est pas la voix de Franck, mais celle d'un jeune type qui m'est inconnu. Muppet casse le Baïkal. Il dit au pare-brise ou à la pluie devant, sur un ton de reproche :

— Chevrotine ramée. Comme vous étiez, Léon et moi nous ne pouvions rien faire.

Je continue à rouler sans rien dire, ni vite ni doucement. Calhoune avait des plus beaux seins encore que Zyeux Bleus. Elle aussi on aurait pu la croire capable de douceur et de compassion, mais elle était plus dure et vache que du silex et c'est pour ça qu'elle était vivante et en bonne santé. Encore maintenant, quand je pense à elle, c'est comme si je prenais un coup de pied dans le bas-ventre. Il y a des enfers, dedans, tout au fond comme ça, dont on n'a pas idée et c'est tant mieux. Muppet fait :

— Pourquoi ?

Un jour de juin, Calhoune m'a dit dans la figure, avec haine : « J'assisterai pas à un naufrage. Cinq ans que tu me fais chier. Je veux rire, moi, je veux vivre. Danser. J'existe, moi. J'en ai marre que tu me fasses chier. Autre chose : te bordure pas, tu fais chier tout le monde. Pour qui tu te prends ? Pour Dieu ? Espèce de con. Espèce de pauvre con. »

Elle n'avait pas tort, Calhoune. Seulement, c'est pas facile d'en finir une bonne fois pour toutes. Je peux le dire parce que j'ai essayé une fois, tout seul au .38, et que ça n'a pas marché. Les bonnes idées, pas de doute, ça ne marche jamais. Jamais quand il faudrait. Avec Jésus non plus, ça n'avait pas marché. Jamais. C'est pour ça que je n'ai pas répondu à Muppet. De toutes les façons, il n'aurait pas compris puisqu'il est trop jeune pour avoir connu Calhoune.

Calhoune.

A la Division, tout s'est mis à rouler comme une bonne mécanique, un train de nuit qui fonce à l'autre bout, avec sa cargaison de vivants et de morts, sa grande lumière devant, comme au temps où je commandais mon groupe de jour — comme avant ma patate. Une seule patate en vingt ans, mais le pucelage administratif, c'est comme l'autre, il suffit d'un coup pour le perdre. Et moi, je le savais maintenant, j'avais perdu le mien à cause de Franck.

Muppet a pris le pharmacien. Léon avait fait faire un crochet à la calèche pour que la femme puisse aller se changer et maintenant elle prenait son audition, la figure un peu de travers et l'air de m'en vouloir encore. Il n'y avait rien d'autre en instance. Comme j'avais un double de clés, je me suis installé dans mon ancien bureau et après avoir tapé le transport sur les lieux et les constatations, je me suis fait présenter Jésus. En l'attendant, j'ai fumé une cigarette. On n'avait pas changé grand-chose au décor, il y avait toujours les mêmes affiches de cinéma et Bogart gardait toujours son sourire de chacal avec le Faucon maltais entre les doigts juste au-dessus du panneau où on affiche les circulaires et les portraits-robots des types recherchés. On avait laissé ma lampe en alu qui provenait du fond des années cinquante et le gros poste qui trouvait lui son origine dans un squat de l'îlot Chalon — tout comme Yellow Dog. Ça sentait toujours la poussière et la fumée de cigarette blonde.

C'est pas facile de s'en aller. On laisse toujours trop de traces, même quand on ne le voudrait plus. C'est bien plus difficile que d'éteindre la lumière. Franck. Quand on s'en va, on n'est pas plus seul, juste un peu plus loin. Les autres n'ont pas bougé, on a seulement dérivé un peu trop. Juste un peu trop. Peut-être même que parmi ceux qu'on aperçoit encore au bout du quai, il y en avait un ou deux qui vous aimait vraiment, au fond, allez savoir, mais même pour eux on ne peut plus rien. J'ai quand même saisi le téléphone, j'ai composé le numéro de Franck de mémoire et je suis tombé sur Bess, qui n'avait pas l'air de dormir. Bess ne m'avait jamais aimé, elle. Elle n'aimait plus Franck — il lui en avait fait trop voir depuis des années. Peut-être Bess n'avait-elle jamais aimé personne qu'elle-même. Ou alors elle aimait leur fils. Son fils. Elle m'a répondu d'une voix froide et distante, mais dans l'ensemble plutôt courtoise. Franck s'était absenté. Est-ce qu'il y avait un message à lui laisser ? Pas de message — plus de message. Elle a raccroché avant moi et on a tapé à la porte.

C'était Jésus.

Je lui ai dit de se déshabiller tout en raccrochant. Il avait l'habitude, lui aussi, Jésus. Il a vidé ses poches, enlevé sa ceinture au fur et à mesure. Il a retourné ses chaussettes et il est resté nu, plus maigre et sale, plus puant que bien des morts avec ses grosses mains de part et d'autre des cuisses, sa grosse queue flasque et des bleus violacés aux bras et à l'aine. Tout en tapant le numéro intérieur de Léon je lui ai fait signe de se rhabiller. Je ne savais pas que ça serait ma dernière affaire, ou alors je le savais trop bien. Léon a décroché tout de suite. Elle semblait essoufflée. Elle m'a dit avec brusquerie, sans préambule :

— Mauvais plan. La grosse vache est la femme d'un conseiller référendaire à la Cour des comptes. Elle fait un foin du tonnerre.

— De la merde.

— Elle veut déposer plainte. Contre toi.

Jésus me regardait tout en se rhabillant. Je lui ai montré la fenêtre en me pinçant le nez entre le pouce et l'index. Il y est allé à cloche-pied, comme s'il comprenait. J'ai demandé dans le téléphone :

— Pourquoi ?

— Injures. En plus, elle dit que tu t'en foutais. Que tu lui as fait courir des risques exagérés. (Léon s'est un peu radoucie.) Elle est encore à l'accueil. Tu veux la voir ? Lui expliquer ? Bon Dieu...

— De la merde.

— J'ai pas pu l'empêcher d'appeler son avocat depuis chez elle. Conseiller référendaire. Vérifié, exact. Ça va retomber comme un tombereau de merde. Son mari connaît le directeur. Vérifié, exact. Dans une heure, ça retombe. Direct sur ta gueule.

J'ai fait signe à Jésus de s'asseoir, je lui ai tendu mes Camel et mon Zippo. Nous allions descendre ensemble, lui et moi. C'est la seule chose qui crée des liens. J'ai raccroché sans rien ajouter à Léon. L'homme que je n'ai pas connu mais qui était mon père disait qu'on ne se couchait qu'une fois et que c'était pour mourir. Lui ne s'était pas couché. Quand il avait compris qu'il n'en avait plus pour longtemps, il avait décollé avec son vieux Corsair et il était parti vers le soleil. Son ailier droit l'avait suivi un moment, puis il avait compris aussi et il avait décroché en le laissant aller — tout droit vers le soleil. Un soir à Nice, l'ancien m'avait confié : « Votre père avait échappé à la Bataille d'Angleterre. Il était alors aspirant et volait avec le légendaire commandant Mouchotte. Après il avait échappé à toute la guerre. C'est à lui-même qu'il n'a pas échappé. Comme beaucoup d'entre nous, il avait tourné à la benzédrine, qu'est-ce que vous croyez ? Il avait les poumons brûlés par l'oxygène qu'on utilisait dans nos masques pour le combat en altitude. Plus de nerfs, plus beaucoup de poumons... Il a disparu au-dessus de Da Nang, un matin d'été, aux commandes d'un Corsair aussi usé que lui. Votre mère ne savait pas qu'elle vous attendait. Lui non plus. Da Nang, à l'époque, s'appelait Tourane. On n'a jamais rien retrouvé de lui ni de son avion. C'est comme si le ciel et le soleil l'avaient absorbé. Ou la mer. Tourane. »

J'ai mis une liasse dans la machine à écrire, et Jésus s'est levé pour prendre un cendrier. Pereira Da Conceicao Jésus. Né à Paris XVIIIe de Francis et de Da Conceicao Irénée. De nationalité française. Sans profession ni domicile fixe. Toxico. Braqueur. Il fumait avec avidité. Il m'a demandé :

— Combien je vais prendre ?
— Tu vas prendre cher. Tu as un sursis ?
— Vingt-six mois.
— Tu es sorti quand ?
— Dix jours.
— Tu étais où ?
— Melun.
— Tombé pourquoi ?
— Même chose.
— Combien tu en as fait, en dix jours, Jésus ?

Il a réfléchi bien à fond, comme tous ceux qui n'ont plus rien à perdre que leur peau — presque plus rien. Il avait dû être beau, avant. Un jour ou l'autre, ne serait-ce que cinq minutes, pour quelqu'un, n'importe lequel d'entre nous a été beau. On ne voyait plus de lui que l'essentiel, deux yeux tristes et des os. Il portait cette courte barbe sale de trois jours qui orne la face de certains jeunes branchés qui se prennent pour le flic frimeur de *Miami Vice*, le Blanc, pas l'autre, et des cadavres mâles qu'on n'a pas trouvés tout de suite. Les ongles et la barbe, c'est ce qui continue à pousser quand la lumière s'est éteinte. Pas toujours. Souvent. Parfois même chez les femmes.

Il m'a dit :

— Trois pharmas. Deux cinémas. Je sais plus.

— Seul ?

— Avec Slimane. L'autre. Il est mort ?

— Il est mort.

— Il avait même pas de pétard. Il a pas braqué le vieux.

— Conneries, Jésus.

— C'est le vieux qui a sorti son flingue.

— Trois pharmacies, deux cinémas. Où ? Quand ? Quoi encore ?

— Ça suffit pas ?

— Je veux tout, Jésus. Tout ce que tu ne me diras pas, je le saurai par la synthèse. (J'ai fait le geste d'actionner un jack-pot du bras gauche.) Tout ce que tu ne me dis pas, tu ramasses en plus. Tu me crois, au moins, Jésus...

Il a secoué un peu la tête.

— Tu m'as cru quand je t'ai dit que tu irais au tas avant moi ?

Il a encore secoué la tête. Bien sûr, qu'il m'avait cru. Dans la rue, on a de la mémoire. On sait reconnaître un flic flingueur quand on en rencontre un. Au parquet aussi, on a de la mémoire, et à l'Inspection générale des services. C'est pourquoi je suis tricard des deux côtés de la rue.

— Pourquoi tu n'as pas tiré, Jésus ?

A trois heures et demie, je l'ai ramené en cage. Je lui ai laissé mon paquet de Camel et une pochette d'allumettes. C'était contre le règlement, mais ça n'avait plus beaucoup d'importance. Le visage de marbre, Léon a lu d'un bout à l'autre l'audition que je venais de prendre en fumant sans arrêt. En deux jours, les deux guignols avaient fait cinq pharmacies dans trois arrondissements dépendant de la Division, ainsi qu'un cinéma, plus deux autres pharmacies près de la porte de la Chapelle, une épicerie et un débit de tabac.

Muppet m'a dit :

— Le vieux reconnaît qu'il a tiré à vue. Jésus était en train de rentrer dans l'officine et la femme en sortait. C'est pour ça qu'il n'a pas allumé Jésus en prime.

J'avais mal à la tête. Je me suis affalé dans mon fauteuil. C'est au fauteuil qu'on reconnaît le chef de nuit, et c'est pourquoi on se trompe souvent. J'ai allumé une Camel. Léon m'a rendu l'audition de Jésus, j'ai tout mis en ordre dans la chemise affaire et on a fumé tous les trois en silence la valeur de quatre mesures sur un tempo de blues, puis Léon s'est levée et j'ai compris qu'il fallait que je la suive. Dans le couloir, elle m'a déclaré sèchement :

— La grosse est en haut. Elle y restera jusqu'à ce qu'elle ait vu le patron de permanence sur le secteur. L'Étage des morts a déjà appelé. Il faut que tu rappelles. Je t'avais dit une heure...

— Café, Léon ?

Le dernier clou du cercueil.

Elle a insisté, plus pour moi que pour elle, ou pour se racheter :

— L'avocat a appelé le cabinet du directeur.

— Café, Léon ?

Elle a fait oui, avec soulagement.

La machine à café se trouve dans le local d'accueil. Il y a une table basse et des chaises en skaï marron, un bocal en verre avec hygiaphone où les filles du standard se tiennent le jour et qu'elles ornent de plantes vertes, les plus prospères et riantes de toute la Division parce que personne n'y verse de Ricard ou de scotch en fin de dégagement et qu'aucune fille ne peut pisser dans un pot de fleur, à la hauteur où elles

les mettent. Je ne connais pas beaucoup d'hommes qui en sont capables non plus.

A vrai dire, je n'en connais aucun.

La grosse était assise bien droite. D'où elle était postée, elle pouvait tout surveiller et même les fenêtres qui donnent sur le parking. Elle s'était changée de fond en comble et portait un petit bitos à plume, lequel semblait fait de feutre noir. Elle s'était repeint la face. A ma vue, elle s'est levée d'un bond. Elle avait de drôles d'yeux qui partaient de côté, des yeux couleur d'huître crevée. Léon s'est glissée à ma droite, entre elle et moi. Fidèle et courageuse, Léon. J'ai mis deux francs dans la machine.

Je n'ai prêté aucune attention aux vociférations dans mon dos. J'ai pris le gobelet plein, j'ai remis deux francs pour Léon. Je me suis retourné. La femme voulait mon nom et mon grade. Elle voulait parler au commissaire principal. Personne ne pouvait la traiter comme une merde et s'en tirer comme ça. Elle voulait... J'ai pris dans l'autre main le gobelet de Léon. Elle voulait... Une grosse à la face peinte et au nez pointu. Je crois qu'au tout dernier moment elle a compris (et Léon aussi), parce qu'elle s'est tue d'un coup, juste avant de ramasser les deux cafés bouillants dans la gueule. Dans le silence, j'ai dit doucement :

— Allez vous faire foutre.

C'était comme si on m'avait passé les cordes vocales à la paille de fer. Et avant même que le silence soit retombé, la grosse m'a filé devant et s'est ruée dehors. Je me suis vaguement incliné, j'ai tendu son café à Léon et j'ai soufflé sur le mien. On a bu ensemble, chacun pour soi, sans un mot, on a jeté nos gobelets vides dans la corbeille à papiers qui servait à cela et que les femmes de ménage tapissaient de journal. J'ai regardé les pans de pluie balayer le parking. Léon voulait me parler. Depuis des mois elle voulait me parler. Je ne savais pas, mais maintenant je sais : c'était d'elle et de Franck qu'elle voulait me parler. D'elle, de Franck et de ce qu'elle avait commis pour lui. De ce qu'elle avait découvert sur elle à cause de lui... Peut-être que ça l'aurait aidée, au fond. Mais le quai était trop loin, le quai où restent immobiles les vivants encore un peu lorsqu'ils ont cessé d'agiter les bras, juste avant qu'ils commencent à tourner le dos pour s'en aller peu à peu vaquer eux aussi à leurs occupations de tous les jours.

Peut-être que déjà à ce moment-là Léon n'était plus vivante et qu'à cause de cela seulement j'aurais dû l'écouter, mais je ne l'ai pas fait. Elle ne le saura jamais, c'était pas elle que je ne voulais pas entendre, mais ma propre voix et ce que j'aurais dû lui dire.

C'était seulement moi que je ne voulais plus entendre.

Six

Je savais qu'ils allaient venir. Il me restait deux nuits sur le tour de service, mais comme je savais qu'ils viendraient avec peut-être leur chef en tête, j'ai fait en sorte de ne pas dormir. Tous les détenus, les solides, je veux dire, savent qu'au réveil on est toujours plus vulnérable. J'en ai vu un ne pas fermer l'œil de quarante-huit heures. Je l'avais tapé pour braquage — un fourgon de transport de fonds qu'il avait attaqué avec les mecs de la banlieue sud. Je n'avais eu aucun mal à obtenir la prolongation de garde à vue. Même la Brigade de répression du banditisme rêvait de dégringoler la bande mais c'est la Douzième qui avait pris. En quarante-huit heures, à part son identité, je n'avais tiré qu'une phrase du type : « Je n'ai rien à vous déclarer. »
Un beau mec.
Si les autres sont tombés, ce n'est certainement pas à cause de lui. Ils sont tombés parce qu'on avait des écoutes sur tout le monde. Des écoutes et un indic dans la place. On savait tout avant même qu'ils montent au braquage. J'avais rédigé moi-même le compte rendu d'affaire réussie et les gars de mon groupe s'étaient partagé deux mille francs de frais de justice à cinq.
Il y avait six millions lourds dans le fourgon.
Je n'ai rien à vous déclarer.
Je me suis occupé. J'ai ouvert une boîte de Whiskas à

Yellow Dog (je suis sûr qu'il va regarder la pub à la télé chez des voisins, parce qu'il ne veut rien d'autre que du Whiskas, et au gibier encore), je me suis préparé un café instantané. Dehors, il faisait un petit soleil froid pas même capable d'égayer un verre à dents. J'ai ajouté du lait en tube et j'ai fumé en me mettant là où Franck avait pris place la veille. Il y avait toujours les deux numéros de téléphone sur l'ardoise aux commissions. Tel que je le connaissais, Franck avait perquisitionné mon gourbi en attendant. Je ne vois pas ce qu'il avait pu trouver d'intéressant. Peut-être la boîte en fer dans sa cache. On peut en faire, des choses, avec trois cents millions. Peut-être qu'on peut même faire semblant de vivre et de reprendre goût aux choses et aux gens, seulement, il y a des intégristes du malheur. J'ai bu ma mixture tiède. C'était du mauvais café soluble, à la fois aigre et amer.

 Pendant que Yellow Dog récupérait de sa nuit de folie, je me suis changé, j'ai pris une douche en me savonnant bien, brûlante puis glacée, je me suis rasé avec soin. C'étaient tout un tas de joies simples et sans portée. Des joies d'homme seul et qui ne causent de tort à personne. J'ai choisi un jean propre et repassé, une de mes chemises kaki que Calhoune avait habitée longtemps. J'ai changé ma boucle de ceinturon pour celle des grandes occasions. Il y a dessus un aigle aux ailes ouvertes et un drapeau qui n'est pas le mien — mais je n'ai pas de drapeau à moi. Je n'en ai plus.

 J'ai nettoyé mes bottes et je les ai graissées. La fatigue et l'absence de sommeil ne rendent pas moins amer, seulement plus froid et lucide. Plus loin de soi et de ce fait un peu moins vulnérable. La faim aussi, jusqu'à un certain point. Comme la boucle des grands jours, mes bottes viennent de Dallas et m'ont été offertes par une femme dont la famille possède un ranch au Nouveau-Mexique. Il s'étend sur des milliers d'hectares et le corral contient quelques centaines de chevaux. Dans les écuries, il y avait aussi une douzaine de yearlings admirables. Le temps que j'étais resté, on s'était bien accordés, eux et moi. Avec le vieux aussi. Il me voyait bien marier Vanessa. Je l'avais rencontrée à Aix. Elle était professeur d'anthropologie structurale dans son pays et elle avait de longues jambes admirables elles aussi, le dos droit et plat, ainsi qu'une taille dont je faisais le tour avec les deux mains. Bronzée en plus, avec des seins plus durs et gonflés qu'une maë-vest. Son père avait bien noté que je m'y connaissais, question chevaux, et question femmes également. Sans parler du bourbon. Seulement, Van était trop tendre et trop saine pour un baltringue comme moi. A part les deux trois trucs que je lui avais appris au lit et dont elle s'était montrée tout de suite enthousiaste au-delà de toutes limites, je n'avais rien à lui offrir et certainement pas ce qu'elle attendait, à part le cul, du vrai amour bien gras et bien rose, dégoulinant, comme les grosses glaces dont elle se goinfrait tout le temps sans jamais prendre un gramme. Je n'avais plus rien à offrir, parce qu'avant j'avais déjà rencontré Calhoune et que Calhoune était partie.

Après Calhoune, sauf ma bite, je n'ai plus jamais rien eu à offrir à une femme. Voilà : j'avais un passé — un passé mais pas d'avenir. Mon passé n'aurait pas plu à une grande et belle femme comme Vanessa. Mais c'était le mien et c'était tout ce qu'il me restait de moi à part ma bite et des regrets plus vastes et nuls que le Champ-de-Mars — un passé.

J'ai graissé mes bottes, j'ai laissé s'imprégner puis j'ai passé un chiffon doux. C'étaient des bottes à bouts carrés du genre « pelle à tarte », avec juste ce qu'il fallait de talon biseauté pour qu'on puisse marcher tous les jours avec. Elles étaient en beau cuir fauve. On voyait qu'elles avaient été entretenues avec soin. Comme mon passé, ma bite et mon calibre. On n'entretient pas toujours ce qui sert le plus souvent.

A cause de l'insomnie, j'ai rêvassé en contemplant le soleil froid, mince comme du vieux verre à vitre qu'on trouve dans les meublés. Vanessa aurait été ma dernière chance, mais je n'en aurais pas été une pour elle. Elle s'en foutait que j'aurais presque pu être son père et elle aimait, c'est sûr, la façon que j'avais de lui faire l'amour, mes quelques perversités latines qui lui avaient permis de découvrir des ouvertures insoupçonnées, elle aimait aussi ma manière de monter sa jument, peut-être pour des raisons comparables au fond. Elle aimait les lourdes muflées qu'on prenait ensemble, son vieux et moi, le soir, et les virées qu'on faisait tous les deux après. Lui, ce qu'il admirait, c'était ma science de la baston. Lui me disait que je ressemblais à Harry Dean Stanton et je n'ai jamais su comment je devais le prendre. C'était peut-être un compliment. Tout ça mis bout à bout ne pouvait pas aller bien loin, certainement pas plus loin que le coin de la rue. Chez Vanessa, il ne pleuvait pas. C'était un temps beau et très chaud. L'ombre bleue du soir, on ne la voyait presque pas monter.

C'est peut-être ça, le jardin d'Éden.

Un soir que j'étais plus raide que de coutume, j'ai saisi par le manche une guitare qui traînait, comme si j'avais l'intention de m'en servir de massue, j'ai enlevé la mantille noire qui l'habillait. Cette gratte, c'était juste un élément de décor. Personne n'en jouait dans la boutique. Néanmoins, par souci d'authenticité, on lui avait mis toutes ses cordes là où il fallait. Quand le vieux m'a vu avec, ses yeux ont clignoté comme un warning puis ils se sont peu à peu éteints, il a renversé la tête en arrière... Dans le ciel sec et noir, les étoiles étaient des clous d'argent si proches qu'on aurait pu les toucher sans presque bouger les doigts.

On ne fait jamais assez attention.

Il faut dire que j'avais trop bu de mescal glacé.

Ça s'est fini au petit matin — *Wee Wee Hours.*

Peut-être avaient-ils eu de l'indulgence pour ma voix cassée, ou pour ce que je jouais, ou pitié de mes doigts douloureux depuis le temps qu'ils n'avaient rien dit, peut-être aussi qu'ils avaient deviné quelque chose, toujours est-il que le lendemain matin, Vanessa et lui se sont arrangés pour que je passe sur une radio locale. Trop de mescal glacé. *And now, a french bluesman, born in Algiers...* Ils ont peut-être cru que c'était de l'Alger de Louisiane que parlait le disc-jockey, mais c'était l'autre, au bord de la Méditerranée. Je ne pouvais pas prévoir. De l'autre côté de la vitre du studio, Vanessa ondulait lentement en bougeant le bassin. Elle me faisait penser à une grande algue au fond de la mer. Dans mon esprit, c'était rien qu'une connerie sans portée. Je ne pouvais pas savoir que le standard de la station serait bloqué avant même que j'aie fini mes pitreries.

On m'a évacué sanitaire. Il paraît que j'ai même dégueulé sur les coussins de la Pontiac pendant mon transport, au retour. Je ne m'en souviens pas. Que le vieux m'a mis au lit et que j'ai failli me châtaigner avec tout le monde devant la station. Saleté de mescal.

Le fin du fin, c'est quand un grand gaillard bien balancé s'est amené sur le soir. Il m'a laissé abattre une dizaine de longueurs dans la piscine et il m'a donné la main pour sortir. Il avait la trentaine pas plus et une poigne dure et franche de débardeur. Il avait laissé sa mallette en cuir près des transats, un bel objet en cuir lisse comme en ont les avoués prospères. Tout de suite, il s'est mis à s'exprimer trop vite et trop fort en me flanquant des coups dans les côtes et le dos, de grandes tapes qui se voulaient amicales, comme s'il avait eu affaire à un homme bâti comme lui, fort comme un bœuf et bourré de vie et de santé. J'ai remarqué que ses yeux étaient du même bleu que le ciel, si bleus, si profonds et si tranquilles, que j'avais du mal à y croire. Je n'y voyais pas le moindre nuage. Candides, si on veut. Je ne connais pas de ciel profond qui soit vraiment candide. Van et les vieux sont arrivés. Ils se tenaient presque avec timidité. C'est inquiétant, la timidité chez les gens riches. Van m'a enlacé.

Le jeunot a cessé de me tabasser, il est allé prendre des papiers dans sa mallette, il les a exhibés au-dessus de la tête ainsi qu'un trophée, puis il les a agités devant moi sans cesser de parler haut et vite, une bouillie rapide de mots qui n'étaient pas dépourvus d'attrait. Je saisissais des bribes au passage. C'était facile. *Great... Great...* Ça revenait tout le temps. *Record.* Un disque. Il pensait peut-être avoir affaire à un analphabète, il a fait devant mes yeux le geste avec le pouce et l'index joints de signer sur du vent, comme dans le brouhaha, au restaurant, quand on demande l'addition. Signer. Contrats...

Peut-être que ça n'était pas du flan. Peut-être qu'ils me regardaient tous les trois avec espoir. Peut-être que c'était vrai. Vanessa m'a essuyé le torse, le dos et les épaules avec encore plus de mains qui comptaient encore plus de doigts que d'habitude... Son vieux m'a expédié en direction du menton un petit jab court et sec que je n'ai pas eu de mal à éviter, j'ai fait mine de le boxer aux flancs. Des voiles rouges dans le soleil couchant. *Red Sails In The Sunset.* La version la plus émouvante que je connaisse de ce vieux standard est due à Louis Armstrong. Elle date des années quarante. Elle est tendre et élégiaque, mais sans la moindre trace de mièvrerie. Comme de juste, elle a été massacrée dans les années cinquante. Paul Anka la chante avec une platitude de table à repasser et l'orchestre derrière a des accents de machine agricole.

C'est Vanessa qui m'a mené à l'avion. Mon visa venait à expiration, mes congés annuels aussi. Dans la voiture, nous n'avons pas parlé, seulement fumé un joint et bu un coup. Avant de me quitter — elle savait que c'était pour toujours —, elle m'a dit dans son français parfait :

— J'aurais aimé être cette femme.
— Quelle femme ?
— Calhoune. Drôle de prénom pour une Française.
— Ça n'est pas son prénom. Pas son vrai prénom.
— Qu'est-ce qu'elle fait ?
— Elle est flic.
— Comme vous ?
— Pas comme moi.
— Mais elle est flic.
— Commissaire.

Vanessa m'a scruté une dernière fois. Les gens, c'est

souvent la dernière fois qu'on les regarde, comme ils sont, qu'on les voit pour de vrai. Elle a allumé une Pall-Mall extra-longue. Elle portait des lunettes de soleil Porsche aux verres jaunes et moi mes Ray-Ban sombres. C'est le genre d'accessoires qui aident beaucoup pour des adieux. J'ai allumé une Camel.

A cause de la climatisation, le hall était glacé. C'est peut-être à cause de cela que Vanessa a frissonné un grand coup, des chevilles au menton, qu'elle s'est croisé les bras sur l'estomac — et qu'elle a tourné les talons. Elle est partie sans rien ajouter, sans se retourner. Sans rien.

Et moi aussi.

Ils en mettaient du temps à venir.

J'ai enfilé mes bottes, j'ai étendu du journal sur la table de cuisine. J'ai démonté mon pistolet et je l'ai nettoyé à fond, comme chaque fois que je m'en suis servi. Je ne m'en étais pas servi. C'était pour gagner du temps. J'ai dégarni le chargeur, astiqué les cartouches. Mon arme tire en semi-automatique de la munition 9 m/m réglementaire dont les ogives sont chemisées de cuivre. Je suis encore capable à bras tendu d'en mettre cinq dans une petite boîte d'allumettes placée à vingt-cinq mètres. Ce genre de virtuosité ne sert à rien. Je me tapais une belle érection. Il était temps que je voie Farida avant de me mettre à faire du gringue à la première civile venue qui me regarderait sans prendre l'expression qu'on revêt automatiquement dès qu'on se rend compte qu'on vient de marcher dans une merde.

Il était temps qu'ils viennent me distraire un peu.

Ils sont venus. Ils ont tapé à la porte et j'ai crié d'entrer. J'étais assis sur le divan du living, le dos au mur et les genoux au menton, comme un détenu sur son bat-flanc. La glace me renvoyait mon image. Une image de détenu. En pénétrant dans la pièce, ils ont tout de suite pris presque toute la place. Entre eux et moi, il y avait seulement l'image de la fille qui ne se balançait plus, l'arrière des jambes maculé de ses propres déjections qui avaient eu le temps de sécher, la tête inclinée sur une épaule avec un air rêveur et les yeux très enfoncés. Elle n'était pas morte par strangulation, ce qui est long et vous fait un faciès horrible. Elle avait choisi un tabouret assez haut et trouvé le moyen de se briser les cervicales en sautant. Ou alors elle avait eu simplement de la chance.

Je les voyais à travers elle. Ils étaient deux, jeunes et bien mis avec des complets gris et des derbys sombres. Celui de gauche portait un trench ardoise dont le col était relevé et l'autre un raglan vert. Tous deux étaient trempés de pluie. Tous deux avaient à peu près l'âge de mes fils. Le trench ardoise m'a dit avec embarras :

— Il faut que vous veniez.

Je le savais. J'ai écarté d'une main l'image de la jeune morte, j'ai rabattu mes manches de chemise et j'ai ramassé mon blouson tout en me levant. S'ils ont remarqué le pistolet, ils n'en ont rien laissé paraître. Je les ai suivis. Sur le palier, le trench ardoise s'est étonné :

— Vous ne fermez pas ?

L'autre examinait la glace sans la moindre trace d'entrain. J'ai fait non de la tête, à l'un comme à l'autre. Nous avons commencé à descendre. Trench-Ardoise se tenait juste derrière moi, sur la gauche. Il était peut-être armé, peut-être pas, et il lui restait quand même quelques réflexes professionnels. Même si c'est plus facile de stopper un flic qu'un truand, il n'avait pas tout oublié de son métier. Quand on arrête un client, on l'encadre de manière à ce que personne ne lui tourne le dos, qu'on soit deux ou cinq. Toujours les pinces dans le dos. Jamais d'interpellé, même menotté, derrière le conducteur lorsqu'on le conduit en voiture. A un moment donné, dans la pénombre, Trench-Ardoise a déclaré juste assez fort pour que je l'entende :

— C'est pas la joie d'aller chercher une légende.

Il avait presque l'air de regretter. Je n'avais pourtant rien dit ou rien fait qui pût l'embarrasser. Il n'avait rien à se reprocher. Je n'ai rien répondu. Je n'étais pas une légende, rien qu'un homme qu'on emmenait là où il fallait le conduire pour rencontrer la personne qu'il devait rencontrer. Au moins, on ne m'avait pas désarmé ni passé les bracelets, mais ils n'avaient peut-être pas eu le cran, ou c'était à cause de la légende, ou bien encore parce qu'on leur avait donné pour instructions de procéder à un arrachage en douceur.

Dans le couloir, Trench-Ardoise m'a adressé une dernière fois la parole, mais en pure perte car il ne m'a rien appris que je ne sache déjà. Il m'a dit, avec plus de crainte que d'embarras :

— C'est Calhoune qui nous a dit de vous ramener.

Il me disait « vous ». Leur voiture était une Renault 21 grise bardée d'antennes comme celles des ministères. On n'en voit jamais dans les Divisions. Pour les gens de la Nuit comme moi, ce sont des choses d'un autre monde. On m'a ouvert la portière et fait monter devant. Le conducteur m'a montré où se trouvait le cendrier tout en démarrant. C'était Raglan-Vert. Il me faisait comprendre que je pouvais fumer. Presque tout de suite, il a allumé le gyrophare et le deux-tons. C'était sa façon à lui de se rendre important, parce que la circulation n'était pas si dense que cela, ou alors avait-il reçu l'ordre de faire vite. J'ai allumé une Camel, j'ai reposé les pieds bien à plat sur la moquette. La voiture sentait bon, le cuir neuf, pas le plastique, les essuie-glaces tapaient régulièrement sur un tempo medium fort reposant et j'ai regardé autour la ville sous la pluie, les néons qui s'allumaient, les passants que je n'avais pas le temps de bien voir. On roulait trop vite. Mon Oméga marquait dix-sept heures. Pour un peu, sans cigarette, je me serais assoupi. Pour un peu, malgré la cigarette, j'ai perçu le parfum qui imprégnait l'habitacle. Il était discret et tenace et d'un bon goût parfait, avec tout de même quelque chose d'un peu grave et lourd qui aurait fini par entêter.

J'ai trouvé la commande de la vitre électrique et je l'ai à demi baissée. Il est entré de la pluie et l'odeur de caoutchouc et de chien mouillé qu'a la ville sous la pluie — une odeur pas très agréable mais à laquelle on finit par s'habituer quand on ne peut pas faire autrement.

Elle me faisait au moins pas si mal que le parfum de Calhoune.

Je reprenais à vingt-deux heures, mais on m'a quand même laissé attendre. On attend toujours, dans des locaux de police. Certains disent qu'on appelle l'Inspection générale la Maison *bœufs-carottes,* parce qu'on vous y fait mijoter avant de vous prendre en main. Il est possible que ce soit vrai, comme il se peut que ce soit faux. C'est une forme de mise en condition que j'avais apprise à Calhoune quand je l'avais touchée dans mon Groupe comme inspecteur stagiaire et c'était bien qu'elle s'en serve. Un jour ou l'autre, le disciple doit tuer le maître — ou alors le maître était un mauvais maître, ou le disciple un mauvais disciple et dans tous les cas de figure c'est le maître qui avait tort.

Quand la porte capitonnée s'est ouverte, j'ai vu sortir Léon. Elle ne s'était pas changée et sa figure était terreuse. On voyait toutes les rides et il y en avait trop. On lisait dedans toute son histoire et la plupart de ses blessures. Elle non plus n'avait pas dormi. La porte s'est refermée dans son dos et Léon a marqué deux pas pour rien, elle m'a regardé en face tout en sortant son paquet de Gitane, mais ses yeux étaient ternes et vides. Elle s'est comportée comme quelqu'un qui ne sait plus trop où il va, elle a regardé après m'avoir vu les deux bouts du couloir. Peut-être ne trouvait-elle plus la sortie.

Elle m'a encore regardé. Elle m'a dit, du coin de la bouche sans que sa face remue, à la manière qu'ont les taulards de communiquer entre eux à la faveur d'un transport :

— Je t'ai pas balancé.

Elle est partie sans se retourner. Je l'ai quand même suivie des yeux. Bien sûr, qu'elle m'avait balancé, Léon. Sans s'en rendre compte, à l'amitié. Elle m'avait balancé comme la première fois, à cause de Franck. En une journée, Léon venait de prendre vingt ans.

C'est toujours comme ça, quand on aime.

Je me suis remis à attendre.

Elle n'est pas venue à la porte. C'est Trench-Ardoise, qui avait quitté son vêtement de pluie, qui a ouvert et m'a prié d'entrer en tenant le battant. Dans l'ensemble, je n'aurais pas détesté qu'un de mes fils lui ressemblât. Le seul reproche qu'on pouvait lui adresser, c'était qu'il montrait trop qu'il n'aimait pas beaucoup ce qu'on lui demandait de faire. Il s'est éclipsé tout de suite par une porte latérale qu'il a refermée en l'étouffant de la main.

La seule lumière dans la pièce provenait de la fenêtre et il n'en sourdait pas beaucoup. Il s'y découpait une silhouette sombre — la silhouette d'une femme aux cheveux opulents. Elle était assise derrière son bureau et je ne pouvais rien voir de son visage. Le seul bruit émanait d'un lecteur de cassette sur ma gauche. Pas trop fort. Pas du bruit : de la musique. La voix était à la fois narquoise et sèche, mais aussi voilée d'une véhémence rentrée à la manière d'Oscar Benton dans le *Bensonhurst Blues,* et en même temps rigoureusement juste et à sa place. Certaines voix vous trahissent plus vite et mieux que votre meilleur ami. Le type avait beaucoup de drive et une façon attachante de tourner en dérision l'amertume de ses propres paroles. Il y avait aussi une guitare électrifiée dont il se servait de manière gutturale et brève en contre-chant pour souligner la mélodie et parfois il lâchait en tir groupé de brèves séries d'accords comme de courtes rafales d'arme automatique. La basse électrique était bonne, la deuxième guitare convenable mais un peu courte et celui qui tenait l'orgue électrique connaissait fort bien les harmoniques de Ray Charles (Ray Charles première manière, lorsqu'il jouait en trio à la manière de Nat King Cole), mais on sentait trop qu'il cherchait à toute force à les caser. Le batteur donnait l'impression de se servir de bidons d'essence de deux cents litres.

De vieux bidons vides, passablement rouillés.

Pourtant, l'ensemble rendait quelque chose de rude et d'âpre, très certainement impropre à la consommation courante, néanmoins il y avait dedans une tendresse rugueuse et blessée qui le rendait attachant, comme peut l'être un enregistrement de fortune commis dans une maison d'arrêt.

Lui aussi appartenait au passé.

Il ne restait personne pour s'en souvenir et on ne le trouvait plus, même chez les disquaires d'occasion. Le peu de disques qu'on avait pressés avaient fini à la casse. Calhoune, elle, en avait retrouvé un. Bon flic, Calhoune. Elle l'avait copié. Elle a laissé la cassette aller jusqu'au bout, puis comme elle devait avoir une télécommande, elle l'a arrêtée sans bouger et elle a allumé sa lampe de bureau. Sur le maroquin grenat, devant elle, trônaient deux dossiers cartonnés, le mien et celui d'un autre. Ils étaient presque aussi épais tous les deux. Sans se mettre dans la lumière, elle a fait un geste de la main et a dit :

— Tu peux t'asseoir. Tu paieras pas plus cher.

Sept

Tout le vice professionnel qu'avait Calhoune, c'est moi qui le lui avais appris. Ça faisait du bien de voir qu'elle n'avait rien oublié. Elle n'a pas fait signe de m'empêcher de fumer et rien manifesté quand j'ai attiré près de moi le cendrier à pied, tout en croisant les chevilles, les jambes étendues devant moi. C'était pourtant le genre de manières que je n'aurais pas toléré chez un détenu. Pour ce que je voyais de Calhoune, elle portait une veste de tailleur prune avec de larges revers italiens, un chemisier blanc et ce qui pouvait passer pour une cravate un peu lâche, dans les bleu ardoise. Sur n'importe qui d'autre, l'ensemble aurait fait hommasse, pas sur elle. Calhoune pouvait tout faire à un vêtement, sauf le massacrer, comme Bessie Smith pour une mélodie. Elle portait à l'annulaire gauche une bagouze qui représentait plusieurs années de mon salaire, et elle était toujours fidèle au n° 5 de Chanel, sauf qu'elle n'avait plus à se contenter de l'eau de toilette maintenant.

Je lui ai trouvé les mains maigres. Ses ongles ni courts ni longs étaient passés au vernis incolore. Ils n'avaient pas besoin d'en installer. Ses doigts étaient maigres, mais solides et bien bronzés. Le reste aussi peut-être. Je n'en voyais rien. Elle a allumé une Dunhill.

Elle avait bien gratté, Calhoune. La première chose qu'elle a sortie de mon dossier, ça a été une pochette de disque et elle me l'a montrée recto verso. Elle avait choisi d'attaquer de loin. Je me comportais de la même façon avec les beaux voyous. On ne les prend jamais là où ils s'y attendent — le braquage de l'avant-veille, par exemple, sur lequel on a déjà toutes les billes qu'il faut. On les prend toujours plus avant. Qu'est-ce que vous faisiez dans la nuit du 15 au 17 mars 1984, par exemple... Ou bien, cette môme, vous connaissiez ? Une môme sortie de l'image depuis longtemps et dont on sait très bien que c'était la sienne et qu'elle mange de la terre depuis deux siècles. N'importe quoi pour déstabiliser. Le pire, c'est pas toujours les coups de Bottin sur le côté de la tête, là où ça ne marque pas.

Ce qu'il faut casser tout de suite, c'est le moral.

Le disque était un 33 tours dix-huit centimètres comme on n'en fabriquait plus. J'avais choisi la photographie : on voyait cinq silhouettes debout, très sombres sur un fond gris, sans instrument, sans rien. Cinq hommes promis au peloton d'exécution. On distinguait assez mal leurs traits, on devinait qu'ils étaient jeunes, pas vraiment prospères, esquissés comme des cibles de tir olympique qu'on n'aperçoit que le temps de tirer. Peut-être que pour la photo aussi je m'étais planté, que ça ne pouvait pas plaire. Le groupe s'appelait les Avengers.

Diffusion confidentielle.

Depuis le temps, il y avait prescription.

Derrière, Calhoune a lu mon nom et mon prénom. Guitare solo, vocal et arrangements. J'avais signé les six titres. L'un d'entre eux, le *Dead End Blues*, disait en gros : « De temps en temps, on gagne. De temps en temps on perd. Tout l' temps on a le cafard... » Je n'avais honte ni des paroles ni de la musique. Avec le recul, c'était évident que ça ne pouvait pas marcher — pas assez gnan-gnan, pas assez cucu, mais au moins je m'étais planté de face et surtout je n'avais jamais récidivé.

En correctionnelle, on en tient compte.

De sa voix un peu rauque, Calhoune a remarqué :

— Deuxième guitare, François « Franck Nitti » Novac.
C'était indiscutablement un cas de complicité — et même de coaction. Enregistrement commis comme un vol qualifié. De nuit, en réunion, mais sans effraction ni port d'arme. Pas sans violence. J'avais tout aimé chez Calhoune, sa voix, sa démarche, son parfum et la manière inimitable qu'elle avait de s'habiller ou pas.

Elle m'a dit, en retournant la pochette en tous sens :
— Tu ne m'avais jamais parlé de ça.

Il y a un tas de choses dont on ne parle jamais — surtout celles qui blessent. C'était avant que je rentre à l'Usine et Franck aussi. On n'aurait pas dû en tenir compte contre nous. On avait payé pour ça. On était rentrés à l'Usine. Je n'avais jamais recommencé, Franck non plus. Il avait vendu sa Stratocaster et moi j'aurais mieux fait de me débarrasser de la Gretsch puisque c'était la dernière preuve qui restait.

Elle m'a laissé finir ma Camel, abîmée dans des pensées qui m'étaient étrangères. Elle a reposé le disque sur la petite table de dactylo où se trouvait déjà une machine à écrire électronique pas plus épaisse que mes deux pouces ensemble et elle a sorti autre chose, une photo très lisible format 21 × 29,7. Elle me l'a montrée bien droite. Elle remontait encore plus loin dans le passé. Elle avait fait correctement son boulot, pas de doute. Comme je ne savais pas où elle avait planqué le magnétophone, j'ai rallumé une cigarette mais je n'ai rien dit.

Nous étions deux plein cadre. Nous portions le même treillis camouflé, Franck et moi, et sans nous tenir bras dessus bras dessous, nous étions fort proches l'un de l'autre. J'avais un automatique .45 sous l'aisselle gauche et des galons neufs. J'étais aussi maigre que maintenant, aussi épuisé, mais j'avais alors toute une vie devant et Franck aussi. Nous venions de donner dans les Aurès et il y avait eu de la casse de part et d'autre, là aussi il y avait prescription. Le sale coup est venu tout de suite après. Elle avait vraiment gratté jusqu'au sang, la salope. Sur la photo, qui avait paru dans *Match*, on voyait un jeune sous-lieutenant en grand uniforme, figé dans un impeccable garde-à-vous. Le général Challe en personne était en train de lui accrocher la Légion d'honneur du côté gauche.

Calhoune a ricané. Elle m'a demandé :

— Tu reconnais ?

Il n'y avait plus Franck. J'étais seul. C'est pas aux vivants qu'il faut donner la rouge, c'est aux morts — ou alors j'étais déjà mort. J'avais besoin d'un verre, comme chaque fois qu'une saleté me pétait à la gueule. Bien joué, Calhoune. J'ai fait non de la tête, à elle comme à moi, mais ça ne suffisait pas à se débarrasser de tout. Elle a demandé d'une voix suave :

— Tu reconnais pas ? Décidément, tu n'as pas de mémoire.

J'en avais trop, au contraire. Je suis arrivé à desserrer les mâchoires. Je ne la voyais pas, je ne sais pas à quoi elle s'attendait. J'ai trouvé quand même la force d'avoir une phrase de beau mec. J'ai dit d'un trait :

— Je n'ai rien à vous déclarer.

— Tu te reconnais pas ?

J'ai répété la même phrase. Quand on se noie, il faut bien se raccrocher à n'importe quoi. Tout le temps, à chaque question, j'ai répondu la même chose. Que je n'avais rien à déclarer.

Même quand elle a sorti une copie de mon dossier médical.

— Tu as été interné en psychiatrie. Un an de longue durée. Dépression.

Normalement, ce genre de document reste confidentiel, mais pour elle il n'y avait rien de confidentiel. J'avais passé un mois en clinique. Ma mère venait de partir d'un cancer. Elle avait mis deux ans à crever et les deux derniers mois je l'avais veillée presque jour et nuit. On m'avait attribué une bien jolie cellule dont les fenêtres blindées donnaient sur des champs de corbeaux. Malgré ce qu'on m'avait injecté, je n'avais jamais cessé de marcher droit, pas très vite ni hardiment, mais sans me tenir aux mains courantes des couloirs. Je me repérais sur les dalles en plastique, par terre. On m'avait laissé mon walkman et quelques livres. Je n'avais pas été vraiment malheureux.

Cette cellule, où il y avait quand même un chiotte et une petite salle de bains avec une baignoire sabot faite pour les nains, je crois bien que je ne l'ai jamais quittée.

— Rien à vous déclarer.
— Passons. Le médecin-chef de l'Usine t'a réintégré.

Elle a eu un rire sceptique.

Très forte, question guerre psychologique, mais j'avais trop donné pour que même Calhoune me mette en vrille. Je n'étais pas trop fort pour elle, seulement trop seul et trop loin. Je me suis rappelé quand le psychiatre m'avait demandé mes papiers après l'admission et que j'ai fait glisser doucement sur le bureau devant lui ma brème et ma médaille dans le porte-cartes ouvert. C'était pour les mettre au coffre et me les rendre en sortant. En sortant ?

Même si on me les a bien rendus, même si après on m'a rien reconnu apte de nouveau au service actif, je sais maintenant que je ne suis jamais sorti.

Je n'aurais pas dû, mais j'ai eu un rire triste et amer qui ne m'appartenait pas en propre. Roule, Calhoune, roule... Il ne lui restait pas beaucoup de cartes à jouer et sûrement pas les meilleures. Elle s'était trop défaussée d'entrée de jeu. Elle avait affalé ses as trop tôt. Tout occupée de faire de son mieux, elle avait tapé tout de suite trop fort. Les bons tortionnaires le savent, il faut graduer. Passé une certaine dose de souffrance, on ne sent plus rien. Elle aurait dû en tenir compte avec Franck. Peut-être qu'il lui aurait dit ce qu'elle voulait savoir, mais peut-être qu'avec lui aussi il était trop tard.

Elle est retombée dans le triste et le moche. Elle m'a sorti tout un tas de photos, récentes et parfaites celles-là, pour la plupart prises avec un télé-objectif et sur lesquelles on me voyait avec Farida. Bras dessus bras dessous sur les Champs. Moi conduisant son cabriolet Mercedes blanc décapoté, avec le bras de la fille passé autour de mes épaules et sa tête sur mon épaule gauche. Farida et moi à Deauville. Un jour de novembre qu'il faisait presque beau. Calhoune a souligné :

— Les planches. On a retrouvé la carte bleue avec laquelle elle a payé. Tu sais comment ça s'appelle ?

— Je n'ai rien à vous déclarer.

— Farida travaille le soir dans le quartier Opéra. Elle coûte entre six et dix mille francs la nuit. Elle fait partie du cheptel à Sam. Son deux pièces à Neuilly, elle lui loue six mille francs mensuels plus les charges.

Une autre photo. On nous voyait rentrer dans le parking en sous-sol. Cette fois Farida conduisait mais j'étais parfaitement reconnaissable sur le siège du passager. Décidément, Calhoune travaillait beaucoup sur photo — une bonne élève. Elle avait utilisé un photographe de grand talent. Il y en a à l'Usine. Il s'était servi d'un appareil qui permet d'incruster sur chaque vue la date et l'heure à laquelle on la prend. Calhoune a insisté :

— Tu sais comment ça s'appelle ?

Comme je ne disais rien, elle a déclaré d'une voix lente, paisible :

— Proxénétisme aggravé.

J'ai laissé dire. Les beaux joueurs savent quand ils sont rincés. J'étais rincé. Après cela, en guise de conclusion, elle m'a sorti les déclarations qu'elle avait recueillies le matin de la grosse au bitos en feutre noir. Il en ressortait clairement que je m'étais comporté comme un fou dangereux. Calhoune a apprécié :

— Une scène de western avec un dialogue de merde. Tu as toujours été un spécialiste des dialogues de merde.

Je n'avais toujours pas vu son visage ni ses yeux, mais je ne pouvais pas douter un seul instant de ses intentions. J'avais trop fumé, j'ai attaqué un nouveau paquet de Camel.

C'est alors qu'elle s'est penchée sur la lumière. Putain, elle n'avait jamais été aussi belle, ni aussi bien entretenue. Très bronzée, bien sûr, avec sa crinière acajou signée Alexandre, la bouche à peine passée avec quelque chose de pâle qui ne la rendait pas moins suggestive et prometteuse, mais plus pour moi, les yeux pourtant un peu les mêmes qu'avant. Les yeux, comme le reste, ça trahit. Elle était bel et bien passée de l'autre côté. Elle m'a regardé comme on regarde un poisson mort. Elle a tout ramassé sans me quitter des yeux et tout bien rangé dans son dossier. Elle m'a confié :

— Léon a chanté.

Elle s'est penchée sur un tiroir qui devait être entrouvert. Je suppose qu'elle a dû éteindre le magnétophone, parce qu'ensuite elle s'est accoudée au bord du bureau, elle a joint les doigts sous le menton et m'a encore examiné, avec moins de dégoût, puis d'une voix qui tenait de la gouape elle a sorti sa dernière brème. Elle a déclaré de très loin — peut-être depuis le passé :

— Comme tu es ficelé, tu descends. Farida chantera tout ce qu'on veut. Elle ne peut pas se permettre de perdre son emploi. Pour la grosse, on n'aura aucune peine à faire tenir la faute professionnelle grave en ce qui te concerne. Le cabinet du directeur a été sensibilisé à ton cas. De tous les côtés, tu es marron.

Elle a laissé passer un peu de temps, pas beaucoup. Elle a posé une main sur le dossier de Franck. Il ne devait plus y avoir le magnétophone, parce qu'elle m'a dit froidement :

— Je te fais un deal. Un deal correct. Ta peau contre celle de Franck. Ta peau contre sa combine. Correct, non ?

Huit

C'était un deal correct, vachement correct même. Je l'ai fixée entre les deux yeux — les siens comme les miens étaient vides et froids, calmes. Des yeux de professionnel. Elle n'avait rien oublié, Calhoune. Elle m'avait bien habillé, de pied en cap, et ce qu'elle ignorait de moi aurait tenu sur l'envers d'un timbre à deux francs vingt, écrit gros. Elle se comportait avec moi comme moi avec mes voyous. Correct.
 Elle avait bien retenu.
 J'ai encore fumé toute une cigarette. Elle a regardé mon Zippo, mon blouson, puis ses yeux sont revenus, vaguement maussades, au point de départ, dans les miens. Elle avait toutes les brèmes en main. Elle pouvait la jouer fine ou à l'envers et même emmener le chien au bout — elle aurait pu, d'un strict point de vue professionnel, puisque j'étais marron.
 Moi contre Franck, ça se défendait.
 Dommage qu'elle ait mal ouvert tout de suite après, quand j'allumais encore une cigarette. Un Zippo présente l'avantage de faire quand on l'ouvre et le referme un petit bruit qui ressemble à celui d'une culasse qu'on arme. Pas assez méfiante, Calhoune. Elle a eu son rire rauque, plus avide qu'amer. Il m'a brûlé de part en part. C'était le rire qu'elle avait avant, à un certain moment, après que je lui

avais fait certaines choses d'une certaine manière. Dommage pour elle. Elle m'a dit :

— Tu me le donnes et tu sors.

Elle avait oublié une chose ou deux, dans sa hâte d'en finir. D'abord qu'on n'en finit jamais à part au dernier instant, avant le trou. Ensuite qu'il faut payer pour voir. Elle avait oublié que c'était moi qui passais les deals avec les voyous et jamais les voyous qui les passaient avec moi. Je n'en avais pas passé un avec Franck qui avait été mon frère, ça n'était pas pour m'acoquiner avec elle. Elle aurait dû savoir que je n'étais pas une donneuse. Je me suis levé en laissant la cigarette dans le cendrier, j'ai commencé à enlever mon blouson. Calhoune s'est levée aussi, comme si elle avait peur. Elle m'a demandé :

— Qu'est-ce que tu fous, bon Dieu ?

— Garde à vue. Fouille à corps.

J'ai commencé à enlever le brêlage de mon pistolet tout en déboutonnant ma chemise. Je ne portais rien en dessous. Elle a vu la cicatrice sur mon ventre. C'est violacé, boursouflé et moche. Je cicatrise trop et mal. Elle a eu un geste de la main que j'ai mal vu. Elle a dit :

— Arrête, arrête.

C'était trop vite, trop mal dit. J'en suis resté au même point, j'ai seulement porté la main à ma boucle de ceinturon, lentement. Je lui ai seulement demandé :

— Garde à vue ou pas garde à vue ? Fouille à corps ou pas fouille à corps ?

Taper là où ça fait mal. Je lui avais rendu la main à ma manière. Ça ne pouvait pas s'éterniser. A sa place, j'aurais continué — peut-être. On ne sait jamais au juste quel vrai degré de vacherie on est capable de s'infliger à soi-même. Je savais ce que Calhoune regardait, bien que je ne la voie plus parce qu'elle s'appuyait maintenant du haut des épaules à la vitre glacée, derrière elle. Elle voyait une main maigre et une boucle, la même que celle que je portais quand je m'étais fait artiller par Johnny, la même que la saleté qui m'avait sauvé la vie sans que j'y sois pour rien. La même qu'avant et que Calhoune connaissait. C'était un objet sans grande valeur marchande. Je l'ai entendue murmurer. Elle avait l'air d'un type qui en a trop pris, et qui a du mal à bouger la mâchoire inférieure. Elle disait :

— Enculé. Espèce d'enculé.

Je n'ai pas bougé. Elle avait perdu la main de nouveau. Elle a essayé de sauver la face en reprenant sèchement :

— Rhabille-toi.

J'ai reboutonné ma chemise et renfilé le blouson. J'ai ramassé la cigarette dans le cendrier et je me suis dirigé vers la porte sans me retourner. La moquette a absorbé mes pas, mais pas le bruit rauque de son souffle. Dans mon dos, comme elle était à plus de quatre mètres, Calhoune pesait pas loin de deux tonnes. Dommage pour elle qu'elle ait joué physique avec son putain de rire, Calhoune. C'est vrai aussi que ça se défendait, de son côté. Elle avait trop pris l'habitude que les mecs soient à sa botte. Elle aurait dû se rappeler, pourtant. Elle m'a encore demandé alors que j'avais déjà ouvert la porte capitonnée :

— Où tu vas ?

Elle ne m'avait pas fouillé à corps, je n'étais pas en garde à vue. Où j'allais, ça ne la regardait pas. J'allais au diable, mais ça n'était pas son affaire. Plus son affaire.

Je suis parti sans répondre et elle n'a rien trouvé pour m'empêcher de m'en aller.

Dans le métro, je me suis passé les mains sur la figure, puis j'ai regardé mes doigts trembler. La rame cahotait vite et fort, à l'image de ma vie, en ferraillant. J'ai regardé ma figure dans la vitre sombre. Elle ne m'a pas plus enthousiasmé que d'habitude. C'était bel et bien une sale tronche de gouape taillée à la serpe, et de gouape qui ne mange pas tous les jours à sa faim. On ne voyait pas les yeux où s'était peut-être réfugiée un peu de vie et c'était tant mieux. L'avidité, ça reste longtemps après la mort.

C'est ce qui se lit le mieux, au fond, avec la haine.

Peu à peu, les doigts ont cessé de trembler tout seuls dans leur coin et mes mâchoires de me faire mal. Je me suis mis une cigarette à la bouche, j'ai attendu d'être descendu pour l'allumer. Tout en suivant les couloirs, j'ai pensé que ça n'était que partie remise, que j'avais seulement gagné un peu de temps. Je savais que je reverrais Calhoune. Je ne pensais pas que ça serait si vite, si mal.

Si j'avais su, je lui aurais donné Franck.

J'ai repris les commandes, à la Division. Léon n'a fait aucun commentaire quand je suis arrivé. Elle m'a cédé le téléphone et le fauteuil dont se sert de préférence le chef de nuit. C'était une nuit sans relief. Elle a passé lentement, avec presque rien à se mettre sous la dent. Deux casses sur lesquels je ne me suis pas déplacé, des voleurs à la roulotte qu'on a opérés à chaud, vite fait entre deux portes. Saisine, garde à vue, fouille à corps, audition. Ils sont repartis comme ils étaient venus, menottés entre des tuniques bleues qui faisaient chacun le double de leur poids, ils sont passés à la trappe sans laisser autre chose derrière eux que leurs odeurs de pieds. Vite cloutés, comme presque tous les remords.

J'ai aéré, j'ai fumé. Je me suis occupé à contrôler les registres. Léon m'a amené un café. Elle ne cherchait plus à établir le contact et je n'en aurais pas voulu non plus. Elle me savait en sursis, j'ignorais qu'il lui restait si peu de temps.

Elle est allée faire des mots fléchés dans un autre bureau. J'ai écouté les rares messages radio qui provenaient de l'Étage des morts. Rien de palpitant — et la voix n'était jamais celle de Franck. Je n'avais pas pris chez moi sur l'ardoise des courses le numéro de son Eurosignal et il était trop tard dans la nuit pour appeler Bess qui ne m'aurait rien dit de plus. Franck avait disparu. Les Américains disent : *Missing in action*, les Français, eux, annoncent : *Porté disparu*. Tant que le cadavre n'est pas retrouvé, ils ajoutent :

Présumé mort. Bess, naturellement, ne se serait pas exprimée de cette façon. Plusieurs fois, lorsque le téléphone a sonné, j'ai espéré que c'était lui, qu'il me disait qu'il avait réfléchi, que c'étaient des conneries, ce qu'il m'avait raconté, les six briques, et même son cancer, qu'il m'attendait chez Saïd pour prendre un café, n'importe quoi... On se rassure comme on peut. En même temps, je connaissais trop bien Franck pour me croire moi-même.

Franck s'était mis au cul d'Ali-Baba Mike. Ou alors il savait même le lieu et l'heure de rendez-vous. Je sentais Franck derrière Ali-Baba comme je m'y serais mis moi-même. On en a des choses, pour six plaques. Plus d'un demi-milliard. Part à deux, ça faisait encore du bruit. Net d'impôts. Pas de liasse marquée. Personne pour porter le deuil chez les flics. Seulement, dans un plan de came pareil, après la galaxie n'est pas assez grande, et même les galaxies limitrophes, pour pouvoir se tailler assez loin.

Un coup foireux de ce genre, même bien exécuté, c'était à peu près aussi malin que de se peindre tout seul une cible entre les deux omoplates. Sans compter les désagréments avant. Si c'était la mort que Franck voulait, je la lui pressentais assez hideuse et lente. Lente, je ne sais pas, et Carmona n'a pas pu me le dire à l'autopsie, mais hideuse, elle l'a été, oui, et pour tout le monde.

Le matin s'est traîné jusqu'à nous comme un vieux chat gris à l'échine brisée. Il a ramené avec lui du vent et de la pluie — et l'équipe de jour qui a pris notre relève. Il a ramené devant la Division les camions qui ravitaillent en double file la grande surface du coin et les boucheries, il a ramené au troquet où je ricoche souvent avant de rentrer les soutiers du tri postal et la vieille qui s'arquebuse au petit blanc dès huit heures sans jamais adresser la parole à quiconque, sauf à son chien jaune et hirsute, une bête miniature de pouilleux qui tient de tout et rien, comme elle, crotté le plus souvent par tous les bouts, avec pourtant des yeux marron et doux quand on arrive à les voir dans la broussaille qui lui va jusqu'aux babines. Mon truc pour y arriver, c'est de lui filer un petit bout de croissant.

Il y a aussi les Yougos qui viennent pour leur tiercé. Des flics. Une ou deux gentilles filles, mignonnes et jeunes, qui travaillent dans une boîte de surgelés, trop gentilles, trop mignonnes et trop jeunes pour moi, mais qui laissaient rêveur, surtout la grande qui a tout le temps l'air de revenir d'un endroit du monde où elle aurait passé la journée à bronzer à poil, la journée et toutes celles du mois d'avant. Belle, très belle et gentille. Ou du moins, paraissant l'être.

Certaines vies se passent à manquer tous les trains. Ce matin-là, c'est Moll, le patron de la Division, qui ne m'a pas manqué, du bout du comptoir où il était droit et haut comme une vigie.

Solennel et cassant, dans son complet gris, il ne savait pas que j'avais déjà eu mon compte avec Calhoune la veille au soir. Comme moi, il n'avait pas la moindre idée de la suite. Il m'a dit sans bonjour :

— Pour cette nuit, celle qui vient, je n'ai pas eu le temps de m'arranger, vous la prenez. Ensuite, je vous relève. Vous êtes remis à ma demande à la disposition du Bureau administratif.

Il est sorti sans au revoir.

On ne pouvait pas être plus clair, ni plus net. Dans le meilleur des cas, j'étais viré aux archives. C'est drôle seulement dans les romans. Je l'avais bien cherché, mais ça faisait mal quand même. Moyennement mal. Pour une raison qui m'est inconnue, j'ai trouvé le flan d'adresser la parole à la grande blonde des surgelés. Je lui ai demandé si elle connaissait Djerba. Elle m'a répondu oui, avec un joli sourire tranquille, que c'était dans le dictionnaire à la lettre D. Ile de Tunisie, à l'entrée du port de Gabès. Pêche. Tourisme. Elle n'avait pas l'air de s'adresser à un étron. Je lui ai seulement trouvé un peu de tristesse dans le sourire, alors que c'était peut-être de la nostalgie — ou de l'espoir.

Si elle avait été moins douce de voix, moins vulnérable, j'aurais peut-être poussé la botte. Peut-être s'il n'avait pas plu. Si elle avait été plus pressée de s'en aller, si elle avait eu l'air moins contente de parler, pour le peu de mots qu'elle avait dits... Peut-être que si elle avait été plus hautaine et décourageante, j'aurais essayé... Peut-être.

Ou si j'avais eu encore quelque chose à vendre à quelqu'un.

Elle est partie elle aussi dans la pluie, avec sa copine, les deux pressées sous le même parapluie comme on en voit sur les circuits de Formule Un aux couleurs d'une marque de cigarettes. Pas la mienne.

Je suis rentré dormir.

Neuf

Il est revenu une dernière fois. Il se tenait sur mon palier dans la lumière blême et la pluie qui tombaient de la verrière brisée, avec ce manteau sombre qu'il affectionnait particulièrement et qui l'endeuillait. De la main droite, il se tenait sous le flanc gauche et l'autre bras pendait inerte le long du corps. Sa face était couleur de cendre et ses yeux regardaient droit devant eux quelque chose que je ne voyais pas, car ils me traversaient pour se perdre loin derrière moi, dans la nuit sans fond des rêves. On ne lisait rien sur sa face, pas le plus petit regret, rien qui ressemblât à de l'amertume ou de la frayeur, on n'y discernait plus aucun sentiment humain. Franck paraissait abîmé en lui-même dans une de ses rêveries intérieures où les femmes et les hommes ne tenaient plus guère de place. Il m'a semblé qu'il y avait quelqu'un d'autre avec lui, quelqu'un qui montait par marche comme on traque, quelqu'un qui n'allait pas tarder à apparaître à son tour dans la clarté blafarde et que, naturellement, j'allais reconnaître.

Naturellement, je n'en ai pas eu le temps.

C'est peut-être le vent qui s'était levé et qui mugissait dans le conduit de cheminée comme une corne embrumée, ou bien la pluie sur le ciment du balcon, qui m'a réveillé, ou bien encore la peur de reconnaître l'ombre qui gravissait les marches en laissant glisser familièrement sa main sur la rampe. Je me suis réveillé d'un coup. Yellow Dog dormait contre mon flanc, signe que nous étions bien seuls tous les deux. J'ai toujours soupçonné Yellow Dog d'en savoir plus loin que moi sur la vie et la mort, sur la ville et les gens et tout ce bastringue dont on s'encombre dans cette longue traversée sans but et qu'il faut bien laisser. Je ne l'ai pas dérangé. J'ai regardé la pendule qui se trouvait près de ma tête. Elle marquait dix-neuf heures quinze. Le reste de la pièce était très sombre, avec un endroit encore plus noir, plus opaque que la nuit, dans le coin gauche. L'obscurité y semblait plus dense et plus profonde, presque menaçante, mais il n'y avait personne et certainement pas Franck.

J'ai remué lentement. Le temps était froid et humide et les articulations me faisaient souffrir. J'avais besoin de boire un coup. Il restait sous l'évier une bouteille de bourbon, du Jack Daniel's, que je réservais à une grande occasion, mais je ne vois pas très bien laquelle. J'ai allumé une Camel à tâtons sans réfléchir et la fumée amère et cuivrée m'a emporté la bouche. Trop de café et de cigarettes, pas assez d'aliments solides. J'étais vide en dedans moi aussi, sans guère plus de vie que le fantôme de Franck avec lequel j'aurais pu bien m'entendre s'il était rentré au lieu de rester sur le palier bêtement sans rien dire. Nous aurions bu un coup tous les deux — tous les trois avec l'ombre qui montait. Peut-être Franck ne rêvait-il pas, lui. Peut-être était-ce moi qui me livrais à ce genre de rêverie sans but qu'il m'arrive de prêter aux autres quand ils ne sont plus occupés que par des choses de tous les jours, comme par exemple comprimer sous les doigts l'orifice d'entrée d'une blessure par balle sous le flanc gauche. J'ai tremblé de la tête aux pieds. Yellow Dog a remué dans son sommeil. Franck allait mourir — ou il était déjà mort, mais c'est notre lot à tous, de mourir. C'est pour ça qu'il portait son beau manteau noir, coupé comme un trench-coat, la ceinture dénouée et le col remonté.

Dans la solitude, on finit par se faire des idées préconçues sur soi-même et sur autrui. Elles ne valent que ce qu'elles valent. J'ai fumé ma cigarette presque sans bouger. Tant qu'on ne bouge pas, on souffre moins et je ne voulais pas déranger Yellow Dog — j'avais déjà assez fait de dégâts comme ça. Je n'aurais plus voulu bouger du tout. Quand la cigarette a été finie, je me suis quand même levé et j'ai un peu traîné dans la pièce. Il ne faisait pas très froid, finalement, il y avait seulement un vilain courant d'air glacé qui provenait de la pièce à côté dans le tambourinement monotone de la pluie. Je suis allé refermer la porte-fenêtre qui avait dû s'ouvrir sous l'effet du vent. La fille blonde ne se balançait plus à son crochet en louchant de manière idiote. Elle était partie elle aussi sous sa bâche plastique bleue, emportée par les gardiens dans une civière souple, envoyez les cuivres et roulez jeunesse, nous nous étions juste croisés et j'étais bien seul avec ma fatigue à me battre contre Franck, contre ce qui avait été mon passé, contre les hommes du jour et les vautours du fisc, contre Calhoune aussi et contre moi, seul à crever tout doucement par en dedans, plus lentement que Franck et pour d'autres raisons, mais tout aussi sûrement et avec autant d'application.

J'ai pris une douche dans le petit cabinet de toilette — froide, chaude puis froide de nouveau —, je me suis étrillé vigoureusement et je me suis rasé avec soin devant la glace du lavabo. J'avais une sale gueule grise à la peau flasque parce que j'avais trop maigri trop vite, des poches sous les yeux et les cheveux gris eux aussi. Mon regard fiévreux pouvait passer pour celui d'un détenu en instance de jugement. Chacun de mes gestes coûtait trop cher par rapport à ce que je pouvais en attendre. A un moment donné, en regardant mes côtes, j'ai pensé à ces grands trains que je voyais stockés en bout de quai gare de Lyon, eux aussi en instance de quelque chose, et qui menaient au soleil là-bas à l'autre bout de la nuit, là où je savais maintenant que je n'irais plus jamais, j'ai bien pensé à tout laisser et à en prendre un au dernier moment, en douce, comme on se sauve. Peut-être que je ne voulais plus me sauver, ou alors je savais que je n'irais plus bien loin. Quand même, c'était tentant. Moll m'avait exécuté et Calhoune avant lui. J'avais fait le guignol trop longtemps. Ça finit par lasser tout le monde, à commencer par soi. Rien qu'un peu de soleil, même triste et froid, avant de fermer... Rien qu'un peu de chaleur, comme j'en avais trouvé entre les jambes de Calhoune quand elle me disait encore qu'elle m'aimait. Elle aussi, à sa façon, elle avait essayé de me sauver. Elle avait compris le plan, à force de travailler avec moi, elle avait fini aussi par s'apercevoir que je ne le voulais pas vraiment. Alors elle était partie. A me souvenir d'elle, je m'étais ramassé une jolie érection. Quand on tombe, on finit par se raccrocher à des riens. La vie se réfugie où elle peut.

J'ai enfilé des vêtements propres, j'ai remis le brêlage compliqué du pistolet avec tout le harnachement. C'était vaguement grotesque, en un sens. Aux archives, je n'en aurais plus besoin. Plus qu'une nuit. Je sentais que ça ne serait pas la bonne. Par moments, j'en savais aussi long que Yellow Dog mais je ne voulais pas le reconnaître. Dans la cuisine, je me suis fait une grande chope de café instantané avec du lait en tube. A part un cafard gros comme l'ongle du pouce dans le bac à légumes, le frigo était vide. Plus très faim, mon pote. Le dos tourné à la fenêtre, j'ai regardé les deux numéros de téléphone sur l'ardoise en plastique. A force, j'ai fini par retenir par cœur celui qui correspondait à l'Eurosignal de Franck. L'autre, je le connaissais déjà d'avant. Ils n'étaient pas plus utiles l'un que l'autre, et dans mon idée, mais je me trompais, Franck était mort.

Chez Saïd, j'avais une petite ardoise. Rien de bien méchant et il savait que je paierais recta dès que j'aurais mes frais mensuels. Je l'ai aggravée en prenant deux vrais cafés, mais lorsque Saïd m'a proposé de prendre un bourbon, j'ai refusé. Je sais comment ça commence et aussi de quelle manière ça finit, et je ne voulais pas prêter le flanc à la critique dans ce domaine — j'avais déjà trop donné.

Saïd m'a dit :

— Tu as l'air crevé. Tu veux les clés de la villa ?

C'était sur les hauts de Nice, dans une oliveraie. L'ombre y était douce et fraîche et on aurait pu croire qu'elle avait emprunté au passage sa grisaille bleutée aux feuilles, mais pas le tourment des branches. Je ne connais guère d'arbre plus expressif et tendre que l'olivier, si ce n'est peut-être certaine race de bouleau, infiniment plus mélancolique, à la grâce plus nostalgique, mais tout aussi fragile et impalpable. Il devait faire meilleur là-bas. Il devait faire partout meilleur qu'ici. J'ai encore fumé toute une Camel en buvant mon café, j'ai indiqué doucement non de la tête, comme la cime d'un arbre tremble à un petit vent pensif. Saïd s'est penché sur le comptoir. Il portait une chemisette aux motifs hawaïens assez hideux. Lui aussi avait cet air vieilli et fripé de ceux qui vivent la nuit. Il m'a confié comme un secret :

— Farida est passée. Elle veut te voir. Elle m'a dit de te dire qu'elle allait passer ce soir à l'Usine. Pourquoi tu pars pas avec elle ?

Comme tout le monde, Saïd ne posait pas les bonnes questions. Je ne savais pas que Farida partait. C'était une bonne gagneuse et elle avait un cabriolet Mercedes. Pourquoi serait-elle partie, et où ? Farida n'avait pas de julot, ça je le savais. C'est vrai que j'aurais pu tout péter et partir avec elle si je l'avais aimée. A force de gratter, elle s'était fait une jolie pelote. Nous aurions pris un bar-tabac avec une licence quatre dans le Sud, là où il y a des tuiles romaines et de l'eau claire au canon des fontaines, et pourquoi pas ? Je n'aurais pas été le premier à manger du pain de fesse. Dix fois elle me l'avait proposé et dix fois j'avais refusé. C'est vrai qu'au lit on s'entendait bien et qu'on aurait pu aussi dans la vie de tous les jours. C'était un drôle de canon, Farida, bien mieux encore que Calhoune, mieux disposée et d'une honnêteté absolue. Fidèle, aussi. J'étais seulement trop vieux et trop amer pour elle.

Saïd a soupiré comme il le faisait souvent depuis quelque

temps en me voyant, il s'est passé la main sur la figure et a absorbé d'un trait tout son baby qui avait l'air d'un adulte bien bâti. Il m'a fixé de ses deux yeux verts fatigués, aux paupières éternellement rougies. J'ai compris que le téléphone arabe avait fonctionné quand il m'a dit sans bouger la face :

— Les types du Groupe criminel sont passés à midi. Le grand Willy m'a raconté que tu t'étais fait virer.
— Correct.
— Ça avait l'air de leur faire plaisir.
— Encore correct.
— Pourquoi tu te barres pas ?
— Pourquoi je me barrerais ?
— Combien de temps il te reste à tirer ?

Il aurait fallu qu'il précise le sens de sa question. Telle quelle, elle ne me plaisait pas. J'ai regardé dehors. Il ne pleuvait plus. Il faisait toujours nuit, mais il ne pleuvait plus. Il y avait encore du vent. Je savais bien ce que Saïd pensait, que c'était plus la peine que je continue à me battre comme je l'avais fait depuis si longtemps, qu'il était temps que je pense un peu à moi. Il ne me voyait pas barbillon. Saïd, à sa manière, m'aimait. Farida aussi. On n'est jamais aussi seul qu'on le pense ni qu'on le voudrait. Je sentais le poids du pistolet dans son étui. Je sentais le vent froid.

Pour ne pas boire, je suis parti très vite, sans répondre. Pourquoi répondre ?

Dehors, le vent à rebrousse-poil crépelait avec méchanceté les minces flaques noires bien incapables de se défendre, comme tout ce qui n'a pas d'avenir. C'était un vent court, sec et froid, qui semblait passé sur de la glace. Brusquement, j'ai revu Franck immobile et muet sur mon palier et sans mobile apparent la figure de Calhoune dans son bureau surchauffé. Elle n'avait pas eu l'air si dur et résolu que je m'y attendais. On aurait peut-être pu s'entendre, Franck, elle et moi, même si aucun de nous trois ne cherchait exactement la même chose au fond. Ça nous aurait évité à tous bien du tracas. Il aurait peut-être fallu que je les écoute mieux ou que je sois moins fier, ou encore moins loin de tout et d'eux, que je me sente encore un peu d'envie, mais ces choses ne s'improvisent pas. Et puis, c'est comme au stand de tir, la vie : c'est quand on a tout vidé et qu'on va aux résultats d'un pas d'arpenteur qu'on mesure le gâchis. Je n'en étais pas encore là. Il manquait quelques vacheries. De chez Saïd à l'Usine, je mettais en temps normal en marchant d'un bon pas cinq ou six minutes. J'en ai mis presque le double. A un moment, les nuages se sont déchirés entre les immeubles et la lune a paru nager dans un bleu outremer dur et profond. Elle avait l'air d'un plat d'argent bien bosselé et dangereusement ancien, mais récuré à fond. Les flics n'aiment pas les nuits de pleine lune. Les nuits de pleine lune, on dirait que tous les agités du bocal se passent le mot pour faire des conneries. Des conneries qui emmerdent les flics. Il y a plus d'ivresses et de suicides, plus de férocités. Pour être juste, les flics n'aiment pas les autres nuits non plus. J'ai regardé la lune dériver dans ses écharpes livides avec lesquelles elle semblait jouer quand même, le premier choc passé, de façon plus rêveuse que menaçante, et pour un peu je l'aurais envoyée au bain, bien qu'elle fût d'une beauté à couper le souffle — un beau vieux plat d'argent coupant, un disque sans prix, si parfaitement plein et lumineux qu'il faisait mal jusque dans la mémoire.

Tout de suite après, j'ai pris le long couloir entre les immeubles qui conduit à l'Usine. Avec le planton, nous nous sommes salués sans mot dire, comme chaque fois, j'ai traversé le hall d'accueil comme un sas de décompression et je suis descendu.

C'était la dernière nuit et il ne restait plus beaucoup de marches.

Bien trop en ce qui me concernait.

En passant devant les cages, j'ai vu Jésus collé à la vitre blindée. Il retenait son pantalon tant bien que mal et avec deux doigts de l'autre main il m'a demandé une cigarette. Je n'avais pas de raison de lui en refuser. J'en ai passé quatre ou cinq sous la porte en fer, la dernière allumée. Il s'est penché en plusieurs fois et quand il s'est relevé, j'ai vu que les types du jour lui en avaient mis plein la gueule. Sans doute que Jésus avait voulu se rebeller. J'ai appris par la suite qu'il m'avait caché des choses dans sa première audition. Il avait oublié de s'allonger sur quelques braquages de plus et il ne m'avait pas raconté qu'il avait agressé une vieille chez elle, pour moins de deux mille balles, et qu'on avait dû l'hospitaliser. Je ne pouvais pas tout savoir. Les flics n'aiment pas les voyous qui tapent aux vieux. Les juges non plus et moi pas davantage. La vieille avait pris des coups, Jésus avait pris des coups, et moi ma migraine était revenue. Peut-être chez moi tenait-elle lieu d'indignation. Jésus est retourné s'asseoir sur son bat-flanc. Je savais qu'il fumerait lentement, avec précaution, en essayant de garder les mégots, en économisant. No future. Moi non plus.

Dans mon bureau, Léon tenait le téléphone. Il ne m'a fallu qu'une seconde pour me rendre compte qu'elle continuait à faire la gueule. Je ne sais pas à qui elle parlait, mais c'était d'une voix basse et neutre, avec des phrases sans portée, tout en se massant les tempes avec les doigts. En raccrochant, elle a poussé les registres dans ma direction en évitant de me regarder. Pour ma part, j'ai observé les branches qui s'agitaient follement dans le patio derrière son dos. Elles semblaient appartenir à de petits êtres griffus et malveillants acharnés à notre perte. Toute la nuit me paraissait malveillante, mais ce n'était que l'effet de la fatigue et de l'amertume accumulées. Aucune nuit n'est jamais malveillante, les hommes le sont déjà bien assez sans elle.

J'ai parcouru le livre d'activité nocturne, puis le registre de garde à vue. Jésus était en prolongation. Il y avait eu une escroquerie à la carte bleue, deux voleurs à la roulotte qu'on avait expédiés avant mon arrivée, une histoire de coups et blessures que Léon avait réglée en rédigeant une main courante et qui resterait sans suite. J'aurais certainement fait de même à sa place. C'était une nuit nulle.

Longtemps, Léon s'est ingéniée avec soin à ne pas m'adresser la parole.

En ce qui me concernait, c'était certainement la meilleure initiative qu'elle pût prendre. Le reste du groupe jouait au tarot dans un bureau contigu. Je ne trouvais rien à y redire. Il ne s'est rien passé jusqu'à zéro heure quarante. A zéro heure quarante, l'Étage des morts m'a annoncé un cambriolage dans un magasin d'électronique. Préjudice évalué provisoirement à deux cent mille francs. Propriétaire sur place, ainsi que les flics en tenue. Léon a pris des clés de voiture et un enquêteur, et elle est partie faire les constatations. Comme c'était un joli casse à l'ancienne et que la plume avait laissé des traces d'effraction exploitables, j'ai fait envoyer l'Identité judiciaire. Routine. Par désœuvrement, j'ai joué un moment avec les autres, ni très bien ni très mal, avec l'esprit ailleurs, tout en parvenant à emmener deux fois le petit au bout sur une garde sans le chien.

Quand le téléphone a encore sonné, j'étais en train de ranger les cartes d'un pli qui serait pour moi sans relief, et j'ai pris tout de suite, en regardant machinalement ma montre. Elle marquait alors juste deux heures. J'ai annoncé comme d'habitude :

— Douzième Division. Bonsoir, j'écoute.

Il y a eu un petit cafouillis de déclics complexes sur la ligne, puis aussitôt la voix m'est parvenue aussi claire et distincte que si elle provenait de la pièce d'à côté ou de la planète Mars, et j'ai compris que c'était un appel sur les lignes extérieures. La voix était nette, sèche, le ton pressé et sans détour. Je l'ai reconnue tout de suite, comme elle m'avait reconnue.

La voix a dit :

— Dans une heure chez toi, *pays,* ou alors porte de la Chapelle.

Puis aussitôt la tonalité qui, elle, provenait nettement du fond d'un tonneau vide abandonné sur la planète Mars. Franck m'avait tout dit. J'ai raccroché à mon tour. Pour ne pas trembler, j'ai serré les mâchoires mais ça n'a pas été très utile. J'ai tremblé de bas en haut comme un arbre qu'on déracine à l'explosif. J'ai quand même joué mon pli et je l'ai perdu. C'était bel et bien le bout de la route. Franck avait fait le coup. Autrement, il n'aurait pas appelé, ou bien il se serait adressé à moi autrement. Je suis retourné dans mon fauteuil, j'ai écouté le crachotement de la radio sur la fréquence de la police judiciaire. Calme plat. Ça ne me rassurait pas. Rien n'aurait pu me rassurer. J'ai entendu les branches crisser contre la vitre dans mon dos, le vent peser en sifflant entre les joints de la fenêtre là où ils étaient foutus. Ils étaient foutus presque partout. Pour tromper le temps, je suis monté prendre un café. Franck m'avait donné une heure. J'ai pris un café court, sans sucre. Il n'était ni bon ni mauvais, seulement court et brûlant, sans sucre. Peu après, Léon est rentrée de son expédition. Elle s'est bornée à me rendre compte d'un ton plat et formel qui ne pouvait l'engager à rien. Léon était très capable de ce genre d'insolence à l'égard d'un supérieur, quel qu'il fût. Malgré cela, il m'a semblé qu'il y avait de la crainte dans ses yeux d'étain, bien que ce fût difficile à imaginer, de la crainte ou peut-être une sorte de souffrance passablement hideuse. Elle m'a pris le gobelet des doigts sans me toucher et a bu deux gorgées en faisant la grimace. Drôles de destins croisés. Elle m'a rendu le café sans un mot, elle a tourné les talons. Son comportement avait quelque chose de vain et d'un peu forcé. Je l'ai regardée passer les portes battantes. Rudement bien faite, Léon. Sans douceur, du moins je le croyais. Sa douceur, elle la réservait tout entière pour Franck, et on aurait pu en remplir des cargos, mais je ne le savais pas et Franck n'avait plus besoin de douceur depuis bien longtemps. Ce que Léon avait commis pour lui, je n'en avais pas fait le centième. Ce qu'elle réservait encore, je n'en avais pas idée.

A tout se rappeler, il vient une grande fatigue qui se mélange aux regrets et à une tristesse sans remords, peut-être la seule forme de sagesse qui nous soit accessible. Je suis resté près de la machine à café puisque je savais que Léon était en bas et qu'elle prendrait les communications en cas de besoin — et qu'elle me rendrait compte sans tarder. J'ai fumé, assis dans un des fauteuils de l'entrée, les chevilles croisées. J'ai repris un café court, sans sucre. Je n'attendais pas — je n'attendais plus. Je ne voulais plus entendre parler de rien ni de personne. Je n'étais plus de taille à me mesurer à de vrais bandits. Je ne cherchais plus d'histoires. A personne, pas même à moi. Il se peut que je me sois même assoupi cinq minutes. J'ai entendu la voix du planton, puis le bruit des portes vitrées. Pas de bruits de bottes, donc on ne m'amenait pas de viande. Non, un pas un peu sec, précis, rapide, sur un rythme de fox-trot. Talons aiguilles.

Je suppose que Farida croyait bien faire en venant me voir, en me prévenant. Elle n'avait pas du tout l'air d'une pute et je ne ressemblais pas à un flic. Elle portait un trench ceinturé qui la faisait paraître pressée et des talons bien moins hauts que je le pensais. Elle m'a vu tout de suite en rentrant, là où elle ne s'attendait pas à me trouver, je lui ai lancé une pièce de deux francs qu'elle a saisie au vol et elle s'est tiré un café à la machine, comme chaque fois qu'elle passait. Je n'avais rien à offrir de plus. Elle est venue s'asseoir en face de moi dans un fauteuil. Très belle femme, Farida. Elle avait ramassé sa crinière rousse en catogan et ne portait pas le moindre bijou. Elle n'en avait pas réellement besoin. Dans la rue, certains la prenaient pour un trave tellement elle était grande et bien faite, mais je savais que c'était vraiment une femme et pas un Brésilien. Elle m'a dit :

— Je suis convoquée chez les flics. Tu sais pourquoi ?
— Je sais pourquoi. Carte bleue.
— Qu'est-ce que tu veux que je dise ?

— La vérité.

D'un air inquiet, elle a regardé partout — là où la vérité ne risquait pourtant pas de se trouver. Peut-être commençait-elle à supposer que la vérité ne se trouvait nulle part, ce que bien des flics et des putes savent sans oser se l'avouer. Elle m'a regardé aussi, avec peut-être plus d'attention et de regret que le reste, tout en s'allumant une Dunhill. Elle a murmuré :

— Tu es malade.

J'étais malade. Depuis très longtemps. Ni elle ni moi n'y pouvions grand-chose séparément et même en s'y mettant à deux ça n'aurait rien donné de fameux. C'était elle qui m'avait ramassé à ma sortie de clinique, elle aurait dû admettre que c'en était fini. Elle m'a dit d'un ton de souffrance :

— Je veux pas que tu tombes. Pas à cause de moi. Tu n'as rien fait.

— On tombe pas forcément pour ce qu'on a fait. Des fois, on tombe pour ce qu'on n'a pas fait. Des fois encore, on tombe pour rien.

— Qu'est-ce que tu n'as pas fait, toi ?

Si seulement je l'avais su, ça m'aurait peut-être aidé. Ou alors, je le savais et je ne voulais pas me rappeler. Tout de même, ça n'était pas faute d'avoir cherché. Ma cicatrice au ventre m'a brûlé. J'ai regardé ma montre de manière machinale. Il me restait une demi-heure pour me rendre où serait Franck, peut-être, et j'ai compris que je n'irais pas, parce que cette histoire ne me concernait en rien et que j'avais peur. Une drôle de chose, la peur. Elle m'avait accompagné tout le temps, chaque jour à chaque heure depuis des années, elle remontait par vagues glacées, ma peur. Elle devait se voir comme le nez au milieu de la figure. J'ai juste bougé un peu d'une fesse sur l'autre.

— Tire-toi, Farida.

— Non.

— Sois gentille, tire-toi.

— Non. Je veux pas te laisser comme ça.
— Comme quoi ?
— Malade.
— Je ne suis pas malade.
— Tu es malade.

Je n'avais pas envie de discuter avec elle. Je me suis levé et elle m'a suivi dehors. Elle avait laissé le cabriolet Mercedes en double file devant la Division. Ce genre d'engin vaut au bas mot cinquante unités. En grattant un peu, Calhoune et ses hommes trouveraient bien que c'était moi qui l'avais fait avoir à Farida pour moins de trente briques. Je n'avais pas touché de commission. Je n'étais pas un hareng, mais Calhoune s'en foutait. Il me restait vingt minutes pour rentrer chez moi attendre Franck. Farida m'a pris le poignet. Elle a observé :
— Tu as froid.
— J'ai froid.
— Monte cinq minutes dans la voiture.

Je suis monté. La nuque contre l'appui-tête, j'ai tremblé, les mâchoires soudées. Farida me tenait la main. Au bout d'un petit moment, elle a mis le contact et je ne l'ai pas empêchée de démarrer, comme j'aurais dû. Si on avait mis ce qui me servait de cervelle dans la tête d'un corbeau, il aurait volé à reculons. Les poings dans les poches de blouson, j'ai continué à trembler en dépit de la climatisation, puis peu à peu le froid s'en est allé et j'ai pu allumer une cigarette d'une main. Je savais qu'en bas Léon tenait solidement les commandes du Groupe et qu'elle les tiendrait le temps qu'il faudrait après mon départ. Je ne pouvais pas penser qu'elle partirait avant moi, ni que je me faisais des idées. Farida a roulé doucement, sans but. C'était une souple et belle machine, cette Mercedes. Il n'y faisait pas froid. Elle aurait pu me conduire ailleurs, loin, et peut-être même à bon port, là-bas où le soleil finissait toujours par se lever pour quelqu'un. La pendule de bord a marqué sans bruit trois heures puis trois heures dix. J'ai fait signe à

Farida qu'il était temps de me ramener dans mon gourbi, en bas. C'était en bas, ma place, plus pour très longtemps, et c'était un endroit ni très fameux ni très reluisant, mais c'était tout ce qui me restait. Cette dernière promenade, je me souviens qu'elle a été triste comme un fond de bouteille.

En bas, il ne s'était rien produit durant mon absence.

Léon m'a laissé le fauteuil et le téléphone. Elle est allée dormir un moment et j'ai fumé cigarette sur cigarette en attendant la suite. La suite et la fin. Elles sont arrivées à une mauvaise heure de la nuit, sur le coup des cinq heures, sous la forme d'une voix qui était celle d'un Mickey Mouse et qui me disait :

— Cadeau pour toi. Devant l'Usine. Cadeau.

On s'était servi d'un petit appareil destiné à déformer le timbre et la diction du correspondant, de manière à le rendre inidentifiable. J'ai raccroché, j'ai pris mon pistolet dans le tiroir et je suis monté.

Devant la Division, bien rangée sur un emplacement réservé à la maison, il y avait la grosse Alfa de Franck. Le capot-moteur n'avait pas eu le temps de refroidir. Franck non plus, dans le coffre.

Dix

C'était comme sur la grande roue du jardin des Tuileries : on monte, on monte, on finit par presque tout voir de l'horizon que déjà on est happé en bas et qu'il faut redescendre. C'est sûr qu'on voudrait que ça s'arrête pour pouvoir rester un petit moment suspendu en haut, les épaules levées comme celles d'un griffon agrippé à la barre, à attraper dans sa gueule des morceaux de nuage, des souvenirs, des riens qui aident un tant soit peu à tenir, des petites choses admissibles sur soi-même et sur autrui, mais non, c'est déjà parti à redescendre dans l'odeur des frites et du pop-corn et les claquements de carabines. Il faudrait un courage infini pour recommencer encore une fois tout ce cirque, pour remonter. Je n'en avais plus assez, de courage. Je tenais le couvercle de la malle ouvert. De l'autre main, j'ai fouillé partout avec la lumière de ma torche sans toucher à rien. Sans le moindre doute, la mort de Franck était *effective et constante,* comme l'écrivent les légistes dans leurs rapports. Il ne portait plus que sa chemise, son pantalon de complet et une chaussure sur deux. Il était en aussi mauvais état que ses vêtements et donnait l'impression d'avoir été ramassé de plein fouet par un camion, mais un camion met moins de sadisme et de minutie à vous esquinter. Du sang frais lui empesait le bas de la figure et pour ce que j'en voyais, je lui trouvais la gueule de travers. Il avait les yeux grands ouverts. C'est plus souvent qu'on le croit que les morts restent à regarder ce qui a cessé de les concerner. Je lui ai touché le poignet. Pas de rigidité. Il était encore souple et chaud.

J'ai pensé à une solution, tellement j'étais fatigué et rebuté par ce qui allait suivre, une solution lâche et sans gloire. Personne d'autre que moi n'avait pu capter l'appel du Mickey, du moins le pensais-je. Je pouvais me débarrasser de l'enfant : il suffisait pour cela que je referme le coffre, que je m'installe au volant et que je démarre. On avait laissé les clés sur le neiman. Il suffisait de passer la Seine et d'abandonner la voiture quelque part, dans un endroit tranquille dont la ville ne manque pas, sur le ressort d'une autre Division, là où on ne la trouverait pas avant le jour. La rue était vide, de même que la place à côté et les suivantes. Peut-être la ville entière était-elle déserte et inhabitée, dans ces petites heures qui n'appartiennent à personne en particulier et pas plus au jour qu'à la nuit, et font comme un lit immobile et profond à nos mémoires inquiètes. Je le reconnais, j'y ai pensé, à me débarrasser de toute cette merde, seulement le cadeau m'était destiné en propre et j'étais encore flic. Même moi, je ne pouvais pas être lâche au point de botter en touche un meurtre indiscutable. Bien sûr que j'allais être emmerdé et qu'il me faudrait donner des explications qui ne plairaient à personne — et surtout pas à moi. J'étais arrivé au bout de la route et de mes conneries. J'ai refermé la malle, j'ai allumé une Camel.

Dans un instant, Franck serait livré aux enquêteurs. Je voyais d'ici le foutoir, les lumières et les flashs des types de l'Identité judiciaire, les allées et venues de voitures, et tous ces gens rameutés, le patron de permanence sur le secteur, le magistrat de service, les collègues du Groupe criminel de la Division et peut-être ceux du 36, quai des Orfèvres, je les voyais grouiller comme des cafards sur du pain de mie moisi dans le trafic radio. Je pressentais les questions. Beaucoup de questions.

J'ai fumé ma cigarette de bout en bout, puis je l'ai écrasée sous le talon et je suis retourné téléphoner. J'ai avisé l'Étage des morts et dans les cinq minutes qui ont suivi, Mauser, qui était le substitut de permanence au parquet, m'a rappelé. J'ai servi une nouvelle fois mon boniment. Pendant ce temps, Léon est rentrée dans le bureau, puis elle est ressortie et revenue.

Mauser me disait :
— Un appel anonyme. Mâle ou femelle ?
— Aucune idée.
— Oui. Mort depuis combien de temps ?
— Une heure ou deux.
— Qu'est-ce qui vous rend si précis ?
— A deux heures, il était encore vivant. Il m'a appelé.
— Pourquoi ?
— Pour me donner rendez-vous.
— Vous y êtes allé.
— Non.
— Pourquoi ?

Je connaissais Mauser depuis six ou sept ans. Je l'avais vu arriver bleu-bite de sa faculté de droit, avec moins de certitudes que d'autres, avec des idées moins préfabriquées que certains de ses confrères sur le bien et le mal et beaucoup moins d'illusions sur son utilité sociale. Je l'avais soupçonné d'emblée d'honnêteté et tout ce qu'il avait décidé quand je dirigeais mon Unité de recherche était allé dans ce sens. Je ne pouvais pas mieux tomber qu'avec lui, je ne pouvais pas tout lui dire non plus. Je ne voulais pas couler Franck, même dans son état. Peut-être voulais-je aussi me ménager un peu, qui sait ? Léon m'observait. Je ne lui avais pas prêté attention. J'avais trop tendance à la considérer comme mon ombre. Ses yeux étaient secs et vides et sa face livide. Mauser m'a dit :
— J'arrive.

Nous avons raccroché ensemble. Léon est allée à la fenêtre. Je ne pouvais pas deviner à quel point elle souffrait.

Je lui avais dit d'aller faire garder la voiture. Elle avait obéi. En ouvrant le coffre, elle avait ramassé le même coup de pied dans le ventre que moi, pour des raisons un peu différentes mais tout aussi valables que les miennes, et depuis elle se déplaçait à la façon d'un zombie avec ses grandes mains sans vie qui lui pendaient à mi-cuisses, ouvertes et inemployées comme tout ce qui n'appartient plus à personne. Sans tourner le dos, elle m'a demandé :
— Pourquoi tu ne m'as rien dit ?
— Affaire privée, Léon.
— Il est mort.
— Complètement.

Moll a surgi alors que je ne l'attendais pas, avec dans son sillage le patron adjoint de la Division. Ils avaient l'air aussi mécontent l'un que l'autre, Moll caparaçonné dans sa morgue habituelle, l'autre plein de la dignité ombrageuse qui lui donnait l'air d'un sénateur romain de l'époque décadente, tous deux bien emmerdés. Vauthier, l'adjoint, m'a jeté comme à un chien :
— Qu'est-ce que c'est que ce bordel ?

J'ai retroussé les babines et Léon s'est retournée d'un bloc. Sa grimace a été féroce, presque autant que la mienne. J'ai dit :
— Je n'aime pas le terme de bordel.

Vauthier m'a fixé d'un air qui se voulait terrible sans parvenir tout à fait à cacher son inquiétude. Il lui fallait garder la face. Il a dit lentement :
— Je me fous de ce que vous aimez ou pas. Pour moi, vous êtes un rigolo et un branleur. Je repose la question...
— Appel téléphonique reçu à cinq heures.
— Vous êtes monté et Novac était dans le coffre de sa voiture.
— Correct.
— Vous avez carillonné partout.
— Correct.
— Quoi d'autre ?

— Rien d'autre.
Vauthier m'a laissé allumer une cigarette. Il m'a regardé droit dans les yeux, puis Léon. Peut-être en avait-il fini avec la phase d'intimidation, peut-être l'inquiétude se dissipait-elle un peu dans son esprit. Il m'a demandé d'un ton de calcul :
— Vous connaissiez Novac depuis combien de temps ?
— Trente ans.
— Vous l'aviez revu, ces derniers temps ?
— Oui. Une fois.
Léon aussi a allumé une cigarette. Moll se taisait, appuyé de la nuque à l'armoire métallique, mais il ne perdait rien de ce qui se passait dans la pièce. Peut-être voyait-il beaucoup plus juste que moi, surtout en ce qui concernait Léon. Lui aussi calculait les retombées. Vauthier a pris une cigarette dans mon paquet et il se l'est allumée sans que je bouge. Il avait été flic, et un bon flic, avant de passer commissaire. Il ne m'aimait pas pour des raisons qui lui étaient propres, je ne m'aimais pas non plus, à ce point de vue nous étions quittes. Il n'aimait pas l'homme, mais il savait reconnaître un autre bon flic lorsqu'il en rencontrait un. Il m'a prévenu avec bon sens :
— Ne me cachez rien.
J'ai remué les épaules. Tout était bien en place à présent. Il me revenait à procéder aux constatations sur la voiture et le corps, à examiner Franck avant de l'envoyer à l'Institut médico-légal pour autopsie, à appréhender ses effets et tous objets utiles à l'enquête. Pour cela, je devais attendre que l'Identité judiciaire soit passée. Rendre compte à Mauser. Vauthier s'est tourné vers Moll et ils se sont consultés du regard sans mot dire, puis Moll s'est secoué avec une grimace sceptique. Il m'a indiqué qu'il voulait me voir à part et je l'ai suivi dans le bureau voisin. Il a fermé la porte derrière nous. Lui aussi avait connu Franck. Il avait servi sous ses ordres lorsque Franck dirigeait un groupe à la Douze et Franck lui avait presque tout appris. Moll a

regardé ma cigarette avec ressentiment. Il est allé lui aussi jusqu'à la fenêtre devant laquelle il s'est planté les mains dans le dos, il a contemplé le patio une bonne minute, puis il a regretté :
— Il a encore fallu que ce soit à toi que ça arrive.
Moll ne m'avait pas tutoyé depuis des années. Depuis des années, il avait cessé de me témoigner la moindre amitié. C'était une autre façon de procéder que celle de Vauthier ; elle n'avait pas plus de chances d'aboutir. J'étais trop loin et Franck aussi. Et brusquement, sans que je m'y attende, j'ai senti la colère monter et j'ai compris ce que j'allais faire, malgré ma fatigue et le peu d'intérêt que je portais aux choses. J'allais retrouver l'enculé qui m'avait envoyé son cadeau. Et lorsque je l'aurais trouvé, même si ça devait être le dernier acte de ma putain de vie, je le tuerais.
Je ne voulais pas ennuyer Moll avec des états d'âme, parce que les flics ne doivent pas en avoir, mais je le lui ai dit :
— *J'effacerai le fils de pute qui a fait ça. Écoute-moi bien, Jacques, parce que après je ne dirai plus rien, ni à toi ni à tes chaouches : je buterai l'enfant de salaud qui a eu Franck. A partir de maintenant, je ne dirai plus rien. A personne.*
Moll s'est retourné avec l'air ennuyé du type qui vient de se rendre compte qu'il a un frelon dans le calebard. C'est qu'il me voyait jusqu'à présent rincé et sans force, c'est qu'il m'avait clouté trop tôt, déjà ficelé, expédié, classé sans suite. Naze. Il m'a regardé sans entrain.
— Je veux cette ordure.
— Rien du tout. C'est la Criminelle du 36 qui va prendre l'affaire. Tu es marron.
— On se comprend pas. Je veux ce fumier. Tu étais dans tes couches que je faisais déjà ce métier, et Franck aussi. Métier de merde. J'en connais pas de plus beau. Je veux celui qui a démoli Franck.
— Pourquoi ?
Pourquoi, c'est la question qu'on pose lorsqu'on n'a plus rien d'autre à demander, quand on se retrouve sec et sans

argument, sans rien de solide et d'habitable, c'est la question aussi qu'un poulet ne pose jamais parce que personne de sensé ne connaît la réponse — la bonne réponse, celle qui permettrait de se défarguer de tout, de ses amertumes comme de ses illusions, de sa propre vie, de ses errances. Non sans justesse, Moll a observé :
— Tu n'auras rien du tout. Il y a longtemps que j'aurais dû alerter le médecin-conseil de l'Usine. Je ne dis pas que tu as fait que des conneries, mais avec la dame Arnoult, c'était limite. C'était déjà limite avant. Il faut que tu te reposes, maintenant. Personne ne peut tenir tout le temps sous 380 volts, vingt-quatre heures sur vingt-quatre.
— Seulement cette fois.
— Non.
— Dehors ou dedans, ça sera pareil.
— Dehors ou dedans de quoi ?
— De l'Usine.
Il a pris une profonde inspiration — nous avions été amis —, il a regardé autour comme Farida à l'accueil, plus tôt dans la nuit avant lui, comme si les lieux et les objets pouvaient l'aider en quoi que ce soit à se décider. J'avais allumé une autre cigarette, il me voyait comme j'étais, c'est-à-dire plus très reluisant, et il m'a demandé :
— Qu'est-ce que tu as à vendre ?
— Rien de dangereux pour toi.
— Qu'est-ce que tu en sais ?
— Sûr.
— A cent pour cent ?
— Oui. Je peux arriver à m'entendre avec Mauser.
Il a ri sous cape :
— Personne ne peut s'entendre avec Mauser. Pas même toi. Qu'est-ce que tu lui veux ?
— Seulement l'autopsie. Après je me couche.
Moll m'a observé sous le nez. Nous avions été très amis, ce qui ne l'empêchait pas de rester soupçonneux. Ça ne l'a pas empêché non plus de me taxer une Camel. Il n'avait plus

très l'habitude de fumer, ni de parler. C'était une affaire moins simple que d'habitude et il était naturel qu'il garde les cuisses propres. C'est le prix que paient les tauliers pour faire carrière. Pas de creux, pas de vagues. C'était plus empoisonnant qu'un compte rendu d'affaire réussi avec que des biques comme mis en cause, ou des toxicos ou un de ces julots minables qui comptent quand même pour un crâne quand on n'a rien de mieux à se mettre sous la dent, c'était plus dangereux que ces procédures où dans le fond tout le monde est d'accord tout de suite, bien carrées, bien nulles. En tant qu'homme, Moll n'était pas incapable de courage, de même que Vauthier d'une certaine forme d'honnêteté, mais il y avait le galon au bout. Le temps qu'il était bien disposé, j'ai insisté :

— Seulement l'autopsie.

Il m'a fixé :

— Je ne vois pas ce que ça pourrait te rapporter.

— Seulement des emmerdes. Je veux savoir comment et où. Ce qu'on lui a fait.

— Ce qu'on a fait à Franck ?

— Oui.

C'était pour lui comme pour moi quelque chose d'inédit. D'un autre côté, avec tous les gaillards qui avaient obtenu leur mutation pour la province ou ailleurs depuis deux ans, depuis que Moll était là, j'étais certainement à la Division le plus apte à prendre l'affaire — si elle restait à la Division. On en revenait à Mauser. Mauser pouvait saisir un autre service. Moll a regardé la cigarette qu'il avait entre les doigts, puis ma figure, avec aussi peu d'intérêt pour l'une que pour l'autre. On ne pouvait plus s'éterniser. Il a vaguement souri, faute de mieux.

— Tu te démerdes.

C'était une promesse de paix armée, rien de plus. Léon est venue me dire que l'Identité judiciaire se trouvait dans les murs et en haut je me suis heurté à Mauser qui arrivait. Il portait un raglan de couleur moutarde, et il m'a tendu

sèchement une main de la même teinte. Lui aussi m'a attiré dans un coin mais il n'avait pas l'air, lui, d'avoir un frelon dans le caleçon. Il s'est adressé à moi de manière franche et directe, comme il le faisait toujours :
— Cané, hein ?
— Cané.
— On dirait qu'on l'a balancé d'un avion.
— C'est une manière de voir les choses.
— Vous fumez toujours ces saletés de Camel ?
— Toujours.
— Envoyez.

A un homme comme Mauser, je pouvais donner du feu, pas à un sénateur romain. Mauser m'a remercié d'un coup de front. Il a regardé les gens autour de l'Alfa. Il y avait des hommes en bleu et des civils, et comme je le prévoyais, les éclairs électroniques des flashs qui ne portaient pas bien loin, en somme tout le foutoir habituel. Le chef du Groupe criminel de la Division est venu me voir. Il ne m'a pas demandé grand-chose et je ne lui ai rien appris. Pour ceux du jour, les hommes de la Nuit sont un peu des crétins pas très capables de mener une enquête criminelle. Pour ceux de la Nuit, les hommes du jour sont ceux qui se chargent des finitions. Aucune espèce d'importance de part et d'autre. Mauser m'a pris le bras, familièrement.

— Je vais faire ouvrir une information. Vos autorités souhaitent la présence d'un observateur du 36, quai des Orfèvres. Pour ma part, je n'en vois pas très bien la nécessité. Novac n'était pas en service, nous avons affaire à un homicide classique. Je ne peux pas m'opposer formellement à cette connerie d'observateur. Vos huiles sont très novatrices en matière de procédure pénale. Pour moi, c'est la Douze qui prend. Vous avez un excellent Groupe criminel, à la Douze.

Je savais que Mauser n'aimait ni Moll ni Vauthier, et que ceux-ci, très imbus d'eux-mêmes, le lui rendaient bien. En petits despotes qu'ils sont dans leurs services, les commissaires n'aiment pas beaucoup l'autorité qu'ils subissent du parquet — ils n'aiment à vrai dire aucune autorité et pas plus celle du directeur de la PJ, même s'ils sont obligés de faire bonne figure pour aller à la soupe. En ce qui me concernait, je n'en avais rien à foutre de ces bisbilles. Je n'avais aucun privilège à défendre. Nous avions un excellent Groupe criminel à la Douze. Les patrons n'y étaient ni pires ni meilleurs que dans le reste de Paris. Mauser a remonté son col et m'a observé avec goguenardise.

— Vous prenez. Je veux dire, la Douzième Division. Quand vous aurez fini de maigrir, prévenez. Cancer ?

— Non.

Il a vu Calhoune en même temps que moi. Elle descendait de sa Porsche grise qu'elle avait laissée en plein milieu de la rue. Il a fermé les yeux et serré fortement les paupières et il a soupiré :

— Seigneur ! Le restant de ta colère.

Sans dire quoi que ce soit de particulier, sans la moindre ostentation non plus, elle a tout de suite capté l'attention. La Porsche n'y était pas pour grand-chose, ni sa manière désinvolte de l'abandonner n'importe où et n'importe comment. Tout le monde a regardé Calhoune, et Calhoune seulement. Elle était vêtue d'un tailleur sombre sans défaut, avec un chemisier blanc et une cravate en soie nouée rêveusement sous le cou. Ses talons ont fait juste ce qu'il fallait de bruit et leur rythme tenait de la valse lente et lui aussi du rêve. Tout le monde un jour ou l'autre, tous ceux qui l'avaient rencontrée en tout cas, tout le monde avait aimé Calhoune, et les autres, j'avais tendance à les considérer comme des malheureux. Elle portait aussi un manteau et un sac dans le genre fourre-tout. Elle s'est penchée sur le coffre sans que son profil délicat en soit altéré le moins du monde, et en se relevant, elle a regardé autour d'elle, comme pour prendre ses marques. Elle a vu Mauser et lui a adressé un signe de tête. Mauser n'a pu s'empêcher de ricaner entre ses dents. Il m'a dit :

— Belle carrière, votre amie. Vous auriez dû prendre sa roue. Elle a un doigt dans le trou du cul de chaque ponte de la PJ. Il y a beaucoup de pontes, chez vous, mais elle a aussi beaucoup de doigts.

Mauser en savait long. Moi aussi. J'ai allumé une cigarette après l'autre en attendant que le photographe ait fini. Je commençais à en avoir marre. Calhoune est venue vers nous, toujours sur un rythme de valse lente, avec sur la bouche un vague sourire qui flottait à distance, quelque part entre elle et nous, un sourire aussi dangereux qu'un chèque en blanc. Elle a salué Mauser, sans un regard pour moi. Elle a sorti un paquet de Dunhill et en a allumé une. Certains de ses gestes la trahissaient encore. Si elle avait plus de courage et d'honnêteté, elle aurait fait une sensationnelle putain au lieu de rester un simple voyou. Elle sortait de la douche et son maquillage était sans reproche, pourtant elle n'a pu empêcher son index de trembler en prenant la cigarette, ni sa bouche de se durcir en s'adressant à Mauser :

— C'est un truc pour la Crim'.

— Non, a décidé Mauser.

Elle a redressé le menton. Trop longtemps qu'elle menait les hommes — certains hommes — à la baguette. Lorsqu'on a trop de types à sa botte, il arrive qu'on perde le sens de la mesure. Calhoune a inspecté le vilain manteau moutarde de confection de haut en bas puis de bas en haut et j'ai remarqué la rage qui montait dans ses yeux, ainsi que l'effort pour tenter de la dissimuler. Mauser ne l'avait pas quittée des yeux. Calhoune a jeté sa cigarette. Drôle de gâchis. Je me suis un peu éloigné. Je ne veux pas être le témoin de certains combats douteux. J'ai tout de même entendu Mauser répéter qu'il attribuait l'affaire à la Division. Il me semble que Calhoune a eu une expression un peu blessante pour lui en particulier et la magistrature en général. Elle avait conservé un vocabulaire de voyou. Le reste de leur conversation a été perdu pour moi, parce que le type de l'Identité judiciaire m'a fait signe qu'il en avait fini.

Il m'a rendu compte, puis celui qui s'était occupé des empreintes a pris la suite. Ce dernier m'a expliqué :

— Rien d'exploitable. L'auteur du coup devait porter des gants. Aucune trace ou indice. Vous avez touché à quelque chose ?

— Non. Rien.

— On a tout essuyé partout, autrement on aurait trouvé quelque chose.

Peut-être était-ce autre chose dans son esprit qu'une insinuation pas bien agréable pour moi. Je m'en foutais. Il y avait déjà moins de monde. Je savais que Vauthier et Moll tenaient conférence dans leur bureau, et que Mauser et Calhoune ne tarderaient pas à les rejoindre, et sans doute d'autres encore, et qu'il ne resterait plus grand monde avec moi. Léon a écrasé sa cigarette, elle est venue m'aider à sortir Franck. Il ne pesait plus bien lourd. On l'a mis sur la civière et je lui ai enlevé le peu de vêtements qu'il portait encore. Léon les a mis provisoirement dans un sac-poubelle. Elle n'a rien dit ou fait de particulier. Le corps portait deux orifices d'entrée dans le flanc gauche, provoqués tous deux par une arme de petit calibre qui pouvait être du 6,35 comme de la .22. Pas d'orifice de sortie correspondant. Il y avait des hématomes et des contusions sur les mains, les bras et le torse et on lui avait mis la figure en bouillie à coups de quelque chose qui pouvait aussi bien être une clé anglaise qu'un démonte-pneu, ou une matraque ou un tuyau de plomb. Pour faire bonne mesure, on lui avait finalement tiré une balle de gros calibre dans l'oreille gauche. Elle lui avait traversé le crâne et en sortant, elle avait laissé un trou qui faisait presque la surface de ma paume. Drôle de chose, que la balistique. Franck se prêtait à tout de bonne grâce. Les morts, c'est comme tout le monde, c'est seulement en vieillissant que ça devient facilement emmerdant. Léon m'a montré les traces sur son poignet gauche et j'ai trouvé les mêmes sur l'autre, comme si on lui avait mis des menottes avant de le travailler au corps. Il ne pouvait plus rien m'apprendre. J'ai rempli l'ordre d'envoi et les gardiens l'ont chargé dans le fourgon. Il a démarré sans que j'y prête attention. La voiture ne m'a rien appris non plus, ni Mauser en partant.

Je suis encore resté un peu à fumer. Je n'attendais aucune espèce de révélation d'aucune sorte et la moitié de la tête me lançait comme chaque fois que la migraine s'installait pour un bon moment. Les gardiens de la paix aussi sont partis. Il est resté seulement la Porsche en plein milieu, seulement la Porsche, Léon et moi. Léon me regardait, je regardais la Porsche et la Porsche ne regardait personne, puis Léon s'est approchée pas à pas. Il fallait bien qu'elle ait du courage pour deux. Elle m'a pris le coude comme elle le faisait parfois à certaines victimes, elle m'a ramené sur le trottoir. Elle savait à quel point j'avais aimé Franck et peut-être se rendait-elle compte de ma souffrance, puisque la sienne était tellement comparable et tout aussi amère et sans remède. Elle ne m'a fait aucun reproche. C'est elle qui a verrouillé l'Alfa dans mon dos. C'est encore elle qui m'a conduit à la Division. Un semi-remorque commençait à se ranger pour décharger. Un semi de viande.

C'était déjà le jour, d'une certaine façon.

Il me restait du papier à taper.

Du papier et le reste.

Bien du courage, Léon.

Onze

Je me demanderai longtemps ce qui m'a poussé de pervers et de malsain, cet ignoble besoin de savoir, toute cette journée-là et les suivantes, ce que je cherchais en définitive de pas très admissible et qui ne pouvait rien me procurer de bon. Je ne me rappelle pas tout, seulement qu'un jeune type de l'Identité judiciaire m'attendait avec sa grosse mallette à appareils devant l'entrée de service de l'Institut médico-légal et qu'il s'est présenté à moi, puis que je me suis présenté au portier à travers le judas. Nous étions attendus au premier. J'ai répondu que je connaissais le chemin, et l'homme s'est contenté de rire entre ses dents. Il n'avait pas l'air plus vivant que la plupart de ses habitants, pas moins non plus.

Je me rappelle qu'il avait cessé de pleuvoir et que plusieurs grandes fenêtres étaient ouvertes, sans que cela changeât rien à l'odeur. Les couloirs étaient encombrés de civières, sans qu'il y en eût trop. Les contes de la mort ordinaire. Il y avait une vieille très jaune sur la droite, les mains sur le bas-ventre, et dans sa bouche ouverte comme un trou de falaise, on voyait encore le dentier mal mis. Il y avait un homme sans âge au ventre gonflé et dont les membres inférieurs étaient calcinés jusqu'aux genoux. Il y avait aussi, je m'en souviens bien, rangé un peu à l'écart, peut-être pour la bonne bouche, un jeune homme en habit de noces, vêtu de pied en cap alors que les autres étaient nus, avec même des bottines et des guêtres, et autour de la tête une ou deux fleurs blanches qui commençaient à faner J'aurais dû m'enquérir de ce qu'il boutiquait là, lui aussi, ne serait-ce que pour calmer mon tourment.

Je suis rentré dans une salle, qui n'était pas la bonne. La fille sur la table avait déjà été préparée. Elle ne regardait rien. Plus rien. Elle était grêle, les seins flasques, et une maigre toison en haut du ventre lui donnait l'air pauvre et abandonné. Elle était de la couleur de la choucroute froide. Le jeune de l'I.J. me suivait comme un petit chien qui redoute les coups de pied en vache. Il n'avait rien à craindre de moi, pourtant, et pas davantage des autres. A ma montre, il était onze heures dix. Si j'avais eu un semblant de raison, j'aurais été dans mon lit. Je sais que je n'y aurais pas trouvé le sommeil. J'ai manqué m'énerver, parce que le légiste était en retard et que je ne parvenais pas à mettre la main sur Franck. Les légistes ne sont jamais à l'heure. Franck était dans la première salle de droite où une coursive à mi-hauteur, à laquelle on accède par une échelle en fer, sert à prendre les vues d'ensemble du corps. Comme tous ses pareils, il portait une plaque d'identité à la cheville gauche, avec son numéro d'ordre, sa taille et son poids. J'ai tout relevé au dictaphone, pendant que le jeune remplissait son Nikon-moteur. Pour un type de son âge, il se débrouillait bien. Il a gravi l'échelle et son flash a troué la lumière du jour avec une froideur terrifiante.

Un assistant que je ne connaissais pas m'a aidé à tourner le corps sur le flanc, puis sur le dos et enfin sur l'autre flanc. Il portait un tablier en caoutchouc et fumait une Gitane maïs qu'il rallumait sans cesse. Il n'avait pas d'âge et si je le rencontrais aujourd'hui dans la rue, je ne le reconnaîtrais pas — pas plus qu'il ne me reconnaîtrait. Il m'a annoncé que Carmona était en retard, ce que je savais déjà. Lorsqu'on a eu fini les photos, il a emmené un chariot sur lequel il a transféré Franck sans effort apparent et nous l'avons suivi dans la salle où il y avait déjà la fille. L'homme a observé qu'on ne risquait pas de la déranger et il s'est mis à son affaire, pour avancer Carmona. Il a glissé une cale en bois sous la nuque de Franck et il a commencé à l'inciser un peu partout, d'une lame très aiguisée qui faisait le bruit de couper dans de la soie, longitudinalement. J'ai allumé une Camel et le garçon de l'Identité judiciaire est sorti une seconde, je n'ai eu ni la force ni l'intelligence d'en faire autant, et presque tout de suite, Carmona est entré. Nous nous sommes serré la main, comme chaque fois que nous nous rencontrions, en vitesse, sans un mot. A lui non plus, je ne pouvais pas donner d'âge et je n'ai jamais su ce qu'il pensait de ce qu'il était en train de fabriquer. Peut-être me l'aurait-il dit, si je le lui avais demandé, depuis le temps. Ensuite, il a parcouru ma commission rogatoire de bout en bout, puis il me l'a rendue et il est allé se laver les mains au savon de Marseille au petit lavabo qui se trouve sur la gauche. Il s'est mis à prendre toute une série de clichés au Polaroïd et il les a regardées apparaître l'une après l'autre en les classant avec soin, pendant que je donnais mes instructions au jeune. C'est le problème quand on n'a jamais travaillé avec quelqu'un, il faut en dire un peu plus sur ce qu'on veut. J'avais presque oublié qu'il s'agissait de Franck, ou c'était ma façon de me défendre. Je voulais des gros plans de tout.

— Gros plans ou plans rapprochés ?
— Gros plans.

Personne n'aime, mais c'était son boulot. Je voulais toute l'histoire, d'un bout à l'autre, et c'était celle d'une agonie dont je ne voulais rien ignorer, une agonie que je prenais à mon compte personnel pour ainsi dire. A l'Usine, j'avais toujours passé pour un pinailleur, un maniaque et un caractériel — je m'en foutais. Blessures au flanc, blessures aux bras et à la face, je voulais tout, la mâchoire démantibulée et les trous dans le crâne, je voulais tout. Les doigts éclatés, tout. Le jeune a œuvré, même si c'était pas un job pour un jeune type sportif et sain, et aussi plein de vitalité que lui. Carmona l'a regardé faire sans trahir d'impatience ou d'irritation, sans se permettre la plus petite remarque. Lui aussi connaissait ma minutie et il ne la désapprouvait pas. Lui et moi savions qu'on cherchait des histoires là où il n'y en avait plus, c'est ce qui nous rendait plus indulgents et accessibles au doute que d'autres, plus usés également. Carmona et moi, on l'a regardé se contorsionner avec le Nikon dans la figure pour prendre ses angles, on a écouté le bruit du moteur et supporté avec autant d'impassibilité apparente que Franck les éclairs de flash. Je me suis rappelé qu'à mes débuts au 36, on se servait d'ampoules qu'il fallait changer chaque fois et que les moteurs étaient inconnus, de même que les zooms optiques. C'est peut-être à cause de cela que les choses avaient l'air un tout petit moins glacé et inhumain. Quand la photo a été finie, Carmona a ouvert.

Même si je le voulais, maintenant, je ne me rappellerais pas tout. Je risquerais de baver d'une autopsie sur l'autre et il y en a eu tellement. Ce sont des cérémonies que je n'ai jamais aimées, car elles sont la plupart du temps vaines et décevantes comme seuls savent l'être le démontage d'une arme à feu et la gymnastique, le tir à sec et les parties carrées — tout ce qui est bidon et dont on connaît d'avance le résultat. On le fait quand même pour tout un tas de raisons. On reste toujours entre deux, finalement bien couillon à regarder un peu de sang dilué qui s'en va, à se demander pourquoi... Je me rappelle le ciel incolore, qui pouvait aussi bien être celui du soir que de midi, les grandes vitres de collège qui caractérisent tous les édifices publics qui ont échappé dans leur disgrâce à la froide folie du béton et de l'aluminium brossé, je me rappelle l'odeur de mort, pas si inconfortable que cela après tout, qui me collait au palais... Je me rappelle Franck disponible à présent, les yeux au ciel comme un de ces Jean-Sébastien de Mantegna dont on a perdu la facture, placide en quelque sorte, très ouvert. Je me rappelle Franck éviscéré, vain et vide, le sexe sombre et inerte reposant sur la cuisse droite, ainsi que les paquets de sang violet dans son ventre qui avaient révélé une forte et longue hémorragie interne, provoquée par les deux petites balles de calibre .22 bosquette qui n'avaient pas eu la force de traverser, que Carmona avait retrouvées sans grand mal et qu'il m'avait remises, comme il se devait. On aurait dit deux projectiles de jouet d'enfant. Je devais avoir, en les regardant dans ma paume, un air d'abruti parfait. Je ne connaissais personne d'assez idiot pour se servir de ce genre de camelote qu'on utilise d'habitude au stand dans l'espoir chimérique de gagner une bouteille de mauvais mousseux avec une carabine réglée pour tirer dans les coins.

Je me rappelle à peine les remarques que Carmona émettait au fur et à mesure qu'il avançait dans sa besogne, je me rappelle le foie qu'il m'a montré, ainsi que les poumons dans lesquels il a taillé sous mes yeux, en écartant chacune des tranches successives :

— Cancer. Ce type n'aurait plus dû tenir debout.

Carmona et moi avions le tort de raisonner de façon logique, et même académique. Ce type avait eu plus de force et de courage que nous n'en aurions jamais. Plus de sagacité aussi. Carmona ne m'apprenait rien. Son assistant avait décalotté le crâne à la scie électrique — le crâne d'un homme qui s'était appelé Franck. Carmona en a sorti le cerveau — du moins ce qu'il en restait. L'hémisphère droit était en bouillie, et le gauche ne présentait rien d'impressionnant, rien de plus impressionnant ou de plus propre à la consommation qu'une demi-cervelle de veau décongelée. J'avais déjà fumé un paquet et le jeune en était à son deuxième film. Carmona a réfléchi :

— Une seule balle de gros calibre.

Il ne m'apprenait toujours rien. Tirée dans l'oreille gauche à bout touchant, je le savais déjà, à cause des traces de poudre dans la peau et le cuir chevelu. Une balle suffisamment puissante et lourde pour tout pousser devant elle et champignonner à la sortie. Le crâne à droite

— Vous seriez bien emmerdé, docteur, si je vous disais de tout remettre en place.

Carmona n'a pas souri. Il n'a presque pas bougé non plus. Il m'a seulement répondu :

— Pas autant que vous, monsieur le Divisionnaire. Pas autant que vous.

Nous sommes partis. L'odeur de mort nous a quittés bien après la place de Lyon. J'ai pris un premier bourbon chez Saïd avec le jeune, qui m'a promis un exemplaire de travail des photos pour le lendemain matin, du moment que j'allais le prendre au 36, puis je m'en suis débarrassé et je suis allé taper l'autopsie à l'Usine. Je ne sais pas quel genre de bouillon je leur ai servi, mais une chose est sûre, le parquet n'a jamais toussé, personne d'autre non plus. J'avais toujours été bon à la bécane, même si Vauthier pensait autrement. L'opinion des sénateurs romains m'a toujours été indifférente, qu'elle s'attache à ma personne ou à d'autres. J'ai remis mon arme administrative au coffre et je suis retourné chez Saïd.

Moins d'une heure plus tard, j'avais replongé. J'étais à deux grammes à l'éthylomètre. Ça ne pouvait pas faire revenir Franck, c'est sûr, mais ça ne pouvait pas me faire de mal non plus, pas plus que le reste. C'était toujours le même jour, ou la même nuit. Plus tard, j'ai appris que j'avais failli me jambonner avec des képis sur le douzième, ce qui n'aurait rien ajouté à ma gloire, c'est certain, et que Saïd et ses fils avaient tout fait pour arrondir les angles de manière à ce que je ne sois pas embarqué, au risque d'être emmerdés eux à ma place, surtout avec le brigadier qui était intervenu, un triste crétin des Alpes dont l'un des rares rêves était de se payer un flic en civil. Pourtant, je ne voulais plus ennuyer personne — pas même un brigadier de police. J'en avais trop sur les endosses.

Quand j'ai plongé dans le noir, Saïd a appelé un numéro. Lorsque j'ai repris connaissance, c'était dans le fauteuil du passager d'une voiture qui m'emmenait je ne sais où sans que je fasse quoi que ce soit pour me défendre. Je ne connaissais pas beaucoup de bagnoles aussi souples et silencieuses. Cuir havane, direction assistée, boîte automatique. Vitres électriques. Farida n'avait pas quitté sa tenue de travail. J'ai laissé tomber la main sur sa cuisse nue, bronzée et soyeuse. Je lui ai dit :

— Ça va, toi ?

Elle a répondu avec douceur et gentillesse. Elle avait pourtant laissé tomber son boulot pour venir. Au fond, elle m'aimait beaucoup, Farida. Plus que bien d'autres et plus que je m'aimais moi-même. Beaucoup de noblesse, Farida. Elle avait des jambes longues qui paraissaient prendre sous les bras, des attaches graciles. Beaucoup de tendresse et d'amabilité. A partir de deux grammes, j'avais tendance à trouver bien des femmes aimables, même les moins convenables. Elle a roulé doucement et longtemps en s'arrêtant de temps à autre pour que je rende. Ce que j'ai surtout dégueulé, à part de la bile et de l'alcool, c'est Vauthier, Moll et sa clique, et Calhoune aussi, tout ce qu'il y avait de triste et de mauvais en moi — et Franck, tous les faux-semblants et les histoires en plâtre, toutes les conneries, toutes ces saletés qui m'empêchaient de vivre et même, certaines, de mourir.

Cette nuit-là, quand je me suis réveillé, c'était comme si je me retrouvais sur la case départ, la gueule dans le sac, mais sur la case départ, avec à côté une fille trop vivante et trop bien pour moi, qui était d'accord quand même pour s'encombrer d'un baltringue dans mon genre, sans plus d'avenir que l'hymne républicain, sans plus de vrai avenir que lui maintenant que même les promoteurs immobiliers et les publicistes se disaient démocrates. Elle m'a emmené partout où je voulais, sur le périphérique et place des Ternes, nous avons fait un tour au bois de Boulogne comme les ploucs et j'ai un peu discuté avec des traves que j'avais connus aux Mœurs. Je lui ai montré le petit commissariat du treizième où j'avais commencé jeune O.P.A, puis nous sommes remontés sur Pigalle. Yvonne nous a offert le champagne, du vrai champagne, comme au temps des hommes — des vrais hommes. J'avais bien connu Eddy-Vite-Fait et Lucien Le Bègue, et tous deux étaient morts, Eddy truffé de balles de .45 à l'Estaque et Lucien dans son lit, bêtement, d'un crabe qui l'avait mangé de partout en rien de temps, j'avais connu le Petit Paul qui venait du Touquet et n'aimait rien tant que les gailles, je l'avais stoppé deux fois — les deux fois aux courtines, tous des anciens à Yvonne auxquels elle avait survécu sans le faire exprès, tous des braqueurs et des casseurs, des voyous qui ne valaient guère plus cher que ceux de maintenant et n'avaient pas beaucoup plus de parole, mais qui dataient pour la plupart de l'époque des 15 CV et de l'Occupation, puis des gros V8, des Vedettes et du trafic des blondes. Une autre époque. Yvonne m'a parlé des tapis où on flambait jusqu'au matin, et pas pour des haricots, je me suis rappelé les cercles où régnait encore en douce Monsieur Jo, les académies de billard. Je me suis souvenu de Mona, la grande Mona qu'on appelait Ficelle, et qui ne l'avait pas été tant que ça puisqu'elle avait fini sous les roues d'une voiture sur le cours de Vincennes — résultat d'un différend commercial aggravé d'une querelle de territoire Le type lui était passé dessus à trois reprises, tranquillement, puis il était reparti comme il était venu par la place de la Nation et nul ne l'avait jamais retrouvé. Farida écoutait sans rien dire, en me tenant la main sur ses genoux serrés. Elle était trop jeune pour avoir connu tout ça. Ce qu'elle avait connu n'était pas mieux.

Yvonne s'est penchée en arrière, elle a allumé un petit cigare et m'a regardé droit dans les yeux à travers la fumée. Elle était maquillée comme une voiture volée, mais son regard couleur de jade était froid et attentif. Dans sa face peinte et anguleuse, il ne restait plus que lui de réellement vivant. Elle m'a demandé :

— Dis-moi ce qui est arrivé à Franck.
— Il est mort.
— Calibré ?
— Entre autres.
— Il venait de temps à autre. Il se mettait au bar, au bout.
— Il buvait un coup...
— Pas toujours. Il avait trouvé une fille, une gentille môme qui venait de Gagny. Une toute petite gosse de quatre sous... Il l'attendait des heures, ici ou dans sa voiture.
— Qu'est-ce qui n'a pas marché ?
Yvonne a fait une grimace, puis le geste de se shooter à la saignée du bras. Elle a eu l'air brusquement très vieille et très amère, elle a ajouté sans cesser de me regarder droit dans les yeux :
— La pompe, mon grand.
— Franck savait ?
— Il savait. Il l'avait envoyée voir Olivenstein. Ça a tenu autant que les beaux jours, c'est-à-dire pas longtemps. Patou, on l'appelait. Me demande pas Patou comment, j'en sais rien. Elle a replongé. Franck était comme fou. Il lui mettait sur la gueule, mais ça n'y changeait rien. Il aurait dû la laisser. Il était bel homme, Franck, il avait un succès fou avec les jeunesses. Les filles, ici, l'appelaient Monsieur le Comte et pas pour se moquer de sa figure, je te prie de le croire. Il aurait emmené ce qu'il voulait, mais c'était elle qu'il voulait. Patou.
— Où elle est, maintenant ?
Yvonne a ri à la manière d'une vieille coquette, mais sans trace de joie dans ses yeux fixes, sans gaieté, sans paraître s'amuser d'elle, de Franck ou de nous, mais sans dureté non plus. Elle avait levé une main maigre criblée de taches hépatiques comme en ont les vieux, elle a examiné ses doigts et le petit cigare qui fumait entre le pouce et l'index, et elle m'a prévenu :
— Pas la peine de chercher, grand. Elle est passée au crématorium du Père-Latrappe il y a de ça un an, presque

jour pour jour. Il n'y avait pas grand monde pour suivre le sapin, rien que Franck, moi et une autre femme qui était venue avec lui.

Elle a observé la fumée monter presque droite jusqu'au plafond qui n'était qu'à un mètre au-dessus de nos têtes. Il n'y avait pas beaucoup de mouvement dans la petite pièce qui lui servait de bureau, presque pas de bruit non plus, rien que quelques tristes relents de slows lents et plats comme des trottoirs. Elle a remué un peu la tête, Yvonne, comme un âne triste.

— Overdose. Je ne me souviens pas que Franck soit repassé depuis.

— Qui sait qui vendait la came à la fille ?

Yvonne m'a scruté de loin, avec un peu d'étonnement.

— Tu veux dire, qui c'est qui vendait la came à Franck ? Elle avait jamais de thune. C'est Frank qui l'achetait pour elle.

— A qui ?

— A une pourriture qui se fait appeler Ali-Baba Mike. Une ordure qui se dit batteur de jazz.

— Qui est batteur de jazz.

— Une saleté.

On peut être batteur de jazz et une saleté en même temps. On peut être guitariste et une saleté, tout comme on peut être flic, garagiste ou pute et être une saleté aussi. Ali-Baba Mike. Je n'ai pas fini mon verre. Farida et moi sommes sortis sans qu'Yvonne bouge de son fauteuil, nous avons traversé la petite boîte toute en longueur — le Bali Bar — sans susciter l'attention des consommateurs et des filles, ni celle de la grande gouine en cuir qui tenait le bar, et nous nous sommes retrouvés sur le trottoir dans la pluie qui avait repris. Nous avons remonté la rue Fontaine sans un mot. Farida me tenait le bras. Elle semblait considérer cela comme un fait entendu. Tout ce temps et ce fric qu'elle perdait avec moi ! Je n'étais plus très rond, mais pas encore bien clair. Il était temps de rentrer. Nous sommes rentrés.

Elle a rangé son cabriolet en bas de chez moi et branché l'alarme, puis nous sommes montés. A mi-chemin j'étais déjà très amoureux, elle aussi. L'alcool et les deuils me rendent toujours très amoureux, c'est pourquoi j'avais cessé de boire et que je me tenais rangé des cimetières depuis quelque temps. Yellow Dog était occupé à ses affaires de toits et de nuit, aussi avons-nous eu tout le lit pour nous tout seuls. Le temps que je m'attaque à mes vêtements et que j'allume une bougie, Farida avait tout enlevé et s'était glissée sous la couette. Lorsque je me suis étendu près d'elle, j'ai senti qu'elle tremblait et qu'elle avait froid. Les choses auraient pu être infiniment plus tristes. Quand je l'ai prise, Farida m'a supplié :

— Je t'en prie, tiens-toi tranquille.

Elle ne pensait pas à ce qui était en train de se passer, elle faisait allusion à tout le reste, à tout ce qui était arrivé depuis des mois et des mois, à tout ce que j'avais descendu pour pas grand-chose, puis je lui ai vu une grimace avide qui ne parvenait pas à l'enlaidir et elle a commencé à me griffer les épaules et les flancs en remuant le bassin en tous sens. J'ai compris qu'elle avait raison et moi tort, qu'il valait mieux que je me tienne tranquille, que je n'étais pas à plaindre, puisque nous nous entendions si bien au fond, l'un dans l'autre.

Vers le matin, je me suis endormi en la tenant dans mes bras comme Yellow Dog lorsqu'il était bébé. Elle m'avait promis de s'arrêter, de rester avec moi tout le temps que je voudrais, que c'était fini, tout le reste de ma vie, si je voulais. Paroles de blues, paroles de femmes... J'avais promis... Parole de flic. J'avais promis de laisser béton. Faut jamais croire un flic. Moi-même, je ne me croyais pas. Elle était blottie comme une enfant qui a peur. Elle avait raison d'avoir peur.

Douze

La scène se passait dans un grand jardin que j'avais connu mais qui se trouvait maintenant en friche. Il pleuvait sur les cosmos et les dahlias, sur la surface grise du bassin ovale en contrebas, plus loin entre les troncs nus des érables, et dont la pierre à fleur de sol datait du XIIIe siècle, sur les châssis aux vitres brisées et les anciennes serres — de même que sur la longue chevelure lisse de la femme immobile. La pluie faisait une sorte de suaire au jardin et à la maison. La femme souriait pourtant d'un air indolent et sa grande main froide cueillait avec grâce des fleurs de camomille. Tout se passait sans bruit, sans hâte, avec en même temps de la tristesse mais aussi une joie tranquille, de la gravité et beaucoup de froid. Cette femme, je ne l'avais jamais rencontrée de mon vivant, pas plus dans ce jardin qu'ailleurs. Elle habitait seulement mes rêves lorsque je n'étais pas bien foutu et que je me découvrais.

Ou qu'on me découvrait.

La lumière m'aveuglait. C'était la clarté crue d'une torche électrique comme la mienne, seulement l'homme avait choisi la taille au-dessus qui est prévue pour s'éclairer, mais sert aussi de matraque, et il me la braquait en pleine figure, presque à bout touchant. L'autre lascar avait arraché la couette et il voyait assez pour s'intéresser aux fesses de Farida. J'ai tendu le bras et allumé la lampe de chevet. Deux hommes dans la trentaine, bien mis, en manteau et complet. Celui qui tenait la torche s'est reculé et a éteint, mais il l'a gardée à la main. L'autre n'en finissait pas de contempler ce que Farida ne songeait guère à cacher dans son sommeil, aussi lui ai-je arraché la couette des doigts tout en me levant et je l'ai remise sur le lit. Lampe-Torche a fait signe à son comparse, lequel m'a lancé chaque vêtement l'un après l'autre après l'avoir palpé. Mon Oméga disait qu'il était dix-huit heures et ma tête que j'avais trop picolé. Rien de tout cela n'était fait pour me plaire. Les deux durs, eux, ne disaient rien. Ça ne me plaisait pas non plus. Ils n'avaient pas l'air d'être des flics même s'ils se comportaient à leur façon. Le Voyeur m'a lancé une botte après l'autre, en me laissant bien le temps d'enfiler la première avant de m'expédier la seconde, et non sans les avoir retournées chacune en tout sens. Joli boulot, tout de même. Farida n'avait pas bougé de place et nous avons quitté la pièce sans bruit. Dans le petit living, j'ai allumé une cigarette et je me suis adressé à Lampe-Torche tout seul :

— A quoi on joue, ami ?

— A pas poser de questions, ami. Vous avez un blouson ? Une veste ?

— Blouson, dans l'entrée.

Le Voyeur l'a pris au passage, il a palpé le vêtement sous toutes ses coutures et me l'a tendu avec beaucoup de naturel, sans brutalité inutile. Je l'ai enfilé et nous sommes sortis à la queue-leu-leu, le Voyeur devant et Lampe-Torche sur mes talons. Du cool, du calme, du bien huilé. En descendant, le froid m'a pris. Pas des flics, des hommes jeunes et grands, tous deux de ma taille — incomparablement mieux nourris et entraînés. Le Voyeur portait une eau de toilette pour homme à la mode que j'avais tendance à trouver un peu vulgaire, l'autre tenait toujours sa grosse maglite comme une massue, c'était tout ce que j'avais à leur reprocher. J'étais en train de me faire ramasser. J'ai pensé au pistolet de service que j'avais laissé au coffre à l'Usine, à mon Colt dans sa cache à côté de la cheminée. Il n'était plus temps de regretter. Pas assez vigilant, mon pote, aurait ricané Léon. Je me suis rappelé comment on avait traité Franck avant de l'achever, mais personne ne m'a passé de menottes ou ne m'a rudoyé. J'avais la langue en plâtre et les genoux fragiles. En sortant sur le trottoir, Lampe-Torche m'a soutenu en me prenant par le bras droit. Je n'en avais pas réellement besoin, il m'a pourtant conduit ainsi jusqu'à une limousine rangée en double file, le warning allumé. J'ai regardé la rue pendant qu'on m'enfournait, la rue et les passants. Le Voyeur a pris le volant et Lampe-Torche s'est assis à côté de moi sur la banquette. Il m'a montré le cendrier sur la colonne de transmission mais il a gardé la torche en travers des cuisses pendant tout le trajet. La nuit était tombée. Il pleuvait toujours. Quelqu'un m'avait volé toute une journée de ma vie, alors que c'était peut-être la dernière. Le Voyeur ne conduisait ni vite ni lentement en hésitant comme quand on roule à l'étranger. Pas beaucoup plus de la trentaine, type européen, cheveux châtain foncé coupés court, mains carrées aux doigts courts et trapus, aux phalanges bosselées. Karaté, boxe thaï et full-contact. Lampe-Torche faisait moins rustique, plus réfléchi. Je n'avais pas aimé l'expression de ses yeux dans le living. Ils étaient d'un gris presque laiteux, larges et vides, les yeux d'un homme assez patient pour vous casser chaque os long, vous démantibuler chaque articulation, même celles qui se ressoudent le plus mal, sans la plus petite trace de passion ou d'intérêt, sans haine, sans rien. Deux ou trois fois au cours de ma vie, j'avais rencontré ce genre d'individu et aucun ne m'avait jamais plu. Le dernier en date avait commandé les Forces spéciales au Viêt-nam avant de tout lâcher et de prendre un poste de conseiller technique. Quand je l'avais rencontré, il dirigeait à Paris une société de gardiennage et de surveillance et il s'était mis dans l'idée de m'embaucher. Comme conseiller technique.

Drôle de chose, la vie.

C'était le soir. Il y avait des passants. Des passants et des passantes que je voyais à peine à travers les vitres teintées et qui ne devaient pas me voir beaucoup plus. J'aurais aimé que tout s'arrête une seconde, parce que ma migraine était revenue. Nous sommes passés rue de Rivoli, puis le Voyeur a coupé à travers la place de la Concorde, à l'allure et avec la tranquillité d'un défilé militaire. Les choses se sont aggravées à la moitié des Champs, et dix fois j'aurais pu descendre à la faveur des embouteillages, mais j'étais trop vieux pour ces guignoleries, et puis ils m'auraient retrouvé, ou ils auraient retrouvé Farida, il y avait peut-être un verrouillage central des portières et enfin il y avait la torche-matraque et les yeux laiteux qui affectaient de ne se porter sur rien de particulier sans rien perdre de chacun de mes gestes. J'avais promis à Farida de me tenir tranquille, je me suis tenu tranquille. J'avais survécu aux huissiers et à Calhoune, aux nuits de veille et à ma propre fatigue, au fisc et aux Camel, je n'avais rien à me reprocher, je suis resté peinard.

Mon hôte avait loué une suite au Concorde-Lafayette, comme chaque fois qu'il était de passage à Paris, c'est-à-dire tous les quinze jours. Il faisait ma taille et guère plus de mon poids, et on lui aurait seulement donné la trentaine sans ses cheveux gris de chaque côté du crâne et les rides profondes qui lui allaient des ailes du nez aux commissures de la bouche et mettaient comme une paire de parenthèses dans sa face plutôt avenante. Il portait un chandail en mohair blanc à même la peau, un pantalon de flanelle bordeaux et des mocassins de cuir, blancs eux aussi, sans chaussettes, une Santos-Dumont au poignet droit et aucun autre bijou. Lampe-Torche s'est avancé, le Voyeur avait disparu. Il a rapporté :

— Pas d'arme. Pas de magnétophone.

Mon hôte l'a congédié d'un geste, il s'est levé et m'a saisi aux épaules avec une chaleur qui ne pouvait être feinte, pas plus que le mépris avec lequel il avait viré l'autre chaouche. Il m'a observé en disant :

— Je suis content de te revoir, *mon frère*. Assieds-toi et prenons quelque chose. Nous serions mieux ainsi pour parler, tu ne trouves pas ?

Nous avons pris place avec une bouteille de bourbon sur la petite table basse entre nous deux. C'était du Jack Daniel's et il l'a servi sec, sans glace, pendant que j'allumais une cigarette. Il a ri entre ses dents qui étaient toutes chemisées de métal comme la plupart des balles des armes de poing modernes et son front s'est plissé à tel point qu'il lui a donné un air soucieux qui n'allait pas bien avec le reste.

— Parler de quoi, *frère* ?

— De Franck. (Il a levé une main tout de suite.) Ça ne servirait à rien que des hommes comme nous se fassent la guerre.

— Franck est mort.

Par réflexe, il a porté la paume gauche à plat contre son sternum et il a incliné le torse — par réflexe ou par atavisme. Il a examiné le bourbon dans son verre et il s'est mis à parler de sa voix sourde et lente que les femmes trouvaient volontiers enjôleuse, et qui l'était peut-être pour elles. Pas pour moi. Il a affirmé :

— Il n'y a pas le moindre micro dans cette pièce, ni dans celles d'à côté. Nous pouvons parler sans détour et sans crainte. Donc, Franck est mort. Nous étions en affaires ensemble, lui et moi.

— Quel genre d'affaires, Hadj ?

— Des affaires d'import-export.

— Denrée précieuse ?

— Pas dans mon pays, ni dans la majeure partie du Maghreb. Nous avons d'autres problèmes, comme la poussée démographique et la montée de l'intégrisme. Nous avons une bonne police. La dernière transaction a fonctionné d'une façon peu satisfaisante pour certains partenaires.

— Tu as laissé combien sur le carreau ?

Il s'est penché. Il m'a fixé et sa vilaine grimace est apparue de chaque côté de la bouche, puis à regret un sourire l'a lentement supplantée. Sa voix n'avait plus rien d'enjôleur, elle faisait l'effet d'une lime rouillée sur une dent creuse. Il a lâché sans se presser :

— Ça me coûte trois millions. Plus Ali-Baba Mike et le passeur.

— Fonctionnaire international basé à Bruxelles. Ça m'a coûté Franck.

— Il faut du temps pour tout remettre sur pied.

— Entre vingt-quatre et quarante-huit heures. Et plaie d'argent n'est pas mortelle, Hadj.

— Combien tu veux ?

— Pour quoi ?

— Pour me dire qui a monté le coup.

— Franck. C'est Franck. Et il est mort.

— Franck tout seul ?

J'allais me lever, mais je me suis ravisé. J'ai bu ce qu'il y avait dans mon verre et je l'ai retendu. Le Jack Daniel's est un très bon bourbon et je ne voyais pas pourquoi j'en aurais laissé perdre. Hadj a attendu d'avoir fini de se gratter l'intérieur de la cheville droite avant de remplir de nouveau nos verres. J'ai écrasé ma Camel et j'en ai rallumé une autre. Trop clair et trop tiède dans la pièce. Je suis allé à la fenêtre regarder Paris, j'ai contemplé la longue chenille rouge en bas sur le périphérique, les tours de bureaux qui ne tarderaient pas à s'éteindre. Je n'avais rien à vendre contre ma peau. Un laser balayait le ciel à intervalles réguliers.

— Franck tout seul.

— Dommage qu'il soit mort.

Je me suis retourné et adossé à la vitre. J'ai fixé mes pointes de bottes, tout en prenant quelques profondes inspirations. C'étaient des histoires trop grandes et trop complexes pour ma pauvre tête pleine de vent, ces micmacs de came et de fric, de passeurs et de flics, toutes ces affaires dans lesquelles il était question de milliards, de tueurs blêmes et de longues limousines comme il aurait dû n'en exister que dans les romans — et encore pas les meilleurs. C'était trop loin, trop haut, trop vain. Certains flics, pas toujours les pires, finissent par deviner qu'on ne lutte pas avec ce qui est en haut, pas plus qu'avec ce qui est en bas — jamais avec tout ce qui est trop haut. Ils se contentent de ramasser les biturins et les putes, les petits toxicos et ceux qui cassent les voitures, les plus courageux s'en prennent aux dealers de bac à sable et aux casseurs d'après-midi, quelques fous s'attaquent au grand banditisme et d'autres se contentent de mettre fin à leurs jours. Ou bien de divorcer. Ou de battre leur chien. J'ai remarqué amèrement :

— Si c'est dommage qu'il soit mort, Franck, alors il fallait pas le tuer.

Hadj a affirmé, comme sous la foi du serment :

— Ni moi ni aucun de mes hommes n'est responsable de sa mort.

Étrange chose, j'aurais dû le croire.

On ne veut jamais admettre certaines claires évidences, tout aussi naturelles et inévitables que le fait, par exemple, qu'il faut bien que le jour tombe pour que la nuit monte, la nuit sans cesse à l'affût, qui monte très vite et de partout dès qu'on éteint, qu'il faut bien qu'un monde meure pour qu'un autre naisse, paré de couleurs plus riantes, plus neuves, qu'on finira bien un jour par privatiser les policiers comme il est déjà question de le faire des prisons, puisque l'État lui-même, qu'on le veuille ou non, si on le toilettait un peu, on s'apercevrait déjà qu'il ne sert plus que de fourrier aux Grandes Compagnies et aux Seigneurs de la Guerre, qui ne sont que les Princes de l'Argent.

Je n'aimais pas un monde où les nervis étaient mieux mis et beaucoup plus équipés que les flics, avec des manières de patron d'entreprise. Je n'aimais pas ces nouvelles façons soft, ces inextricables magouilles et le pouvoir grandissant que prenaient les sociétés de gardiennage et de surveillance, l'extension sournoise du fliquage électronique, la pourriture qui s'étendait peu à peu du monde du crime à la politique, puis de la politique à la haute administration — et progressivement à la basse. Je n'aimais pas ce monde, mais je n'y pouvais rien. Je ne me sentais pas indigné. C'était un autre monde. Le mien avait la dimension d'une cellule. Je n'y pouvais rien non plus.

Hadj ne m'observait pas plus qu'il ne le fallait. Peut-être pensait-il me tenir dans sa main, puisque je ne faisais pas d'histoires, peut-être savait-il que je ne valais pas mieux que lui — puisque je ne me mettais pas en colère. A voir ma figure et de quelle manière j'étais vêtu, il devait se douter que je n'avais réussi à rien de bon, sauf à m'abîmer petit à petit. Il disposait de suffisamment de soldats pour terminer le travail. Il était resté sec comme un tibia de cerf et je le soupçonnais d'avoir aussi peu de besoins que moi, en dépit de sa fortune dont on ne pouvait pas avoir idée, et c'était ce qui le rendait si dangereux, qu'au fond il ne tînt à rien. Je lui ai rappelé :

— *Life is just a joke. Mon frère.*

Il m'a fixé sans courroux. C'était un homme complexe et rigoureux. Il a observé qu'il ne pouvait pas laisser certaines choses, que c'était pour lui une question de crédibilité et qu'il ne pouvait permettre qu'on entame le capital de confiance que ses partenaires plaçaient en lui. Dans son jeune temps, Hadj avait fréquenté la Sorbonne, puis il était rentré dans son pays enseigner la littérature comparée, et un jour lui aussi avait découvert que les hommes n'étaient pas bons — et il avait changé. Je me rappelais Hadj sur son Vespa. Hadj, Franck et moi. Quartier Latin. L'espace de quelques mois, en écoutant Luter et Duke Ellington sur nos Teppaz, en discutaillant des fois des nuits entières, nous nous étions crus malins. Hadj était tiers mondiste, Franck et moi n'avions aucune opinion préconçue sur la question. L'opinion, elle nous est venue après, dans le *djebel*, comme on disait alors, *à casser du fell.* C'est dans les combats douteux qu'on apprend le plus de choses, dommage qu'elles n'avancent à rien. Hadj avait gardé de son temps de Sorbonne le goût d'un français presque précieux, d'une langue à la fois paisible et juste, quoique un peu désuète, qui est souvent la marque des francophones de goût et non pas d'habitude. Il ne fallait pas le laisser s'emballer.

J'ai fini mon verre et j'ai un peu grogné :

— Foutaises, Hadj. Il ne viendrait à l'idée de personne de s'asseoir sur cinq ou six cents briques. Tes types n'ont rien retrouvé ?

— Ils n'ont pas cherché.

— Entendu. Il y avait bien une voiture pour couvrir l'opération.

— Il n'y avait pas une voiture, mais deux hommes à moto. Par moments ils suivaient derrière et par moments devant, mais de toutes les façons, ils contrôlaient les sorties d'autoroute.

Bonne idée, la moto. Je voyais volontiers un gros cube avec deux hommes dessus. Une moto attire moins l'attention et passe mieux partout.

— Armés ?

— Oui, a reconnu Hadj. Chacun des deux était doté d'une mini-Uzi.

— Correct. Ils n'ont rien vu ?

— Ils ont vu Ali-Baba Mike monter dans la BMW au point de rendez-vous et la voiture s'engager sur l'autoroute. Ils ont pris derrière, puis devant. A un moment, ils ont attendu sur un parking comme de coutume. La BMW n'est jamais passée. Ils sont revenus au lieu de rendez-vous. Il y avait déjà la gendarmerie sur place. Ali-Baka Mike avait été étranglé dans les toilettes avec un lacet de cuir comme en utilisent les commandos. On lui avait volé son blouson orange, ses lunettes sombres et la casquette de pêcheur à l'espadon dont il ne se séparait jamais. Celui qui était monté dans la BMW n'était pas Ali-Baba Mike.

— Triste. Même lorsqu'il tapait sur un vieux dossier de

chaise, Ali-Baba donnait l'impression de se servir d'une cathédrale. Il était tombé dans une boîte à rythme quand il était tout petit et on ne le lui avait pas beaucoup laissé le temps de grandir. Celui qui a pris sa place était bien renseigné. Ali-Baba avait un flingue ?

— Ali-Baba ne portait jamais d'arme. Dans son univers, les armes n'avaient pas droit de cité.

Dommage pour lui qu'il n'en eût pas été de même pour la came.

— Et le passeur ? Le fonctionnaire international ? Armé ?

— Pas à ma connaissance, a déclaré Hadj. Il savait qu'il n'en avait pas besoin puisqu'il y avait quelqu'un pour assurer sa protection.

— Sa surveillance. Il ramassait combien ?

— Trente mille francs par passage.

— Combien de passages par mois ?

— Un.

J'avais l'impression d'entendre Franck.

— Tu es sûr de tes convoyeurs ?

Hadj a souri lentement à ma question. Il a tendu les doigts et je lui ai donné une cigarette avant d'allumer la mienne. Le sourire a flotté sans précipitation sur sa face vieille et dure.

— Nous ne sommes jamais sûrs de rien, *mon frère*. J'ai écouté avec patience ce que l'un d'eux, celui qui pilotait la moto, m'a raconté. Ses explications m'ont semblé très cohérentes.

— Six millions, même partagés en deux, rendraient n'importe qui très cohérent, *mon frère*.

Hadj a cessé de sourire tout en goûtant la fumée de cigarette. Dans le temps, il fumait des Craven A, plus, semblait-il, par convivialité que par besoin naturel. A présent, il montrait l'avidité pleine de regrets de ceux qui ont cessé de fumer à une époque pas très lointaine pour des raisons qui ne leur paraissent plus très précises. Il m'a regardé en renversant la tête en arrière et il a reconnu :

— Certainement. Certainement. Néanmoins... Il faut toujours compter avec la crainte naturelle qu'ont les hommes, sinon de mourir, du moins de subir des mauvais traitements. La peur de souffrir aussi, *mon frère*, rend cohérent. Ces deux hommes n'ont pas disparu.

— Pas encore.

— Ils ne disparaîtront pas. Toi non plus. Toi aussi, tu as peur de souffrir. Tu as vu Franck avant qu'il meure. Que t'a-t-il raconté ?

— Qu'il allait braquer un passeur. Il m'a parlé de six cent millions. Il m'a dit que cet argent n'existait pas, et qu'il avait besoin d'avoir des yeux dans le dos. (Je me suis mis à marcher de long en large. Je recommençais à ne plus avoir les idées claires et ma migraine avait repris.) Je l'ai envoyé se faire foutre.

— Pourquoi ?

Voilà, c'était toujours la même chose, pourquoi. D'une part, je ne l'avais pas vraiment cru, Franck, tout en me doutant bien qu'il ne plaisantait pas. Les remarques qu'il avait faites à mon sujet étaient justes : j'avais besoin de monnaie, mais pas d'autant, ni à un tel prix. D'un autre côté, je n'avais pas eu peur, pas plus de mourir que de souffrir, parce que je n'y avais pas pensé, pourtant, à voir comment Franck avait été torturé, je ne me donnais plus raison. Non, pas peur. Trop fatigué. C'est terrible, la fatigue chez un homme, plus rien vouloir sauf dormir. J'ai reconnu :

— Je ne suis pas monté parce que je n'ai pas eu les couilles.

Hadj a semblé étonné, je m'en suis foutu. Il m'a donné le numéro de sa ligne directe, j'ai laissé mon verre et je suis parti. Lampe-Torche m'a ramené seul chez moi dans la grande limousine, dans la nuit. Au moment où je descendais de son engin, il a sorti une enveloppe en papier kraft de sa poche de manteau. Elle faisait la taille d'un livre de poche et elle était épaisse de trois doigts. Il me l'a tendue avec calme.

Je l'ai prise. Je suis descendu et la Pontiac noire est partie dans un feulement soyeux qui n'avait rien d'excessif ni d'ostentatoire. J'ai bien pensé à relever le numéro d'immatriculation, mais je ne voyais pas très bien à quoi ça m'avancerait puisque j'avais rencontré la tête. Je suis resté un moment sous la pluie à regarder la rue, tout en tripotant l'enveloppe. Je n'avais plus très envie de rentrer. La Mercedes avait disparu. A la place, il y avait une fourgonnette Express blanche. A l'Usine, on s'en sert de sous-marin pour les planques. C'était peut-être un sous-marin. Je suis allé jusque chez le Tunisien et avec la monnaie que j'avais j'ai acheté deux packs de Kronenbourg.

A part ma mise à pied, je n'avais rien à arroser.

En haut, j'ai retiré mes bottes. J'ai rempli l'assiette de Yellow Dog, j'ai pris des cigarettes dans le placard et je suis allé m'étendre sans retirer mes vêtements. Tout en m'ouvrant une bière, j'ai encore tripoté l'enveloppe, mais je ne l'ai pas dépucelée. Même Hadj avait fini par me lasser. Je me suis adossé au mur et je me suis mis à arroser ma disgrâce.

C'est toujours comme ça lorsqu'on ne trouve rien de mieux à faire.

Treize

La mort, c'est bête, presque autant que la vie. On finit malgré soi, quand on ne la connaît pas bien, par en faire toute une maladie alors que c'est quelque chose d'aussi peu mystérieux et digne d'intérêt que ces jeux télévisés qui passent avant treize heures. De bière en bière, tout en allant pisser de temps à autre, pendant que la nuit s'en allait de son côté à elle, je me suis rappelé la fois où je suis mort. A l'époque, je commandais encore mon Unité de recherches. J'avais encore un téléphone et une voiture personnelle et peut-être même des amis, encore, c'est-à-dire des gens qui ne me voulaient pas forcément du mal. C'était vers la fin juin et le temps lourd promettait de l'orage pour les jours suivants.

C'était une belle nuit.

L'après-midi, il y avait eu un pot à la Division pour une autre belle affaire que nous venions de clouter — quatre kilos de tosch, quatre cents grammes de coke et pas loin de quinze plaques en liquide, cinq déférés. Moll et Vauthier avaient paru me témoigner, sinon de la sympathie, du moins une certaine estime. Ma roche Tarpéienne à moi, je ne l'ai pas vue venir. Le pot s'était fini sur le tard et certains étaient partis pour un *dégagement* qui s'annonçait féroce. Tout s'est joué vers dix-neuf heures. J'étais dans mon bureau avec Léon et nous n'avions chargé ni l'un ni l'autre. Nous fumions en regardant les nuages gris s'amonceler en haut des immeubles comme s'ils voulaient escalader le ciel. C'était un vendredi et l'Usine était presque vide, comme tous les vendredis. On n'entendait presque rien. Léon m'a dit :

— Il vaudrait mieux lever, pour ce soir.

J'écoutais un blues, les deux pieds sur le bureau. Trop chaud. Léon tripotait son calibre, en fumant. C'était un blues modérément mélancolique et un peu d'air chargé de relents d'humus et d'une forte odeur d'ozone est rentré par la fenêtre entrebâillée. Léon a insisté :

— Cette affaire de fourrures, je la sens pas, mon pote.

Je ne la sentais pas bien non plus. C'était pourtant un joli flag' simpliste, pour lequel il nous manquait simplement de connaître le jour et l'heure, c'est pourquoi nous planquions dessus depuis presque trois semaines sans que les gredins tapent. Le fade se montait à deux ou trois cents briques si on en croyait la balance qui nous avait donné les casseurs. C'était aussi une jolie bande qui venait du 94, avec les deux frères Maretti comme premiers couteaux, un certain Zorba en appui-feu et pour conduire une des voitures ce bon Ali-Baba Mike. Seconde voiture et conducteur ignorés, de même que le moyen de transport des fourrures — de même que la date et l'heure. Léon n'avait pas tort. J'avais envie de rentrer dormir un peu. Nous étions vendredi et je venais de finir le compte rendu d'affaire réussi de notre plan de came. La moitié du Groupe qui n'était pas en ribote se tenait en planque. Je me suis penché en arrière, je les ai appelés à la radio et je leur ai dit de rentrer.

L'une après l'autre, les deux voitures ont accusé réception.

Je suis resté à les attendre, mais Léon est partie. J'ai supposé qu'elle avait rendez-vous, avec un homme, et je ne m'étais pas trompé : elle avait rendez-vous. Pas avec n'importe quel homme. Elle attendait Franck. J'ai remis des blues. Depuis que Calhoune était partie, j'étais seul et rien ne me pressait. Tout en fumant, j'ai entendu l'orage gronder au loin en graillonnant avec une sorte de paresse qui ne le rendait pas très menaçant pour nous. J'ai vu en face, de l'autre côté du patio, l'équipe de nuit qui arrivait. A part eux et moi, l'Usine était vide à présent. Je ne m'y sentais pas mal, à fumer et à rêvasser. J'ai pris deux ou trois bières sans alcool dans le petit frigo du Groupe, puis les deux Paul sont arrivés ensemble et m'ont rendu la clé du sous-marin. Un peu plus tard, ça a été au tour de Willy et de Vonfeld. Tout le monde était rentré au bercail. J'ai accroché les clés des voitures au tableau de service et mis les batteries des portables en charge.

C'étaient des actes simples, habituels, aussi naturels et sans portée que de débrancher un appareil électrique dont on avait cessé de se servir. Tous les cinq, nous sommes allés prendre un dernier verre à l'annexe. Edmond était en train de fermer, mais il n'a pas discuté. Peut-être faisait-il trop chaud pour cela. A travers les vitres, j'ai aperçu Léon qui chargeait des courses dans sa Supercinq. Je lui ai fait signe de venir nous rejoindre si elle voulait, mais elle a refusé d'un geste sans que personne se permette le moindre commentaire. Comme chacun de nous, Léon avait droit à un peu de vie privée. Elle est partie sans qu'on la voie. Nous avons encore discutaillé dix minutes. Nous étions tous d'avis que les Maretti ne monteraient pas au casse cette nuit-là et Willy a remarqué :

— On a fait super-attention, mais j'ai l'impression que ces enculés nous ont reniflés. Gino Maretti n'a pas arrêté de faire des passages tout l'après-midi avec sa Renegade.

Il s'est adressé à moi :

— Vous êtes sûr de Cynthia ?

— Cynthia a deux flotteurs gros comme des ballons de rugby et un membre à faire pleurer un cheval. Cynthia ne nous a jamais rien vendu de foireux.

— Pourquoi elle donne Gino ? m'a demandé Willy.

— Gino a voulu la faire sans payer.

— Gino ?
— Gino. Gino se prend pour Dieu. Précision : Gino et sa bande l'ont faite, et itérativement, comme on dit en procédure pénale. En clair, ils l'ont faite à la file et ils n'ont rien payé. L'ont faite ou l'ont fait, l'un et l'autre se disent.

Je n'ai pas tout raconté de ce qu'ils lui avaient fait. Pour des raisons qui lui étaient personnelles, Cynthia m'aimait bien, peut-être parce que je ne l'avais jamais rudoyée d'aucune façon, peut-être parce que je correspondais plus ou moins au type d'homme qu'elle aurait aimé si elle avait été une vraie femme, peut-être enfin parce que je ne lui avais jamais rien demandé — pas même de me donner Gino. C'était un travelo propre, Cynthia, avec des rêves bien propres. Elle voulait se faire opérer en Belgique et mettait des sous de côté dans ce but. Elle ne se camait pas et ne parlait pas mal. Dans son jeune temps, elle avait même décroché son bac, à Béthune, en même temps que des coupes de judo et d'athlétisme. Elle disait qu'elle venait d'un bon milieu, mais qu'elle avait été forcée de couper les ponts avec tout le monde. A peu de chose près, elle aurait pu être n'importe qui. Ni son bac, ni ses manières douces, ni ses économies ne lui ont été très utiles au bout du compte : sa trique de mulet, un plaisantin la lui a opérée à chaud, pour rien, au couteau électrique, et la lui a fourrée dans la bouche après lui avoir cassé les dents de devant, pour pas un rond, avant de lui mettre une balle dans la tête.

Une seule balle en plein front.

Juste là où j'en avais mis une à Gino Maretti.

Après l'annexe, mes soldats sont rentrés chez eux. Je me rappelle qu'il faisait très chaud et que Saïd m'a tiré une table dehors pour dîner sur le trottoir. Depuis que j'étais seul, je mangeais le soir chez lui et parfois à midi également. Couscous aux brochettes et Boulaouane. Ni entrée ni fromage ni dessert, deux cafés et une Marie Brizard. J'avais pris tout doucement de nouvelles habitudes. A force de les avoir tout le temps sur le dos, les huissiers ne m'effrayaient plus, surtout qu'il ne leur restait plus grand-chose à saisir — à force. Je continuais la guerre, mais avec moins de vivacité, moins d'entrain, et plus de fatigue. Tout passe peu à peu, même l'envie d'avoir encore raison de temps à autre, ou celle d'exister un instant dans les yeux de quelqu'un, même l'envie un peu d'être aimé. J'ai traîné chez Saïd et je suis passé sans faire attention au bourbon sec. Un que Saïd m'a payé et un que j'ai payé à Saïd. Quatre que j'ai gagnés au 421. Un qu'une fille qui fréquentait le bar et que j'avais remarquée comme elle m'avait remarqué m'a offert — et un que je lui ai rendu. Elle prétendait se prénommer Samantha et tout le monde laissait dire. Pour ma part, je n'avais rien contre.

Ce que je ne voulais plus, c'était rentrer. Rentrer seul.

Samantha s'est vite montrée ingénieuse. Je lui ai donné trente ans et elle s'est bien gardée de me rendre quoi que ce soit. Elle m'a expliqué qu'elle n'avait personne (dans sa vie), qu'une de ses camarades de bureau s'ennuyait et qu'en outre elle habitait tout à côté — pas elle, sa camarade. A un moment Saïd a voulu la virer (Samantha), et la femme et lui se sont injuriés en arabe. Ce que j'ai compris au passage n'était pas flatteur pour eux deux, mais encore une fois je m'en foutais. Je n'avais plus personne dans la vie moi non plus. J'avais le plus grand mal à me retenir au bar et je n'avais personne. Gino et Louis Maretti m'étaient sortis de la tête, de même que les fourrures dans leur entrepôt réfrigéré, de même que Léon, Franck et l'Usine. Je voyais devant moi une grande bordée de quarante-huit heures, et pourquoi pas ?

Puisque j'étais seul.

Si j'avais été plus veinard, il ne me serait plus resté que quatre ou cinq heures à vivre, mais je n'ai jamais été vraiment veinard, ni vraiment malchanceux, rien qu'un médiocre de la *scoumoune*, un demi-sel de la fortune. Survivre, c'est moins facile qu'on le croit d'ordinaire.

La camarade de Samantha habitait un deux pièces très propre dans les HLM de la ville. C'était une femme un peu plus grande et corpulente que Samantha, guère plus âgée et beaucoup moins vêtue du fait qu'elle n'avait pas à sortir — et qu'officiellement elle n'attendait pas de visites. Elle m'a dit qu'elle avait entendu parler de moi par Saïd, sans préciser toutefois si c'était en bien ou en mal. J'étais trop chargé pour mener un contre-interrogatoire qui n'aurait abouti à rien, *off duty*. On était vendredi soir. Vendredi soir, on va en boîte, on fait la nouba ou on s'envoie en l'air. Il m'était arrivé de croiser Patricia dans la rue et elle avait attiré mon regard. Je ne savais pas qu'elle travaillait dans un bureau d'aide sociale depuis qu'elle était seule, ni qu'on lui avait retiré la garde de ses enfants. Je ne savais pas que dans le meuble (hideux) de la télévision, il y avait un bar si complet que j'aurais dû me méfier et lui demander sa licence quatre tout de suite, mais pour quoi faire ? puisque même en service ça n'était pas mon rôle. Patricia a ouvert la fenêtre — l'orage s'était remis à fourgonner au loin, vers Nogent peut-être bien, et un peu de vent s'était levé —, elle a servi des tequilas à tout le monde et nous avons papoté un petit moment de choses et d'autres. Comme on le fait d'ordinaire lorsqu'on sait que tout est entendu d'avance, tout bien réglé d'emblée. Je sais reconnaître une embuscade lorsque je tombe dedans. C'était une embuscade. Il n'y avait pas de malignité de la part de quiconque. Samantha s'est levée mettre un slow sur la chaîne et tout en dansant, elle a commencé à tripoter ma boucle de ceinturon en me demandant si c'était du toc ou non. C'était du toc, mais je ne le savais pas. Elle a glissé une cuisse entre les miennes et sa main s'est promenée plus bas. Elle a encore demandé si c'était du toc. J'ai répondu qu'il n'y avait pas trente-six façons de le savoir et elle est tout de suite tombée d'accord.

D'autres actes simples.

Nous avons encore un peu dansé, puis Patricia a éteint le plafonnier et elle est venue danser avec nous. Elle était grande et chaude et avait une façon de se déplacer très directe, avec seulement le bassin et le haut des jambes, sans nuances inutiles, et je me suis demandé si Samantha ne servait pas seulement de rabatteur, dans l'équipe. C'était une question trop compliquée pour moi. Je n'avais plus très envie de me tracasser avec des choses sans importance. J'ai commencé par Patricia au milieu de la pièce et elle a grogné comme l'orage, elle au moins ne se trouvait pas au diable et elle ne refusait rien. Grande, forte et directe. Je suis allé ensuite discuter avec Samantha qui boudait sur le divan — elle ne boudait pas vraiment, en réalité, elle n'était pas contente du tour que prenaient les événements. Elle n'avait pas envie de faire tapisserie, comme d'habitude. J'étais rentré par hasard dans une autre histoire qui n'était pas la mienne, mais pas moins digne d'intérêt finalement. J'ai cajolé Samantha pendant que l'autre prenait une douche et nous avons rapidement trouvé un terrain d'entente. Rien de malhonnête. Elle était plus étroite et pressée que sa camarade, moins brutale, plus capable d'épanchements. Plus accessible à la tendresse.

Patricia est revenue, elle s'est assise sur le divan à côté et pendant que je m'occupais, elle m'a allumé une cigarette et me l'a mise à la bouche. Je n'étais pas vraiment pressé — je ne suis jamais vraiment pressé. C'était une nuit tranquille. Pas de lézard, mon pote. Au moins, je ne m'ennuyais pas. A l'entracte, Samantha m'a dit :

— Saïd a raison, tu es un vrai salaud.

Dans sa bouche, à ce moment-là, c'était un compliment. Je n'ai pas beaucoup de mérite, parce que j'ai commencé jeune. A m'en souvenir maintenant, elles n'étaient pas mal, l'une comme l'autre. Nous aurions pu sympathiser plus si j'en avais eu le temps. Elles formaient une espèce de petit ménage sans vilenie et il n'était pas difficile de deviner qui était l'homme des deux sous l'empilement. D'une manière générale, on ment tout de même beaucoup plus mal dévêtu, c'est sans doute pourquoi les hommes passent tant de temps à s'habiller, tous sexes confondus. Comme je n'avais plus grand-chose à perdre, je n'avais pas besoin de beaucoup mentir. Elles étaient toutes deux aimables, sans doute capables d'humanité et d'attachement, mais il était trop tard. Avec elles, je ne me suis pas comporté comme un gentleman, pas comme un voyou non plus. D'ailleurs, elles n'auraient voulu ni de l'un ni de l'autre. Vers une heure, nous prenions le café quand le téléphone a sonné. Saïd m'avait vu partir avec Samantha et peut-être lui avait-elle dit où nous allions, ou alors c'était un secret de polichinelle. Toujours est-il que Patricia a répondu et qu'elle m'a tendu presque tout de suite le combiné dans la pénombre.

— C'est pour toi. Saïd. Il faut que tu rappelles l'Usine.

J'ai pris la communication. Saïd m'a répété qu'il fallait que j'appelle l'Usine. C'était urgent. J'ai regardé mon Oméga. Qui a marché sur la lune. Une heure dix. Qu'est-ce qu'il pouvait y avoir d'urgent pour moi à l'Usine à une heure dix ? J'ai appelé tout de même. Cynthia allait être mise en garde à vue pour coups et blessures volontaires — plus de dix jours d'interruption de travail. Le permanent m'a déclaré :

— Essayez de rappliquer. Votre cousin a démoli le type. Il ou elle vous réclame à cor et à cri. Il ou elle voudrait vous parler d'un certain Gino.

Patricia a rallumé et pendant que je me douchais, elle a rameuté mes affaires. J'étais chargé, mais lucide. Je pressentais une embrouille, pas du tout celle qui m'attendait. Samantha dormait en chien de fusil sur le divan à peu près comme je l'avais laissée. Une gentille gosse fatiguée. Gino. Patricia s'est arrangé les cheveux tout en fumant et en me regardant me rhabiller. Elle a passé l'index sur ma boucle de ceinturon, sans juger bon d'enfiler un vêtement pour me raccompagner. Sur le seuil, elle m'a dit :

— Ça serait bien que tu reviennes, si un jour tu as le temps.

Le temps, c'est ce qui manque le moins. Elle a refermé

dans mon dos avant même que j'aie gagné l'ascenseur. Je me rappelle seulement son genou droit dans l'embrasure et un peu du bassin. Je ne l'ai jamais revue, et Samantha non plus, je veux dire : dans cet état.

Cynthia était dans une cage. Le type qu'elle avait amoché était parti pour l'hôpital. Sa mâchoire inférieure ne tenait plus à grand-chose. Le chef de la nuit m'a reçu dans son bureau qui allait devenir le mien. Il s'est appuyé au mur et m'a relaté rapidement :

— Votre type, le trave, raconte qu'il est en affaire avec vous. Le grand blessé serait le frère d'un certain Ali-Baba Mike. Votre cousin l'a attiré dans un coin sombre pour le faire cracher. Il semblerait que les types vont casser cette nuit et que vous seriez au courant. Le trave, c'est vraiment un cousin à vous ?

— Correct.

— La victime en a pour un moment. Coups et blessures volontaires. Plus de huit jours d'ITT. Si ça se trouve, il va être admis à l'hôpital. Je ne peux pas m'asseoir dessus.

— Personne ne vous demande de vous asseoir dessus. Qui est le magistrat de permanence à la Douzième Section ?

— Aucune idée. Vous voulez voir votre cousin ?

C'était la moindre des choses. Je suis allé dans la cage et j'ai donné une cigarette allumée à Cynthia. Elle m'a remercié de la tête et je me suis assis sur le bat-flanc en ramenant les genoux sous le menton. Nous avons fumé quelques secondes en silence, puis Cynthia m'a dit :

— Ils tapent cette nuit, vers quatre heures et demie. La première voiture, c'est une BMW. Gino Maretti avec Zorba. Ils sont armés tous les deux. La deuxième voiture, c'est une Renault 21. Louis Maretti et Ali-Baba Mike au volant. Les voitures ont été volées et chanstiquées en fin d'après-midi. Le transport des fourrures doit se faire dans un camion des P & T.

— Un quoi des quoi ?

— Camion P & T.
— Quoi d'autre ?
Cynthia ne m'a pas regardé. Elle a regardé ses pieds. Elle avait travaillé le petit frère d'Ali-Baba avec une matraque dite « queue de castor » dont elle s'était servie bien mieux que nous aurions pu le faire nous-mêmes, et le crétin avait bien été forcé de cracher. Elle a encore un peu fumé et m'a regardé enfin avec crainte, à la dérobée :
— Ils vont taper cette nuit parce que Gino sait que vous avez levé le dispositif. Voilà pourquoi.
J'avais chargé, les cages sentaient la sueur, la vieille peur et la pisse, qui sont les senteurs ordinaires du malheur, j'avais réalisé quelques exploits avec mes deux petites camarades, des efforts qui n'étaient plus de mon âge, et j'ai eu envie de vomir. Willy s'était cru repéré. Cynthia s'est tournée vers le mur, comme si elle redoutait de prendre une beigne. Elle a dit faiblement :
— Vous avez été balancé. Pas par moi. On vous a balancé.
Quatre heures. Il me restait deux heures pour remonter la souricière. Deux heures vingt à vivre. J'ai pensé à faire rappeler Léon, mais soit elle n'était pas chez elle, soit elle avait débranché son téléphone et je n'ai pas voulu la faire joindre par les gardiens. Elle avait le droit de vivre un peu, Léon. Du moins, je le croyais...
Je suis allé dans mon bureau et j'ai rameuté mes troupes. Les deux Paul ont réagi au quart de tour, de même que Willy, mais pas Vonfeld qui était sur répondeur. A trois heures, le chef de nuit est venu nous voir. Il m'a annoncé :
— Votre copine a eu la main lourde. Le grand blessé est admis salle Cusco. Double fracture du maxillaire inférieur, trauma crânien. Il a quelques côtes dans le sac... Le substitut de permanence, c'est Mauser. Vous l'appelez ?
— Correct.
— Pour ma part, le trave est en garde à vue.
— Pour la mienne aussi.

— Vous avez besoin de monde ?
— Deux effectifs. Une voiture.
— Ils vont taper ?
— Ils vont taper.
J'ai distribué les pare-balles et les voitures. L'un des deux Paul a pris le fusil à pompe du service, l'autre avait un Beretta. Willy avait son Smith en inox. Léon n'était toujours pas joignable. Nous étions six sur l'opération, dans trois voitures avec assez de radios. La rue dans laquelle se trouvait l'entrepôt était à sens unique, avec des voitures en stationnement de part et d'autre. Nous étions à six contre cinq et j'avais connu des coups moins faisables qui avaient pourtant fonctionné. Sur le grand plan de notre arrondissement, j'ai indiqué où se placeraient nos voitures. C'était facile. J'ai donné les indicatifs radio en intimant le silence jusqu'au top d'intervention. Routine. Willy semblait soucieux, ou contrarié. J'ai réfléchi :
— Si nos caisses sont retapissées, Gino, en faisant sa reconnaissance, va décrocher. Au minimum, on les empêche de casser. Au maximum, on les crève en flag', juste après que le camion aura quitté l'entrepôt. Je serai dans le soume. Au top, les deux voitures bouclent la rue.
J'avais déjà travaillé avec les nocturnes qu'on m'avait prêtés. Ils étaient raisonnablement solides. J'en ai mis un avec Willy et j'ai pris le second avec moi. Brassards pour tout le monde. Sécurité publique avertie que nous allions monter. J'avais pris une douche et ma chemise était propre. J'ai vérifié une dernière fois mon pistolet, sans toutefois introduire une cartouche dans la chambre. Willy m'observait avec froideur.
J'ai prévenu tout le monde :
— Selon notre balance, nos gredins montent au casse armés comme des croiseurs. Je ne connais pas Zorba, mais les deux Maretti ne feront pas de détail. Ils sont aussi fondus l'un que l'autre. Ali-Baba ne présente pas de danger, mais méfiez-vous. On ne sait jamais.

On ne savait jamais.
A trois heures vingt, nous nous trouvions en place.

Nous avons attendu. La nuit était silencieuse, la rue aussi. J'étais accroupi dans le soume. D'où je me trouvais, je voyais fort bien la porte de la cour où les choses allaient se passer. Ce que je comprenais mal, c'était comment le camion pourrait manœuvrer pour y pénétrer, si toutefois camion il y avait. Le nuiteux à côté de moi était silencieux, mais pas tendu. C'était un grand garçon du Chnord avec des yeux très bleus à fleur de tête et qui portait un gilet de survie. Il avait travaillé en UR dans une autre division. Je n'étais pas inquiet. Personne n'était inquiet, du reste. Routine. J'ai pensé à la tête que ferait Léon lorsqu'elle apprendrait nos frasques — la tête d'une môme qui s'est privée toute seule de dessert. J'étais loin du compte.
La BMW a remonté la rue bien avant quatre heures. Elle chassait lentement, au ralenti, en feux de croisement. A travers la glace sans tain du soume et les vitres teintées de l'autre voiture, j'ai nettement distingué le visage de Maretti. Pour un peu, il m'a semblé qu'il me regardait droit dans les yeux avec une grimace de défi. Gino Maretti, le fils spirituel de Cheval. Proxénétisme, braquages et casse. Fiché au Grand Banditisme. Un de ses rares signes d'humour était de faire la course avec les flics de la BRI quand il en détronchait à ses trousses. Il les détronchait presque à chaque fois. Il les promenait un moment, puis il s'arrangeait pour leur chier du poivre en leur tapant un bras d'honneur quand il en avait marre. Je ne considérais pas Gino Maretti comme un *beau mec*. Pour moi, un arcan est un arcan — était, point à la ligne. Dangereux, ça oui. A côté de lui, j'ai seulement entrevu une silhouette que je ne connaissais pas. Sur le pavillon de la BMW, il y avait l'embase et l'antenne d'un radio-téléphone. J'ai commenté à mi-voix, la face immobile :
— Premier passage.

J'en attendais un second, mais rien n'est venu. Rien avant quatre heures quarante. A quatre heures quarante, une silhouette a remonté la rue à pied et j'ai reconnu Ali-Baba qui s'est penché sur une des voitures juste en face du portail de la cour. C'était une Granada break verte sans âge. Il est monté dedans et la Ford est partie, laissant une longue brèche dans la file de voitures en stationnement. Le temps qu'Ali-Baba ait disparu plus bas, le camion des postes est apparu. Le conducteur a manœuvré sans effort et il est entré à cul dans la cour. Un point pour eux. C'était assez classe, finalement. Le bouquet, c'est lorsque quelques secondes plus tard, Gino est venu intercaler la BMW à la place de la Granada. C'était dans la même file que le soume, aussi voyions-nous mal, mais j'ai quand même distingué Gino lorsqu'il est descendu. Je l'ai vu traverser la rue en quelques enjambées, tout en regardant de tous côtés, sans la moindre hâte. Le long de la cuisse gauche, il avait un automatique en acier sombre. Le portail s'est refermé derrière lui. J'ai essuyé la sueur qui me coulait sur la figure, puis j'ai déclenché mon chronomètre. Pas trace de Zorba. Il pouvait être n'importe où en planque dans une encoignure, avec n'importe quelle arme, à moins qu'il fût resté dans la voiture. Ali-Baba n'était pas reparu. Je n'avais pas vu de seconde voiture, ni Louis Maretti. J'avais la main gauche sur ma boucle de ceinturon, comme souvent. Comme souvent, je souffrais des articulations.

Si j'avais pu, j'aurais laissé tomber, mais à l'Usine personne n'aurait compris. Six minutes. J'ai vu le portail s'entrebâiller, puis s'ouvrir complètement sans bruit. En un tournemain, le camion des postes a été dehors et Gino Maretti est retourné à la BMW dont j'ai entendu le démarreur hennir. Le bahut me l'a cachée un instant, puis il a pris de la vitesse en descendant la rue et lorsque j'ai revu la BMW, Gino achevait déjà son demi-tour en profitant du bateau de la cour. Il allait remonter à contresens. J'ai donné le top tout en me jetant hors du soume. Au top, nos deux voitures ont barré la rue, chacune à une extrémité. Le camion des postes a stoppé et de ce côté nous n'avons eu aucun problème. Les deux Paul ont cueilli le conducteur, un vrai Antillais vraiment postier, et Louis Maretti — les fourrures étaient bien derrière, sur leurs portemanteaux et leurs cintres, bien rangées, et il y en avait pour cher. Le merdier s'est produit à l'autre bout, lorsque Gino a voulu forcer le passage. Je remontais derrière à toutes jambes et j'ai vu Willy gicler de la voiture et partir en roulé-boulé. Le canon de son arme s'est embrasé. Gino a cogné une première fois, puis il a fait reculer la BMW en cirant dans un grand hurlement de pneus, Zorba s'est jeté dehors et a ouvert le feu avec un Mossberg en direction de Willy, mais Willy était à plat ventre et bien en appui, et deux de ses balles ont nettoyé Zorba comme un rien. Gino a foncé une deuxième fois dans la voiture de l'Usine. Il est presque parvenu à passer, mais il a dû s'y prendre une troisième fois. J'ai compris plus tard que Willy était en train de réapprovisionner son Smith et que le nocturne que j'avais mis avec lui ne savait où donner de la tête ni sur qui ou sur quoi tirer. J'étais à hauteur de la BMW quand Gino a refoncé. Il m'a vu comme je l'ai vu. Il a hurlé quelque chose que je n'ai pas bien entendu et qui ne devait pas avoir d'importance. Sous l'impact, la poubelle de Willy a craqué de part en part et la BMW est enfin passée, mais elle avait la roue avant droite crevée et elle est tout de suite partie en crabe. Gino a corrigé. Je courais partout. J'avais mon pistolet à la main. Dans la lancée, la BMW a raboté sept ou huit voitures et un court instant il a semblé qu'elle finirait par se redresser, mais la chance avait lâché Gino. Comment aurais-je pu deviner qu'elle venait de m'abandonner aussi ? De la fumée a commencé à s'échapper du capot moteur. Personne, pas même une 728, n'est indestructible et ni moi ni Gino ne l'étions non plus. Il est sorti de l'habitacle en se tenant le bras gauche. A l'autopsie, on devait apprendre qu'il souffrait de multiples fractures au bras et à la cuisse gauches, parce que, en essayant de sortir du piège, il avait tapé beaucoup trop fort partout.

Je me suis approché sans hâte. J'étais trempé de sueur et j'avais les genoux en pâte d'amande. Personne ne pourra jamais affirmer que j'étais menaçant, ou quoi que ce soit de ce genre. J'avais bu dans la soirée, c'est un fait indiscutable, mais pas au point de devenir un fou dangereux. Gino m'a reconnu, il a tenté de prendre la fuite et il est tombé une première fois juste devant le capot de la BMW. La fumée me l'a masqué un instant, ce qui fait que je n'ai vu l'automatique braqué sur moi qu'après. Il visait à hauteur de la ceinture, mais sans paraître déterminé à faire feu. Il a encore reculé tout en se défilant entre deux voitures. Je l'ai suivi pas à pas et dans son audition, Willy a déclaré que lorsqu'il m'avait aperçu pour la dernière fois, Gino et moi étions bien face à face à une distance de cinq ou six mètres l'un de l'autre et qu'en *aucune manière le canon de mon pistolet n'était braqué sur mon adversaire. Ils avaient l'air de discuter*, a ajouté Willy. *Tout avait l'air terminé partout.* C'était ce que je croyais aussi. Gino ne me tournait pas le dos. Je ne sais pas trop où il voulait aller, ni s'il le savait lui-même. Il fuyait à reculons. Chacun sa manière. D'où il était, Willy ne pouvait pas voir le Beretta quinze coups braqué sur mon ventre. A cette distance, Gino ne pouvait pas me manquer. Il est tombé de côté, la face livide, et il a craché. Il m'a dit :

— L'enculé qui m'a doublé, il est mort.
— Quel enculé, Gino ?
— Un ancien de ta Brigade territoriale, mon con.

J'ai regardé, je m'en souviens, mon Oméga, qui marquait juste à cet instant quatre heures quarante-neuf. Ainsi, toute cette histoire, en décomptant les six minutes du casse proprement dit, ma longue traque derrière Gino, n'avait pas duré plus de trois minutes. Il était assis par terre, une jambe allongée, en appui sur le coude droit, dans une posture malcommode pour tirer. Gino avait les yeux très bleus et une petite moustache de bellâtre qui ne lui allait pas mal. Malgré la douleur et la rage, il avait l'air de rire. J'ai remarqué :

— On ne dit plus Brigade territoriale, Gino. On dit Division de police judiciaire.

Il a ricané :

— C'est cela, mon con joli.

— Quel ancien de la Brigade, Gino ?

Je ne le menaçais pas. J'allais même remettre mon pistolet à l'étui, et peut-être pas, au fond. J'avais besoin d'une cigarette, c'est sûr, et de dormir, mais je ne voulais pas tuer. Je n'ai jamais aimé tuer. Dans mon dos, la BMW s'est embrasée d'un coup et c'est dans la lueur dansante des flammes que j'ai vu les yeux de Gino et que lui, malgré l'angle improbable et la parfaite inutilité de son acte, s'est apprêté à tirer. Gino, lui, ne détestait pas tuer. Dommage qu'il s'y soit aussi mal pris. J'ai en effet reculé d'un pas quand il m'a dit :

— *Franck Nitti, mon con. Franck Nitti !*

En même temps, il a tiré. Trois fois. Moi aussi. Une seule fois, à bras tendu, ce qu'on m'a beaucoup reproché par la suite. J'ai senti comme une barre de fer rougie à blanc contre mon flanc gauche, puis un coup de massue en plein ventre. Je me rappelle que mes talons ont quitté le sol et que j'ai plongé en arrière avec un sentiment d'infect soulagement et une effarante envie de rire moi aussi. Mon pistolet m'a échappé de la main, il a fait beaucoup de bruit en tombant sur un capot de voiture, je me rappelle aussi l'impact mou dans le front de Gino et les graines de melon qui ont giclé de son crâne derrière mais n'étaient que des gouttes de sang noir. Je me rappelle ensuite avoir encore porté mon Oméga à la hauteur des yeux et qu'il était alors juste quatre heures cinquante. Ce simple geste m'avait semblé d'un prix exorbitant. J'avais laissé le chronomètre déclenché depuis le début du casse et j'ai essayé d'amener la main droite de façon à le stopper, mais j'avais les doigts pleins de sang et je n'y suis pas parvenu. C'était une mort tout à fait ordinaire. J'ai laissé aller la tête en arrière. J'ai encore entendu le ronflement du brasier pas très loin et tout un tas de craquements qui ne me concernaient plus, peut-être aussi le cri d'un deux-tons qui approchait en hâte dans le dédale des rues, peut-être, mais je serai sur ce point beaucoup moins affirmatif que sur le reste, parce que je ne veux rien enjoliver.

Tout de suite après, j'ai fermé.

C'était évidemment trop pratique.

Quatorze

Avec le recul, rien de tout cela n'était vraiment grave. Avec le recul, rien n'est grave. Je n'en voulais plus à personne, pas même à moi. Franck était mort ; dans son état il était peu probable qu'il en revienne, sauf pour encombrer mes rêves. Cynthia aussi était morte, pas mieux que Franck. Louis Maretti avait ramassé sept ans et ferait moins, et Ali-Baba s'en était tiré fleur, mais pour lui c'était la dernière fois. Mort aussi, Ali-Baba. Étranglé avec un lacet de cuir dans les chiottes d'une station-service.

Il faisait froid dans la chambre et j'étais seul, sans Yellow Dog qui chassait pour son compte, seul avec les mugissements du vent dans le conduit de cheminée, seul avec les cadavres des bouteilles vides alignées proprement le long de la plinthe dans la chiche lumière du chevet. Farida était retournée au turf, Calhoune vivait bien avec son dentiste et sa Porsche — on vit toujours bien avec un dentiste et une Porsche, lorsqu'on aime les dentistes et les Porsche. Je me moquais de ce que voulait Hadj. Jusqu'au moment où il était tombé entre les griffes de ses tortionnaires, Franck avait réussi un parcours sans faute. Je me moquais de ce qu'il avait fait avec l'argent. Et du passeur. Je me moquais de boire ou non et je n'attendais pas le jour, bien que je fusse convaincu qu'il finirait tout de même par venir. Je ne le craignais pas non plus.

J'aimais bien le bruit du vent, qui est plus complexe qu'on le dirait et s'efforce plus souvent qu'on le croit de ressembler à une respiration moins tranquille qu'on le pense. J'aimais bien aussi le bruit du ressac et les grands coups de boutoir de la mer contre les digues. J'aimais des choses auxquelles plus personne n'accordait d'importance.

Quand la rampe d'escalier a frémi, j'ai pensé que c'était pour moi.

Mon colt dans sa cache aurait pu aussi bien se trouver au centre de la terre. Il aurait fallu trop de gestes pour le sortir, vérifier son état de fonctionnement, remplir le magasin. Trop de gestes pour un homme qui avait bu trop de Kronenbourg. C'était en outre une arme détenue illégalement. Comme la dernière bouteille de Jack Daniel's sous l'évier, il ne pouvait servir que pour une grande occasion. Une très grande occasion. J'ai laissé monter mon visiteur de la nuit.

C'était Léon.

Elle portait un sac en papier sous le bras gauche, dedans il y avait une bouteille carrée — du Johnny Walker étiquette noire —, un magnum de Perrier et une grande enveloppe marron de l'Usine. J'ai fait un geste vague et Léon est allée chercher deux verres dans la cuisine. Elle a mélangé scotch et Perrier moitié-moitié dans les verres, elle m'en a tendu un et s'est assise en tailleur avec l'autre au pied du lit, pendant que j'ouvrais l'enveloppe sur laquelle le photographe de l'Identité judiciaire qui m'avait assisté à l'autopsie avait marqué mon grade et mon nom.

— Exemplaire de travail, a commenté Léon. Tu devais passer le prendre au 36.

J'ai épluché les photos. Elles étaient dans l'ordre. Les blancs étaient juste un peu trop livides, le sang trop violacé, le mort trop mort et les organes trop en fouillis. J'ai tout remis dans l'enveloppe et Léon n'a fait aucune observation pendant un long moment. Je ne l'aurais pas supporté. Elle a regardé les journaux qui couvraient les murs, ainsi que mon mince fourniment, elle a regardé le fond de son verre. Je savais qu'elle ressentait beaucoup de chagrin. Elle a commencé par les choses de l'Usine, c'est-à-dire par ce qu'il y avait de moins blessant :

— Moll souhaite que tu prennes des congés. On ne parle plus de Bureau administratif en ce qui te concerne.

— Congés. Parfait.

J'avais plus de deux cents jours à prendre. Défense élastique.

Nous avons vidé nos verres et Léon a préparé une deuxième dose de mixture. A la regarder faire dans le peu de lumière jaune, elle aurait pu sembler belle. Pas jeune, bien sûr, puisqu'elle ne l'était pas, mais belle à sa manière un peu virile, franche et brusque. Elle m'a tendu mon verre en inclinant le buste. Quelque chose la chiffonnait. Elle a déclaré sans s'adresser à moi :

— Folle journée. Les Seigneurs de Guerre se sont bouclés toute la matinée dans le bureau de Moll. Calhoune est venue vers midi et tout l'aréopage est allé déjeuner quelque part. A quinze heures, Mauser est passé. Il est reparti grognon. Cellule de crise.

— Foutaises.

Elle m'a fixé durement.

— Foutaises.

J'ai ri, tout aussi durement :

— Ils veulent enterrer Franck.

Léon a ricané en balançant le torse.

— Ils ont enterré Franck. Mauser a dû reculer sous la pression du parquet général. La Douzième est dessaisie du dossier. C'est la Crime du 36 qui prend. Cote mal taillée : selon Calhoune, c'était aux Bœufs que revenait l'enfant. Elle s'est remuée toute la journée.

— Un doigt dans le trou du cul de chaque patron.

— Oui. Ils ont tranché, ni Calhoune ni la Douze. La Crime.

— Pourquoi pas la Crime ?

— Le chef de groupe a appelé. David, tu te rappelles ?
— Très bien. Bon flic. S'il y a quelque chose à trouver, il trouvera.

Elle a soufflé dans son verre. C'était de sa part une marque de scepticisme. Elle s'est passé les doigts dans les cheveux.

— Il voulait te parler. Comme tu n'étais pas là, j'ai pris. Nous avons même dîné ensemble. David est un type correct. Il a connu Franck, il t'a connu... Son sentiment, c'est qu'on lui demande de se hâter avec lenteur. (Elle m'a fixé droit dans les yeux et je n'ai pas aimé son regard. Il était aussi livide, sec et sagace que celui de Franck sur la table.) Son sentiment exact, c'est que personne ne lui en voudra s'il ne trouve pas. Bien au contraire.

— De merde, Léon. Ce genre de chose ne se produit jamais.

— Le groupe de David s'occupe des *affaires réservées*. La seule chose qu'on exige d'eux, c'est qu'ils fassent du vent.

Elle parlait bien, Léon, mais elle ne m'apprenait rien. Je savais que Franck frayait avec la haute. Je savais aussi pour avoir procédé aux premières constatations sur la voiture et sur le corps, et avec ce que j'avais appris à l'autopsie, que les enquêteurs n'auraient pas grand-chose à se mettre sous la dent. Les flics ne lisent pas dans le marc de café, et faire du vent, au fond, c'est ce qu'on leur demande à tous. Du vent, des chiffres — des bâtons et du reste, tout le monde s'en fiche. Léon ne pouvait rien m'apprendre.

Ce qu'on voulait pour Franck, c'était un bel enterrement de première classe, et pourquoi pas ? Je ne croyais pas plus à la justice divine qu'à celle des hommes, tout juste un peu à celle de l'argent. Léon avait une autre façon de voir. Elle était restée plus saine, ou tout au moins plus ignorante. Comme elle était capable de compassion, elle était également susceptible d'aveuglement. J'avais assisté à trop de réunions d'état-major comme à trop de cellules de crise ou d'audiences correctionnelles pour me bercer encore de la moindre illusion — rien que de vilains petits différends à caractère commercial. Je ne croyais pas plus à la loterie des assises qu'à celle de la vie. J'ai essayé de lui expliquer en prenant des gants pour ne pas trop la blesser. Je ne crois pas l'avoir blessée. Elle avait déjà tellement mal... Peut-être aurais-je dû dire autre chose ou seulement lui prendre la main. Elle m'aurait peut-être ainsi avoué à quel point elle avait aimé Franck. Elle aurait peut-être reconnu que le soir où je m'étais artillé avec Gino, elle avait préparé un petit repas pour Franck chez elle et que lorsqu'il était arrivé, elle lui avait dit sans penser à mal que j'avais décidé de lever — et c'est pourquoi elle avait eu le temps de faire à dîner. Et Franck avait appelé Gino et lui avait passé l'information comme quoi il n'y avait plus de dispositif et qu'il pouvait y aller franco. Je jouais avec trop de cartes pour Léon. J'avais trop l'habitude de les biseauter, en outre. Même si elle était solide et dure, Léon avait quelque chose en elle d'un peu mécanique et rudimentaire, une absence de nuance, qui la rendait inapte à être autre chose qu'une sorte de justicier. Trop honnête, Léon. Au cinquième ou au sixième verre, elle m'a demandé ce que j'allais faire.

Je n'allais rien faire.

— Vauthier n'aimerait pas que tu fasses ton enquête dans ton coin, a soupiré Léon. Calhoune non plus.

— Pas d'enquête, Léon.

— Qui a tué Franck?

— Toi. Moi. Tout le monde. Franck lui-même. Un type avec un 6,35 pour commencer, un autre à coups de clé anglaise, encore un autre ou le même avec un gros calibre. Peut-être un seul homme, quoique j'en doute.

— Torturé?

Je lui ai lancé l'enveloppe. Elle a posé son verre sur le parquet et comme moi elle a examiné chaque cliché l'un après l'autre — comme moi, sans la moindre trace d'émotion apparente. Cinquante-sept photos. La différence entre elle et moi, c'est que je n'avais jamais couché avec Franck et que jamais je n'avais veillé sur son sommeil, comme elle, ni attendu avec autant d'intensité, si longtemps. J'étais aussi plus usé, plus cassé qu'elle. Plus seul. Franck n'était pas mon premier mort. Pour elle, si. Nous avons fumé en silence un grand moment, elle à rouler ses pensées et moi les miennes, puis finalement, elle m'a demandé :

— Si tu connaissais celui qui a fait le coup, tu me le donnerais ?

— Pourquoi je ferais ça, Léon ?

— Pour rien, mon pote. Pour rien...

Scotch-Perrier. Moitié-moitié.

L'enterrement était pour le surlendemain.

Quinze

Après le départ de Léon, j'ai dormi, très mal, par brèves saccades. Sans cesse revenait le moment où j'avais repris conscience à Saint-Antoine dans le service de réanimation, avec des sondes et des tuyaux partout, et même dans l'urètre, dans la pénombre et le scintillement des écrans, mais pas dans le silence. Rien n'est moins silencieux qu'un hôpital. Je croyais que c'était la même nuit — nous étions quatre jours plus tard et je n'étais pas mort. J'avais un gros pansement sur le ventre et je souffrais du nez et de la gorge à cause des tubes, c'était tout. La pendule du moniteur marquait cinq heures dix.

Je n'étais pas mort.

On venait, on se penchait sur moi et je n'étais pas mort. Je n'étais même pas sérieusement blessé. Une fois de plus, je n'étais rien. Plus tard, la grosse face carrée et plaisante de Strauss apparaissait non loin de moi. Il m'avait recousu le flanc et le ventre juste au-dessous du nombril et il me montrait ma boucle de ceinture.

— Bidon. Une plaque d'acier avec presque rien d'argent dessus. Ton Jivaro a dû se servir d'un morceau de Sherman pour la fabriquer. (Il me montrait autre chose, une ogive qui avait champignonné à l'impact.) Tu t'es fait arroser à la neuf parabellum. Ce sont des morceaux de la chemise en métal qui t'ont labouré autour.

Il ne riait pas, Strauss. Pas vraiment Quatre jours de coma deux.
Il haussait les épaules.
— Probablement le choc nerveux. Tu l'as vu par le trou de la serrure. Quelle tête il a ?
— Quelle tête a qui ?
— Le diable, bien sûr. Léon est passée, deux ou trois de tes soldats aussi. Des flics d'un autre service. (Il haussait les épaules. Il me regardait d'un air mécontent.) A la prise de sang, tu avais deux grammes trente-six d'alcoolémie. Ça ne t'a pas empêché de descendre ton adversaire.

Strauss s'est planté un index en plein front, perpendiculairement au crâne. Une seule balle, à moins de six mètres, à bras tendu. Plus tard encore on m'interrogeait. J'étais naze, mais pas au point de ne pas saisir le sens des questions. J'avais expédié Gino Maretti de sang-froid — pour autant qu'on pouvait être de sang-froid avec autant d'alcool dans le sang. J'avais fait en sorte de l'obliger à me tirer dessus et j'avais été assez fort et persuasif pour que Gino me manque la première fois, pour que la deuxième balle se borne à me labourer superficiellement le flanc droit et que la troisième vienne se loger exactement dans ma boucle de ceinturon, ce qui m'avait sauvé. Je garde un souvenir nauséeux de ces interviews, l'impression d'avoir pataugé inlassablement dans un marécage putride avec plus toute ma tête, un sentiment triste et amer de défaite. Je sentais bien que ceux qui m'interrogeaient n'avaient rien contre moi, rien de personnel en tout cas. Leur version se tenait aussi bien que la mienne, sauf que je ne voyais pas pourquoi j'aurais descendu Maretti comme un chien.

Les flics des Bœufs non plus.

Voilà tout ce qui revenait à la surface entre deux brefs accès de sommeil, ce matin-là. Ça et le fait que j'aurais aimé que Calhoune vienne me voir, mais elle n'avait plus de raisons de le faire. Je l'attendais quand même, je m'en rends compte maintenant. Je n'attendais qu'elle. Je lui aurais sans doute dit ce qui s'était passé, ce que Gino m'avait dit. Je lui aurais tout raconté en lui tenant la main, je lui aurais promis, c'est sûr, monts et merveilles. Elle ne m'aurait pas cru et elle aurait eu raison.

Le diable...

Ni cette fois, ni avant ni après, je ne l'avais vu. On ne voit jamais ce qui est partout autour de soi, même pas dans la soudaine et brutale immobilité d'un arbre en plein vent, on ne voit jamais ce qui devrait crever les yeux. Personne n'a jamais vu non plus le Trésor public, vu de ses propres yeux, et pourtant tout le monde sait qu'il existe.

Franck non plus, je ne l'ai pas vu pendant tout ce temps, ni à l'hôpital ni à la clinique par la suite. Tant mieux, parce que je n'avais rien à lui dire, rien de raisonnable ni de constructif pour l'avenir, comme on dit de nos jours. Je ne le tenais pas pour responsable. De surcroît, sur ce coup, je lui avais fait perdre une commission qui faisait dans les cent mille francs, entre ce qu'il devait toucher des voleurs et des volés. Six minutes pour un casse, pour un vrai casse, c'était bien peu. Il y avait eu des complicités. Ne serait-ce que financièrement et du point de vue de sa fiabilité auprès de ses interlocuteurs non institutionnels, je lui avais causé un réel préjudice. Il faut être juste, si Franck m'en a voulu un tant soit peu par la suite, en tout cas il ne me l'a jamais dit. Il avait ses raisons, Franck, et qui en valaient bien d'autres. S'il me les avait confiées, je les aurais peut-être comprises. J'ai bien compris ce qu'il m'a confié un soir comme un secret, cette observation banale qui n'en était pas un, lorsqu'il m'a dit, sur le pont de Solférino une des dernières fois que nous nous sommes vus : « Le seul pouvoir, *pays*, le seul vrai pouvoir est celui de corrompre. L'honnêteté, c'est ce qu'on exige des pauvres et des gens de maison. Des commis — mais pas des grands commis. »

Je ne pouvais pas lui donner tort. Il n'est pas utile de contredire ceux qui disent vrai, même s'ils ne le veulent pas vraiment. Il avait tout compris, Franck, sauf que ça ne servait à rien de le dire. En s'approchant de son Alfa, il m'avait demandé si je voulais qu'il me ramène. Peu de petits commis peuvent se payer ce genre d'engin et je n'avais pas d'endroit où aller — aucun endroit particulier. C'était la nuit et il faisait froid. La voiture s'est éloignée rapidement avec une houppette de vapeur d'eau au bout du tuyau d'échappement, dans ce feulement inimitable qui constitue le charme des moteurs de la marque, un peu creux et rauque, mais pas du tout désagréable.

Elle emmenait Franck et ses rêves.

Il ne savait pas comment elle me le ramènerait.

A force de ne pas arriver à dormir, j'en ai pris mon parti. J'ai rangé la monnaie et les photos que Hadj m'avait fait remettre dans l'enveloppe et je l'ai glissée entre deux disques. L'un des deux était l'enregistrement historique d'Armstrong au Carnegie Hall, l'autre la *Far East Suite* du Duke, mais j'étais trop imbibé pour que l'un ou l'autre puisse m'être utile en quoi que ce soit. J'ai ramassé les cadavres de Kro et il m'a fallu trois voyages pour aller les flanquer à la poubelle, puis je me suis fabriqué tout un pot de café soluble brûlant. En attendant qu'il refroidisse, je suis allé me raser et me doucher. J'ai changé de vêtements et je suis retourné dans la cuisine. Du bout des doigts, j'ai effacé sur la petite ardoise en plastique les deux numéros de Franck, mais c'était un peu tard. Il en est resté la trace et je n'avais ni le trichlo ni l'envie de mieux les enlever.

Je suis resté un moment dans l'un des deux fauteuils du Salon de musique. Je n'attendais pas le jour, mais je ne le redoutais pas non plus. Avec lui, je savais que viendraient le sommeil et un morceau d'oubli — et peut-être un peu de paix. Inlassablement, mes pensées sont revenues à l'hôpital, et à la clinique après. C'était un établissement moderne, de plain-pied dans la campagne, au bord d'un bois, au décours d'une colline. J'aurais pu m'y sentir bien, je n'y avais pas été mal. Même pendant les dix jours de cure de sommeil au tout début qu'on l'eût prévenue qu'elle ne pourrait pas me voir,

Farida était venue. Elle avait été la seule. Elle m'apportait du chocolat noir, des cigarettes et des pièces de vingt centimes. Le chocolat noir parce que j'en avais vaguement manifesté l'envie, les cigarettes car elle savait que je ne pouvais me passer de fumer et les pièces de vingt centimes pour la machine à café. Ma première sortie, je l'avais faite à son bras. J'avais encore la mandibule du bas qui tremblotait et à chaque pas il semblait que mon crâne allait éclater, mais tout doucement et assez droit, nous étions parvenus jusqu'à l'embauchement du village.

C'était un grand voyage pour elle et moi.

Deux ou trois fois en la voyant descendre de la Mercedes, je l'avais prise pour Calhoune. De loin, bourré d'antidépresseurs comme je l'étais, l'illusion était dépourvue de cruauté et n'avait rien de blessant, mais Calhoune ne serait jamais montée dans une Mercedes. Même un cabriolet était trop vulgaire pour elle, un cabriolet Mercedes, j'entends. Je ne pouvais pas lui parler de Calhoune, à Farida. Pas plus au psychiatre. Je ne pouvais en parler à personne. Calhoune, je l'ai aimée du premier jour où je l'ai vue, dès le premier instant. Elle portait un tailleur grège, avec une veste droite boutonnée aux revers italiens, un chemisier crème et des bottes à talons bordeaux. Des collants aussi probablement, et des dessous. Elle serrait une pochette en cuir sous le bras et avait l'air craintive. C'est bien la seule fois que je l'ai vue craintive.

Elle sortait de l'École des inspecteurs et on m'avait chargé de son initiation, ou du moins de son instruction. Pendant deux ans, je l'ai menée à la dure. Je ne voulais pas de femme dans le Groupe, mais Calhoune était plus qu'une femme — elle n'était pas n'importe quelle femme. A sa manière, tout comme Léon, c'est une dure. Pas très bon tireur, mais teigneuse et volontaire. De tous les flics que j'ai formés, Calhoune était certainement la plus douée, mais pas la moins fragile. Comme chacun d'entre nous, Calhoune avait deux faces. Savoir laquelle des deux gagnerait... Il lui manquait du vice, mais moins que je le croyais, et cette force d'amertume que confèrent la pratique et l'habitude du mensonge et des faux-semblants, et le spectacle de l'avidité. Il lui aurait fallu plus d'endurance et d'insensibilité, moins de besoins, pas forcément de luxe. On survit à ses caprices, mais pas à ses envies. Calhoune voulait tellement de choses... Pour commencer, elle voulait être heureuse, ce qui ne porte jamais chance. Je n'ai jamais dragué Calhoune et elle ne m'a jamais dragué. L'une de ses deux faces m'a aimé, pas l'autre, et il en a été de même en ce qui me concernait. Pas chanceuse et trop jeune.

Les vrais joueurs veulent perdre, comme s'ils désiraient rien tant que se punir pour des actes qu'ils n'ont pas commis. Calhoune était joueuse, elle avait tout mis sur moi et j'avais fait mine de la croire, de croire cette face, cette Calhoune, mais il y en avait une autre, qui avait tout mis sur le concours de commissaire, les beaux habits et la maison de Samois, la Porsche et les meubles de style, sans que ce fût blâmable — et les deux étaient aussi vraies l'une que l'autre. Franck m'avait dit le même soir, pont de Solférino : « Calhoune est une femme chère. Très chère. »

Il l'avait dit, et je l'avais compris, comme un compliment. Nos vies ne sont parfois que des croisements de routes et personne ne reste jamais au milieu d'un croisement et c'est pourquoi elles sont si fréquentées et si désertes en même temps. J'aurais aimé pour elle que Calhoune se mette en règle avec elle-même pour commencer. J'aurais aimé qu'elle fût enfin heureuse. J'ai fait tout ce que je pouvais pour qu'elle le soit. Je ne pensais plus à la Douze et à mes embêtements, je pensais seulement à elle, à sa façon de se mouvoir pensivement, à son sourire et à la douceur de sa hanche, à ses rages et ses bâillements de chaton lorsqu'elle allait tomber dans le sommeil. Au moment de dormir, juste sur le bord du puits de la nuit, Calhoune bourrait son oreiller de petits coups de poing, et je disais souvent qu'elle ne bâillait que d'un œil, ce qui la faisait rire, et tout était à recommencer, les petits coups de poing, les deux bâillements... Le nombre de fois que je l'ai veillée sans qu'elle le sache... Je me sentais très fier et bêtement important comme si j'étais responsable en quoi que ce soit du fait qu'elle existât.

Le matin est venu. Pluie et vent. Yellow Dog est rentré et je lui ai préparé son assiette. Il a mangé en se goinfrant et nous sommes allés nous coucher. J'ai mis la pendule pour dix-huit heures, sans trop réfléchir que je n'avais pas besoin de me lever puisque je ne prenais pas la nuit. Du bout des doigts, j'ai mis une cassette de Bessie Smith très en sourdine. La bande-son de *Saint Louis Blues,* avec ses diamants de pluie.

Je ne voulais de mal à personne.

Plus même à moi.

Du moins, je le croyais.

Vers dix-neuf heures, je suis descendu chez le Tunisien. J'ai pris six œufs, un tube d'harissa, deux boîtes de lait condensé et un paquet de café. Du vrai café. Certains soirs, je m'offre ce genre d'extra. Du vrai café et de l'harissa du Cap. Bon pour mettre sur les œufs durs. Il pleuvait toujours, mais je ne me sentais pas morose. Je voyais bien une soirée pour moi tout seul, à écouter Bessie Smith et le vent dans le conduit de cheminée ainsi que la pluie clapoter sur le ciment du balcon. Comme je progressais le front bas à cause des bourrasques, je n'ai pas prêté attention à la voiture qui stationnait en double file. J'ai seulement tourné la tête dans sa direction en entendant un petit coup d'avertisseur. Pontiac noire. Vitres teintées. Radio-téléphone. La glace électrique s'est baissée du côté du conducteur et Lampe-Torche m'a appelé de sa main gantée. Ça ne sert à rien de toujours fuir. Je me suis approché la tête dans les épaules, le paquet d'épicerie sous le bras. Lampe-Torche me regardait. Il avait plus de la trentaine. Son visage était inexpressif, pas ses yeux. Il y avait dedans la morgue que mettent les agents du Trésor pour détroncher ceux qui sont insolvables. Je me suis un peu penché.

— De quoi on parle, cette fois ?
— D'un homme qui ne se presse pas beaucoup.

Lampe-Torche a levé l'épaule gauche pour plonger la main dans sa poche de manteau. Ça n'était pas le geste qu'on fait pour sortir un calibre et il n'y avait rien de malveillant dans son attitude. Avec un léger soupir contrarié, il a sorti un petit paquet, l'a examiné et me l'a tendu sans mot dire. Je l'ai pris, j'ai fouillé dans la poche de gousset de mon jean et je lui ai donné la pièce. Lampe-Torche l'a saisie, l'a examinée et l'a lancée en l'air d'une pichenette. Elle est retombée sur le haut du gant, mais je n'ai pas vu si c'était pile ou face. Lampe-Torche ne m'avait pas quitté des yeux et il semblait brusquement plutôt content. Son contentement n'avait rien de chaleureux. Son regard non plus. La pièce a disparu, le contentement aussi, de même que la main gantée qui a cherché le bouton de commande de la vitre électrique, qui a commencé à remonter. Quand il n'est plus resté que les yeux ternes et un morceau de front de visibles, Lampe-Torche a déclaré comme pour réparer un oubli de sa part :

— Mon employeur souhaite que vous repreniez contact avec lui. Rapidement.

« Souhaite. » La vitre est remontée jusqu'au bout, la voiture est partie en se dandinant un peu à cause de l'essieu rigide à l'arrière. Une Pontiac noire avec à son volant un homme ganté de noir semblant dépourvu de vie. C'était à mourir de rire. De tête, avant qu'elle disparaisse au coin de la rue, j'ai relevé de tête le numéro d'immatriculation sur la plaque de police à toutes fins utiles, et je suis resté comme un gland, avec la pluie qui me dégoulinait sur la figure et détrempait mon sac de commissions, à balancer entre le pouce et l'index le petit paquet qui se comportait au bout du ruban à la manière d'un cadeau de prix. L'emballage était fait d'un beau papier pourpre moiré aux plis cassants, savants et riches. L'objet avait la taille d'un étui servant à contenir une montre-bracelet, ou n'importe quel bijou, trop allongé pour que ce fût une bague, ou encore un gros stylo à plume. Le bolduc était en rayonne mauve, exactement appareillée au papier, avec sur le nœud un chou d'où partaient encore deux bouts de ruban qui s'enroulaient comme des vrilles de vigne vierge, retenus par la petite étiquette dorée d'une boutique free-taxe sur les Champs. Le chou, je le jugeais un peu excessif mais on s'était à l'évidence donné un certain mal à le confectionner. C'était trop léger pour une montre. C'était trop léger pour tout. J'ai été à deux doigts de tout laisser tomber dans le caniveau.

J'aurais mieux fait.

En rentrant, j'ai branché ma petite machine à expresso et j'ai mis de l'eau à bouillir pour les œufs. Le néon au-dessus de l'évier dispensait une lumière froide et bleutée, mais pas inamicale. J'ai allumé une Camel tout en retournant le paquet dans tous les sens. Je l'ai secoué près de mon oreille, sans parvenir à identifier le son qui en provenait, ni le genre d'objet qui pouvait le provoquer. Mentalement, j'injuriai Hadj, puis sa race, sa mère et le reste de la famille. Je fis de même pour Lampe-Torche, bien que je ne visse pas au juste à quelle race il pouvait appartenir, s'il pouvait avoir eu une mère, et si ce genre d'homme pouvait avoir une famille. Peut-être Lampe-Torche se posait-il la même sorte de questions sur mon compte, après tout ?

J'ai sorti mon Buck de l'étui de ceinture — c'était un tout petit Buck qui ne portait pas à conséquence —, et j'ai tranché le bolduc. J'ai défait le papier proprement, je l'ai plié à part, et je me suis interrompu pour aller mettre les œufs dans la casserole et me servir une tasse de café. L'étui rigide était du même mauve que le bolduc, long, plat et un peu duveteux au toucher, sans aucune marque dessus. J'ai trouvé sans difficulté le petit fermoir et j'ai ouvert.

J'ai perdu ma cigarette et sans que je le veuille, mes mains se sont mises à trembler. Ce n'était pourtant pas bien terrible et pas vraiment hideux comme spectacle. Il n'y avait même pas de sang. C'était inerte, pour sûr, livide bien entendu... C'était un doigt. Un simple doigt qu'on avait coupé au ras de la main, trois phalanges d'un annulaire de femme où il y avait encore des bagues en métal doré d'une faible valeur marchande comme en portait Farida lorsqu'elle travaillait. L'ongle était peint d'un mauve lisse et doux qui était souvent sa couleur. Rien de sale. Je n'y ai pas touché. Je l'ai examiné en le portant à la hauteur des yeux. La section était franche et précise, l'os intact. Je n'aurais pas dû, mais j'ai jeté le paquet contre le mur comme si c'était un verre que je voulais faire éclater, avec trop de force et de rage, et le doigt en ricochant et en roulant a rendu un bruit de caillou.

J'ai ramassé ma cigarette, je l'ai ramassé aussi et je l'ai lancé dans l'évier. Il était froid. Très froid. Congelé. Je suis allé vomir en m'empêtrant les bottes. En vomissant, je me suis brûlé avec ma cigarette.

Pas de nerfs, hombre, pas de nerfs...

Lorsque j'ai eu finir de vomir et de trembler tout en couvant les chiottes dans mes bras d'un regard idiot, je me suis relevé en plusieurs temps, pièce par pièce, avec beaucoup plus de morceaux que je ne croyais en comporter d'ordinaire, tout en respirant de moins en moins mal cependant. Il n'y a pas de colère juste et pas de colère injuste non plus. Il y a des colères utiles et d'autres qui ne le sont pas. J'ai fermé les deux poings à hauteur des épaules, coudes au corps, comme les jeunes crétins modernes qui font de la publicité à la télévision pour une marque d'eau gazeuse à l'usage des yuppies, avec des airs de niais et de petits moignons qui se voudraient menaçants mais ne le sont guère. Mes poings à moi sont gros, osseux et cabossés, je les ai toujours trouvés vilains à faire peur et ma figure ne devait pas être avenante non plus. J'ai bougé sur les hanches et j'ai remué les épaules. Les boxeurs font de même lorsqu'ils sont mécontents d'un mauvais coup dans le flanc. Mauvais coup ou pas, les boxeurs ont souvent l'air mécontent, sans doute à cause de tout ce qu'ils sont contraints d'encaisser. J'ai sonné durement — gauche-droite — le réservoir mural de la chasse d'eau. Les coups se sont répercutés jusque dans mes talons de bottes. J'avais pourtant reçu des cadeaux bien pires. Ma colère n'est pas tombée.

Je suis allé éteindre le gaz sous les œufs, j'ai bu en hâte une autre tasse de café, puis je l'ai passée sous le robinet. Dans le second bac, dont je me sers rarement, il y avait toujours le doigt. Raide, dur, pointu. Minéral. Je l'ai ramassé et entortillé dans un morceau de papier essuie-tout et je l'ai stocké dans le compartiment à glaçons du frigo. Sur le moment, j'ai pensé que ça ferait une compagnie à mon camarade le cafard mort qui habitait lui le fond du bac à légumes.

J'ai ramassé mon blouson et je suis sorti.

Dans la nuit.

Seize

J'ai repris mon pistolet au coffre, à la Division. Je l'ai rempli et j'ai fait monter une cartouche dans la chambre. Du secrétariat, j'ai appelé le service des cartes grises. Le permanent de nuit m'a répondu presque tout de suite :
— Pontiac ? Il en reste ? Véhicule de société. Elle appartient au Nautile Center. Adresse...
C'était une petite rue du côté de la Grande-Armée.
— Nautile Center ?
— Vous prenez jamais le *tromé* ?
Mon correspondant devait être un gosse. Les gosses ont cette manie de parler ce qu'ils prennent pour du verlan, mais c'est un verlan anémique. Sa voix n'était pas anémique — elle était aussi gaie et vaine que celle d'un disc-jockey dans une boîte pas très prospère. J'ai admis qu'il m'arrivait de prendre le métro. Il a claironné :
— Le cul de la négresse, coulé dans le bronze ? Vous savez : le string en tricot vert pomme. Les affiches. Bodybuilding, jacuzzie... Squash. Cher. C'est Nautile Center. La forme, pas les formes. Vous voyez le plan ?
— Piège à cons.
— Très cher. (Il a ri.) Ils font des prix aux *keufs*.
— Pas aux vieux *keufs*.
Il a ri de nouveau. Sans son entrain inusable qui ne

semblait pas factice, il m'aurait facilement agacé. N'importe qui m'aurait facilement agacé, cette nuit-là. Il s'est rappelé :
— Vous me donnez votre nom et votre grade, *papa* ?

Je lui ai donné mon nom et mon grade. Il m'a demandé comment allait la Douze et j'ai répondu qu'à mon sens elle n'allait pas mal. Nous avons raccroché en même temps. Je suis resté un moment à fumer en compulsant machinalement les circulaires au tableau d'affichage. On recherchait toujours à peu près le même type de vilains, il y avait un long télex de lascars qui passaient principaux, des gens trop jeunes pour que j'en connaisse. Il se libérait un poste de divisionnaire en Guyane — expérience de police judiciaire exigée. Même la Guyane était encore trop près. Tout était trop près avec les moyens de communication modernes, ou alors c'est que j'étais trop sonné.

Nautile Center.

J'avais tout le côté gauche de la tête comme engourdi.

Je suis passé chez Saïd et sans le moindre commentaire il m'a prêté sa petite Honda seize soupapes. D'une cabine publique vers Nation, j'ai appelé Hadj. Mon Oméga marquait vingt-deux heures et pourtant il a décroché tout de suite. Cette nuit-là, c'était à croire que tout le monde habitait à moins de dix centimètres d'un poste téléphonique. Ma voix m'a déplu, mais elle n'a pas semblé ennuyer Hadj. Il m'a dit :

— Nous pouvons nous rencontrer rapidement, à condition que tu prennes le premier avion pour Lausanne. Je suis sur l'autoroute.

Téléphone de voiture, naturellement. Import-export.

— J'ai reçu ton colis. Où est le reste ?

— Quel reste, *frère* ?

— Le reste. Ce qui allait avec un annulaire gauche.

— Je crains de ne pas bien saisir. Est-ce que tu as avancé ?

— Seulement d'un doigt.

— D'où appelles-tu ?

— Cabine publique.
— Numéro ?
Moi aussi j'ai ri, sans la moindre joie ni la plus petite trace d'entrain.
— A quoi ça te servirait de faire un contre-appel ? J'ai peut-être un magnétophone. Je suis peut-être à l'Usine. Je veux le reste.
— Moi aussi, a fait Hadj sans se compromettre.
J'entendais le ronronnement du moteur et de la musique dans l'habitacle de sa voiture. Pas trop de musique. Duke Ellington. C'est grâce au Hollandais que le Duke avait marché au Cotton Club, de même que les orchidées poussent sur la pourriture. Je me suis éclairci la voix :
— Je ne sais pas où se trouve ce que tu cherches.
— Tu es flic, non ? a murmuré Hadj. Ce que nous cherchons.
— Je ne cherche rien.
— Nous cherchons tous quelque chose.
— Nautile Center.
— Tu vois, a ricané Hadj. Tu vois bien que toi aussi tu cherches...
— Je veux le reste, Hadj.
— Je veux est mort, *frère*.
Sa voix s'était durcie. Elle n'allait pas tarder à devenir désagréable. Elle l'est devenue pour me prévenir :
— Nous avons été gentils jusqu'à présent avec toi. Je ne sais pas de quel reste tu parles et je ne veux pas le savoir...
— Est-ce que Lampe-Torche sait ?
— Qui est Lampe-Torche ?
— Le messager.
— Certainement, oui.
— Appelle-le. Préviens-le que je passe le voir.
Hadj a réfléchi, bien peu de temps. Il n'avait pas grand-chose à craindre de moi. Il me savait à fond de cale. Tout le monde dans la rue — le peu de gens qui se rappelaient mon

existence — me savait à fond de cale. J'avais cessé d'être dangereux à leurs yeux et aux miens. Il m'a répondu :

— C'est d'accord. Je suppose que tu sais où le trouver.

— Je sais où le trouver.

— Rappelle-toi que nous sommes en compte, toi et moi, *frère*.

Il a coupé. Dommage, c'était juste à l'instant où Cootie Williams attaquait un de ses plus fabuleux solos dans la version 1955 de l'inépuisable *Happy Go Lucky Local* qui se termine par une hallucinante démonstration de Cat Anderson à la trompette stratosphérique. Je suis retourné à la Honda sous la pluie. Il y avait de tristes et maigres radeuses plus ou moins à l'abri des camions ou aux arrêts des bus. Je n'en connaissais plus beaucoup. Jeunes, tristes et maigres. Cent balles la pipe, deux cents l'amour. Capote. Pour la plupart, elles étaient camées jusqu'aux yeux et on les disait séro-plus, mais ça ne paraissait pas handicaper leur commerce.

J'ai gagné l'Étoile par Barbès. Je voulais laisser le temps à Lampe-Torche, ou me laisser le temps à moi. J'ai conduit à ma main. S'il avait été plus tard, je serais passé au Bali Bar voir Yvonne comme dans le temps. Les articulations me faisaient souffrir, mais moins que l'idée qu'ils avaient bloqué Farida et qu'elle avait dû en baver. Rien à dire : ils avaient joué les approchants. Au ton de sa voix, il était certain que Hadj était persuadé que je mentais et que je savais où Franck avait stocké son butin. Franck n'avait pas parlé — pas plus à moi qu'à eux —, mais je n'avais pas l'ombre d'une chance de les convaincre. J'avais le dos au mur et pas la moindre bonne carte dans mon jeu.

Lampe-Torche ne se cachait pas. Pourquoi se serait-il caché ? La Pontiac stationnait à l'adresse. Son capot était froid. J'ai sonné là où il y avait marqué Nautile Center et la gâche électrique a fonctionné instantanément. C'était dans une tour neuve, au douzième étage. Lampe-Torche avait laissé la porte entrouverte. Il était assis dans un fauteuil moderne, les chevilles croisées, face à l'entrée. Ni squash ni jacuzzies, rien qu'un bureau meublé en design qui servait de siège social. J'ai refermé dans mon dos. Lampe-Torche m'a désigné l'autre fauteuil en face de lui, et de l'index il m'a montré le petit bar roulant. Il n'y avait que du scotch, mais du bon scotch, de la glace et un siphon. Peu de gens se rappellent que les siphons existent. Je me suis servi et j'ai allumé une cigarette.

Lampe-Torche m'a parcouru des yeux comme si j'étais un journal du soir. Il faisait ma taille, mais trente livres de plus. A part les yeux, son visage était assez agréable et ne trahissait aucune méfiance. Quelqu'un a écrit que la grande faiblesse de la force, c'est de ne croire qu'en la force. Lampe-Torche était chez lui, il était largement plus costaud et mieux entraîné que moi, en outre Hadj l'avait sans doute appelé, sans quoi il ne m'aurait pas reçu et certainement pas de cette façon. Je suis allé à la fenêtre. Paris était encore une fête — Paris est toujours une fête. Le scotch était bon, la température convenable. Lampe-Torche était sûr de sa force.

— Où est-elle ? j'ai demandé le dos tourné.
— Une bonne question.
— Une autre bonne question : dans quel état ?
— Une autre bonne question. Quelle est la suivante ?
— Pas de question suivante.

Dans mon dos, Lampe-Torche s'est levé. Je l'ai entendu actionner la molette de son briquet, puis s'approcher. Certains hommes se déplacent en glissant, il en faisait partie. Lui aussi est venu à la fenêtre et il a contemplé la ville de son regard maussade. Rien ne devait jamais lui plaire.

— A mon tour, a-t-il dit d'une voix sans timbre. Une seule question. Mon employeur est persuadé que vous savez où se trouve son bien. Question : où se trouve son bien ?
— Aucune idée.
— Oui, oui.

— Vous habitez ici ?
— Oui.
— Quelles sont vos fonctions ?
— Je suis directeur commercial.
— Ce qui veut dire en clair ?
— Rien de plus que directeur commercial. (Il a souri à part soi.) Je négocie des contrats de remise en forme avec certaines entreprises et bon nombre d'administrations.
— Juteux ?
— Très juteux.

Il a tourné un peu le buste, de manière à m'avoir à l'œil, sans méfiance ni vraie animosité. Lui aussi fumait des Dunhill, pourquoi pas ? C'est vrai que nous aurions pu tirer dans le même camp. Lampe-Torche appartenait à une nouvelle race de voyous et je ne pouvais critiquer sa musculature parfaite, pas plus que ses bonnes manières ou sa léthargie apparente. Il a remarqué :
— Je crains que notre entretien soit une impasse.
— *Dead end*, disent les Américains.

Il a secoué la tête. C'était quelqu'un de réfléchi. Beaucoup de muscles et un cerveau. Cruauté machinale. J'ai louché sur le fond de mon verre et je l'ai laissé là où il était pour retourner me servir. Je suis revenu ami-ami, sans hâte. C'est curieux, il ne se méfiait pas. Il regardait en bas, les bras le long des cuisses et les doigts souples, comme abîmé dans une rêverie intérieure, les épaules droites. Il m'avait classé dans sa tête, rubrique *classement vertical*, sans suite. Un flic qui avait eu des histoires. Un homme sans plus beaucoup de jus. Mon jean et mes bottes étaient propres, ma vieille chemise des surplus militaires et mon flight aussi, mais ils avaient connu des jours meilleurs. Lampe-Torche savait lire le grand livre de la dèche publique. J'ai revissé avec soin le bouchon de bouteille en la tenant sous le coude, j'ai levé mon verre. Au dernier moment, Lampe-Torche a tourné la tête, sans doute à cause du silence, peut-être par instinct. Au lieu de le prendre du côté gauche du crâne, le coup l'a

touché en plein front. C'est dur, le flanc d'une bouteille, et le procédé n'était pas très loyal, tant pis. Lampe-Torche a vacillé en arrière, en levant un bras. Je ne lui ai pas laissé le temps, je suis rentré dans sa garde et je l'ai sonné au plexus d'un second coup de la même arme. Il s'est plié en deux.
Je n'ai eu aucun mal à lui passer les pinces dans le dos. *Dead end.*
Je l'ai poussé dans son fauteuil et je suis allé verrouiller la porte d'entrée. J'ai pris le soin de mettre le répondeur en marche. Il y avait trois autres pièces, ainsi qu'une salle de bains avec une grande baignoire prévue pour y tenir à deux ou trois. Tout était meublé design et de ce fait paraissait inhabité. Dans la chambre, j'ai trouvé sur le chevet des papiers dans un porte-cartes, ainsi qu'un automatique en inox plein, un Smith quinze coups. C'était le même que celui de Willy. Je suis revenu avec dans la pièce qui servait de bureau. Lampe-Torche s'ébrouait avec une grimace incrédule.
J'ai lu ce qu'il y avait marqué sur son permis de conduire. Il a bougé les épaules. Assez courageux, dans l'ensemble. Du canon du Smith, je lui ai relevé le menton :
— Directeur commercial. C'est pourquoi vous avez un permis de port d'arme pour cet engin. Vous faites un métier dangereux, sans cesse frôlé par les balles. Les balles de tennis.
Il a tiré sur les menottes. C'étaient bien des menottes. Ses yeux étaient d'un gris pénible, sans doute à cause de la douleur. Ces grands types sont souvent plus vulnérables qu'ils le pensent. Je l'ai lâché et je suis allé m'installer dans le fauteuil qu'il m'avait affecté.
— Question : est-ce que votre employeur vous a parlé de moi ?
Lampe-Torche a acquiescé de la tête. Il n'était pas en très bonne posture, ce qui ne l'a pas empêché de ramasser ses pieds et de gonfler les muscles des épaules pour se lever.

J'avais le pistolet en travers des cuisses, mais nous savions tous deux que je ne pouvais pas tirer.

— Question : qu'est-ce qu'il vous a dit ?

Lampe-Torche a ricané. C'était la première fois qu'il manifestait un sentiment humain, et ce sentiment n'avait rien de flatteur pour moi.

— Un fumier.

— Drôle de chose. Quoi d'autre ?

— Enlevez-moi ces cochonneries.

Il était en appui sur les pointes des pieds et le bout des fesses. Il n'avait pas désarmé. Je le voyais bouler en avant, me balayer si je m'avançais, par exemple si je me déplaçais pour lui retirer les pinces. Je suis resté où j'étais. J'ai allumé une cigarette.

— Quoi d'autre ?

— Vous ne vous en sortirez pas.

C'était lucidement vu. D'un autre côté, personne ne s'en sort jamais, ou alors d'une seule manière et c'est bien la seule forme d'égalité entre nous tous. J'ai vidé le Smith de son chargeur, puis le chargeur de ses cartouches, que j'ai laissé tomber dans le cendrier. Il n'y avait rien dans la chambre et j'ai reposé l'arme.

— Peut-être que je ne veux pas m'en sortir.

Il a remué les épaules.

— Peut-être que Franck non plus ne voulait pas s'en sortir.

Il a encore remué les épaules.

— Peut-être que vous non plus, Lampe-Torche, vous ne voulez pas vous en sortir.

Je me suis levé, histoire de me dégourdir les jambes. Il a boulé en avant, tout comme je m'y attendais, mais il avait trop tardé. Je n'ai eu aucun mal à l'esquiver et c'est bien contre mon gré qu'il est allé donner de la tête contre l'aluminium de la table basse. Il aurait pu se fendre le crâne, handicapé comme il l'était. Il s'est seulement esquinté le cuir chevelu. La tête, ça saigne souvent beaucoup. Je l'ai soutenu jusqu'à la salle de bains. C'était un costaud beaucoup plus vulnérable qu'il le pensait. Je l'ai assis sur le bord de la baignoire et il m'a remercié d'un signe de tête quand j'ai pris une serviette-éponge tout en enlevant mon blouson. Étrange qu'il ait pensé à un réflexe de compassion de ma part. D'un geste vif, je lui ai passé la serviette autour du cou et j'en ai saisi les deux extrémités dans le poing gauche, de l'autre main je l'ai poussé en arrière, sans rudesse, sans parler. Alors seulement il a compris et tout son corps s'est arc-bouté, mais il m'a suffi de tordre le poing pour le tenir couché sur le dos au fond. J'ai fermé la bonde et ouvert l'eau en grand. Dans ce genre d'immeuble, elle est souvent très chaude.

Lampe-Torche m'a regardé avec plus de frayeur que de haine. Il secouait encore les pieds dans un réflexe de dos crawlé tout à fait inefficace. L'eau lui est vite arrivée au menton. Je suppose qu'il avait dû entendre parler de ce vieux truc, ou bien l'avait-il pratiqué lui-même sur ses clients, toujours est-il que la terreur s'est installée sur sa face, tandis qu'il se débattait en usant son souffle en pure perte, comme un gros poisson dans trop peu d'eau pour y avoir ses aises. Son visage a disparu sous la surface et j'ai déclenché le chronomètre de ma montre. Tout est toujours question de dosage. Son sang a teinté l'eau de manière déplaisante. Je n'aimais pas ce que j'étais en train de faire. Il ne devait pas adorer non plus. Je l'ai ressorti. Il tremblait beaucoup et pesait plus lourd qu'un âne mort. Il s'attendait à ce que je lui pose des questions, je n'en ai rien fait. Je l'ai assis pour qu'il puisse rendre, mais sans desserrer la serviette. Quand il a paru revenir parmi nous, je l'ai replongé dans le bain. Il a rué plus fort, de manière désordonnée. Chronomètre. La deuxième fois, il a vomi. La troisième fois, je l'ai redressé et je suis allé m'asseoir sur le bidet.

— Question : qui a bousillé Franck ?
— Aucune idée.

— Ça peut durer longtemps, Lampe-Torche. Je connais bien peu de gens qui ne finissent pas par craquer. Racontez-moi ce que vous savez.

Il m'a raconté ce qu'il savait — ce que je savais parce que Franck me l'avait dit. Le dispositif était en place depuis des mois et fonctionnait sans heurt. Il a ajouté :

— Quelqu'un a tué Ali-Baba et a pris sa place. Ce quelqu'un avait une clé de service de l'autoroute. Il est sorti quelque part.

— Qui a tué Ali-Baba Mike ?

— Celui que vous appelez Franck.

J'ai fumé toute ma cigarette. Lampe-Torche se regardait les genoux. Il saignait toujours et ne paraissait pas tenir la grande forme. Là où son visage n'était pas ensanglanté, la peau était d'un rouge écrevisse. J'ai éteint l'eau et il est arrivé à lever la face. Il ne m'avait rien appris. Il est reparti pour un tour.

— Question : qui a bousillé Franck ?

Il lui a fallu plus de temps pour rassembler ses esprits. Il était mou comme une chiffe, à présent. Les mots se pressaient dans sa bouche en une bouillie dépourvue de sens. Il ne savait pas. Il ne savait pas qui avait massacré Franck. J'ai changé de registre :

— Où est la fille ?

— Chez elle. Rentrée chez elle.

— Avec un doigt en moins.

— Anesthésie. Chez elle.

— Et la fille, c'est toi ?

Il a fait non de la tête. Dans l'état où il était, j'avais tendance à le croire. Je l'ai laissé barboter et j'ai perquisitionné les lieux. C'était un antre assez semblable au mien, bien que plus luxueux, le gîte d'un être solitaire. Pas plus que chez moi, il n'y avait de papiers personnels ou de ces objets qui font un lieu chaud et vivant. Lampe-Torche collectionnait les factures acquittées et tenait sa comptabilité de façon rigoureuse, mais je n'ai rien découvert qui fût de nature à me guider dans mes recherches.

J'ai appelé Farida.

Elle a répondu, elle aussi, à la première sonnerie. J'ai demandé :

— Tu as mal ?
— Ça me lance dans tout le bras.
— Très mal ?
— Beaucoup.
— Comment ça s'est passé ?
— J'ai chargé un client. Un coucher chez lui. Cinq mille. Dans le parking, j'ai senti une brûlure au bras. Dans le bras droit. Piqûre. J'ai eu peur du Sida. Je me rappelle plus rien après.

Elle parlait lentement, avec difficulté. Elle devait regarder en même temps sa main bandée, ou peut-être rien, droit devant elle ou à ses pieds. On l'avait ramenée à son domicile après l'opération, on lui avait laissé les cinq mille francs. Il lui restait des doigts, et la fois suivante, ça se passerait sans anesthésie. On savait où la retrouver. Elle avait une vague idée du pourquoi, bien qu'on ne lui eût rien dit. Ne rien dire, c'est le plus sûr moyen d'entretenir la terreur. Je lui ai recommandé de n'ouvrir à personne et de ne pas sortir. Elle m'a répondu :

— Fais attention à toi.

Elle aurait mieux fait de faire attention à elle.

J'ai vidé l'eau de la baignoire. Lampe-Torche n'avait plus la force de lever le menton, ni de dire quoi que ce soit. Lui aussi était sonné. Je l'ai basculé sur le côté et je lui ai retiré les pinces. Il a un peu remué.

— Tu ne m'as pas vu, Lampe-Torche. Comme tu ne m'as pas vu, tu n'as rien pu me dire. Rien ne t'empêche d'aller déposer plainte pour violences illégitimes, si le cœur t'en dit. Si jamais on retouche à la fille, tu es mort. Est-ce que tu m'entends ?

Il a fait oui de la tête. Pas beaucoup de résistance, finalement. J'ai regardé la plaie saignante dans ses cheveux. Avec six ou sept points de suture, il n'y paraîtrait plus. Il avait une jolie bosse au front à cause du coup de bouteille, mais les menottes ne lui avaient pas entamé les poignets. Question de dosage. Je n'aimais pas mon ton monocorde. Il a encore fait oui de la tête plusieurs fois.

Avant de partir, j'ai essuyé la bouteille et le verre avec un mouchoir en papier. J'ai refermé dans mon dos et j'ai quitté l'immeuble. J'ai repris la petite Honda et je suis allé chez Yvonne. Là, j'ai commencé par vomir dans les cabinets. Ensuite, dans son petit salon, j'ai bu toute une cafetière de son café personnel. Un fer à cheval y aurait tenu debout. J'ai dit à Yvonne :

— Drôle de chose. On dirait que personne n'a tué Franck.

— Peut-être que personne ne l'a tué. A quoi ça sert, ce que tu fais ?

— A rien.

Quelqu'un a dit qu'il fallait laisser les morts enterrer les morts, c'est vrai, seulement Hadj était convaincu de ma complicité avec Franck. C'était faux, mais suffisant pour me pourrir la vie, même depuis la stratosphère où il habitait et où il n'y avait ni bien ni mal, juste deux colonnes, profits d'un côté, pertes de l'autre, et personne de sensé ne songerait à lutter contre un bilan comptable. Bien sûr que j'étais un homme mort. Ça aurait dû me rassurer, puisque de toute façon je l'étais depuis si longtemps que je ne parvenais plus à me rappeler avant, le monde des vivants.

Je suis resté un grand moment avec Yvonne. Nous n'avons guère parlé. J'étais trop amer, trop déprimé. J'avais trop froid en dedans, et les mâchoires me faisaient souffrir. Jamais de ma vie je n'avais été aussi seul. Sans cesse, une question me traversait l'esprit : *Si Hadj et sa bande n'ont pas supprimé Franck, alors qui ? Qui pouvait savoir ?* J'avais su, mais je n'en avais parlé à personne. Mort, Franck pesait trop lourd.

Peut-être pesait-il exactement le poids de mes regrets.

J'ai quitté le Bali Bar à trois heures dix. Il ne pleuvait plus, mais la chaussée et les trottoirs étaient comme des miroirs vides qu'on eût posés à même le sol. J'ai fait à pied lentement les deux cents mètres qui me séparaient de la petite Honda de Saïd. Je n'ai rencontré personne, pas la moindre pute ni le plus petit fêtard.

La rue était à moi, comme elle l'avait été avant au petit malin qui avait dégonflé les quatre roues de la voiture.

Qui pouvait savoir ?

Dix-sept

Il n'était pas difficile de conclure que j'avais été *pris en bobine*, restait à savoir par qui et depuis quand. La Honda avait l'air d'un animal familier couché sur le ventre. Les flics n'aiment pas qu'on les filoche, ni qu'on dégonfle les pneus de leur voiture. J'ai examiné chaque roue. Dégonflés et non pas crevés, du travail smart. Je l'avais fait moi-même une paire de fois pour bloquer un gredin sans commettre la moindre dégradation volontaire au véhicule — l'incrimination de vol d'air sous pression ne tient pas devant un tribunal. C'est en quelque sorte un truc de métier.

Je suis retourné chez Yvonne et j'ai appelé Saïd chez lui. Il a poussé un petit soupir puis il a réfléchi qu'il avait un pote sur Montreuil qui disposait d'un camion avec un plateau. Je lui ai dit que je laissais les clés au Bali Bar. Saïd connaissait l'établissement. Je ne sais pas trop ce qu'il ignorait de la nuit. Yvonne m'a refait du café. Elle a observé :

— Tu n'es pas plus avancé. Tu as un chagrin ?
— Je ne sais pas.
— A cause de Franck ? Il n'était pas clair, ton ami. Il portait trop de *jonc* sur lui. On aurait dit un barbillon.
— Franck n'était pas un barbillon. Seulement un pourri qui renseignait les gens d'en face et qui travaillait à la commission.

— Depuis quand tu le sais ?
— Depuis le début. C'était tout sauf un barbillon.
— C'est pour ça qu'on l'a tué ?
— Je ne sais pas.

La nuit, c'est grand, presque autant que le monde. D'une certaine façon, la nuit est plus vaste que tout l'univers, c'est pourquoi elle est si longue à traverser de part en part. J'avais toujours une moitié de la tête engourdie, mais à présent la seconde moitié ne valait guère mieux. Il aurait mieux valu être sans mémoire. J'ai fumé une cigarette. A travers la mince cloison, on entendait toujours le même slow bon marché. Ces boîtes vouées à l'arnaque dispensent aux petites heures une tristesse infinie. Les filles sont fatiguées, le papier peint et la musique aussi, les pigeons blêmes. Yvonne m'observait. Elle m'avait connu brillant. Frimeur. Cow-boy. Beaucoup de bruit pour rien. Elle m'a demandé combien j'avais stoppé de types, durant toutes ces années. J'en avais perdu le compte, de même que je m'étais perdu de vue dans la descente.

J'ai repris le téléphone et j'ai appelé Farida. Elle a mis longtemps à répondre et m'a expliqué d'une voix sourde et creuse comme un tambour voilé :

— J'ai pris un comprimé. Tu vas venir ?
— Pas de coup de téléphone ?
— Aucun, à part toi.
— Tu as mal ?
— J'ai mal. Tout le bras. Tu viens ?
— Ou moi ou quelqu'un d'autre. N'ouvre à personne si on ne tape pas comme il faut.
— Quelqu'un d'autre ?

Je n'étais pas sûr de sa ligne téléphonique.

— Ramasse des affaires. Pas beaucoup d'affaires, et tiens-toi prête.
— Tu t'en vas avec moi ?
— Je m'en vais avec toi.

J'ai raccroché. Yvonne s'est allumé un cigarillo et a souri dans la fumée :

— Tu n'as pas la tête d'un homme qui s'en va.
— Pas vraiment.
— Tu as besoin de quelque chose ?
— Plus vraiment.

Elle a cessé de sourire. Elle était plus vieille que la tour Magne, plus ancienne que la dette publique, plus sagace que nous tous. Presque sans bouger, elle a sorti un paquet de cartes neuf et me l'a lancé. J'ai fendu la cellophane avec l'ongle du pouce, j'ai sorti le jeu et je l'ai battu. J'ai annoncé :

— Full aux as par les dames.

Elle a levé sa donne. Trois as, deux dames. Yvonne a eu un petit rire caquetant. J'ai repris les brèmes, je les ai battues. Elle a remarqué :

— Trop facile. Trois têtes de mort.

J'ai sorti trois cinq et je les ai étalés devant elle, l'un après l'autre, sans faire d'esbroufe, d'un geste naturel, comme si ça allait de soi. Elle a dispersé la fumée du cigarillo devant ses yeux, puis sa main s'est posée sur mon poignet et m'a empêché de tout ramasser.

— Tu ne flambes plus.
— Non.
— Tu te rappelles Jacquot le Borgne ?
— Vaguement.
— Il montait au braquage. Un soir il est venu. Ça ne s'appelait pas encore le Bali Bar. Il était avec une petite, mignonne comme un cœur. Il a offert le champagne à tout le monde. Une drôle de nouba.
— Jacquot le Borgne a été pour beaucoup dans l'encouragement de la race chevaline, lui aussi.
— Il levait les cartes comme toi. Il est resté avec la petite jusqu'à la fermeture. Il aurait mieux fait de rester encore après. Il avait laissé sa DS place Blanche. C'est là que deux

hommes l'attendaient. Quand il a touché le sol, ils lui avaient vidé chacun un chargeur dans le corps.
— Calibre .45. C'était la mode.
— Quelle mode, maintenant ?
— Neuf millimètres.
Elle m'a rendu le poignet. Je voyais bien ce qu'elle voulait dire. Yvonne avait du talent pour flairer la Dame en noir. Elle a dit avec dureté :
— Tire-toi.
Je me suis tiré.

Léon ne dormait pas. Les flics de nuit ne dorment pas la nuit, certains flics de jour non plus. Elle m'a examiné de pied en cap, puis du menton elle m'a invité à entrer. Elle portait un jogging informe et une paire d'espadrilles, ses cheveux étaient en broussaille. Elle s'est installée sur le divan, je l'ai imitée. Elle ne risquait pas de mordre, Léon. Elle ne risquait pas de me mordre. Elle a allumé une Gitane. Je me suis rappelé la Nuit de la femme sans tête et comment j'étais monté sur Jésus, tout cela n'avait plus de relief ni de véritable importance. Un jour, c'est soi-même qu'on stoppe et tout est dit.
— Besoin de toi, Léon.
Elle a ricané, presque sans bruit. Elle aurait pu être belle et en paix, peut-être l'avait-elle été une fois dans sa vie. Elle s'est passé une grande main osseuse dans les cheveux, et elle m'a regardé de loin.
— Toi ? Besoin de moi ?
— Moi. Besoin de toi.
— Quel genre d'arnaque, cette fois ?
— Pas d'arnaque. Il faut arracher Farida.
Je lui ai raconté la plaisanterie qu'on lui avait faite. Elle a eu une grimace de dégoût. J'étais au bout du rouleau, aussi lui ai-je également raconté ma dernière entrevue avec Franck. Elle a remarqué :

— Il fallait être fou pour faire ce qu'il a fait. Ils l'ont retrouvé et ils ont essayé de le faire parler.
— Je ne crois pas. Le type que j'ai interviewé avait un accent de sincérité qui ne trompe pas. Pas après un troisième degré. Franck t'avait parlé du coup qu'il mijotait ?
— Franck ne parlait jamais des coups qu'il mijotait.
— Bien sûr.
— C'était un coup à combien ?
— Six millions. Il était de mèche avec Ali-Baba Mike. Ali-Baba est mort. Étranglé.
— Le type, tu l'as interviewé *cher* ?
— Glou-glou. Je devais avoir du monde aux fesses, on m'a mis la voiture à genoux.
— Glou-glou ?
— Baignoire.

Elle n'a pu s'empêcher de frissonner mais m'a regardé sans répugnance tout en se berçant le torse entre les bras. Elle réfléchissait. Le jour finirait par se lever à un moment ou à un autre. Léon, comme moi, redoutait le jour. Elle a encore remarqué à mi-voix :

— Quelle connerie. Ils ne vont pas abandonner pour six plaques. Qui c'est, le type que tu as interviewé ?
— Nautile Center.

Léon a serré les sourcils. Elle a ramassé son sac qui tient du fourre-tout et du dépôt de munitions, elle a cherché dans son portefeuille et en a sorti une petite carte plastifiée du format CB. Elle me l'a tendue :

— Nautile Nation. Vingt centres dans Paris. Presque autant en banlieue. Qu'est-ce qu'ils maquillent ?
— Rien. Remise en forme. Facile, pas cher et ça rapporte gros. Peut-être préparent-ils un homme nouveau — et une femme nouvelle. Dans les papiers de mon interlocuteur, il y avait une autre carte. Son officine à lui sert à recruter des agents de sécurité. Facile, pas cher et sans contrôle des institutions de la République. Juteux. Je m'en fous. La tête se trouve actuellement à Lausanne, demain elle sera à Tunis

ou à Los Angeles, ou bien encore en Syrie, n'importe où très loin de nous. Je ne veux pas qu'ils continuent à s'en prendre à Farida.
— Okay.
Elle s'est levée. Lorsqu'elle est revenue dans le living, elle avait revêtu son uniforme — l'uniforme dans lequel elle travaillait avec moi. Elle a mis son revolver dans l'étui et je lui ai dit comment il fallait taper à la porte.
— Code d'entrée en bas ?
— 1942 — B. Cinquième étage droite.
— Je ne le fais pas pour toi, mais pour elle. Où est-ce que je l'emmène ?
— Ici.
— On dirait que tu as confiance en moi, mon pote.
— On dirait que je n'ai pas le choix, Léon.
Elle a mis ses bottes et pris des clés de voiture. Avant de partir, elle m'a examiné de nouveau de pied en cap. Elle a remarqué :
— Tu devrais passer ta chemise à la machine, mon pote. Tu aurais moins l'air d'un équarrisseur. Il y a un sèche-linge. Ça ne serait pas plus mal non plus que tu dormes un moment. Tu peux me faire confiance, mon pote, on cherche la même chose.
J'ai entendu la machinerie d'ascenseur se déclencher quand elle a appelé la cabine. J'ai retiré mon blouson, j'ai enlevé mon harnachement avec le pistolet, le chargeur de rechange et les menottes. J'avais un joli gâchis sur ma chemise, devant. Le sang se nettoie mal. Je l'ai flanquée dans la machine et je me suis encore préparé du café. S'il y avait un *chouffe* en bas de chez Farida, on se méfierait moins de Léon. Il devait y en avoir un. Il était cinq heures. Léon ne mettrait pas plus de soixante minutes aller et retour. Dans les petites heures, on circule bien, mieux qu'à n'importe quelle heure du jour. La vie ne devrait être faite que de petites heures.
Sur la table basse du living, sous un tas de revues, un bout

d'enveloppe marron a attiré mon regard. Ministère de l'Intérieur. Sans rien déranger de la pile, je l'ai prise et j'en ai sorti les photos. Léon avait gardé les épreuves de travail que m'avait destinées le jeune de l'Identité judiciaire. Pas étonnant qu'elle eût du mal à dormir. On ne pouvait pas relever la faute professionnelle, mais c'était un spectacle qui ne pouvait lui faire aucun bien.

Il ne m'en avait pas fait non plus.

Comme s'il se fut agi d'un inconnu, j'ai examiné les clichés un par un. On distinguait avec netteté les traces que les bracelets avaient laissées autour de ses poignets. On lui avait serré les pinces à bloc. J'avais fait souvent de même avec certains grands salopards et je ne le regrettais pas. Si les conditions se représentaient, je savais que je recommencerais.

Boulot de flic, mon pote.

On ne cherche jamais la même chose. Je cherchais seulement la paix, pas Léon. Léon aurait remué des montagnes pour parvenir à la vérité, plus moi. J'ai tout de même perquisitionné son trois pièces. Elle avait eu le temps de faire le ménage, aussi ne restait-il plus rien qui puisse rappeler Franck — Franck vivant. Léon ne faisait pas partie de ces êtres tordus qui se prévoient une cache. C'était quelqu'un de droit et de résolu, sa trajectoire était celle d'un tir tendu. On répute que la *zone de mort* d'un policier n'excède pas un cercle de cinq à six mètres de diamètre, la sienne était encore plus fermée. Léon était de ces gens qui tirent à bout touchant, presque sans parler, et seulement pour tuer.

Elle ne l'avait encore jamais fait.

Léon était morte avec Franck.

J'ai fumé en buvant du café. J'ai bu du café en fumant. J'avais enfilé un peignoir en éponge de Léon. Je n'avais ni chaud ni froid, ni sommeil. J'attendais, les jambes allongées et les chevilles croisées, qu'elle revienne avec Farida. Je n'aimais pas Farida, mais je ne voulais pas qu'on lui fasse encore du mal. Sous la chaîne stéréo qui était à main gauche contre le divan, j'ai tout de même retrouvé une trace de Franck — et de moi. C'était, parmi d'autres disques debout, un vieil enregistrement 33 tours de dix-huit centimètres. En parfait état de conservation. A la deuxième guitare, « Franck Nitti » Novac. Nous étions encore presque des gosses, mais lui au moins avait annoncé tout de suite la couleur. Franck Nitti... Drôle d'idée pour un futur flic, de prendre le pseudo d'un criminel.

J'ai tripoté les boutons et je suis arrivé à passer la première face. C'était du blues et du bon blues, pas aussi rudimentaire qu'on pouvait le penser de prime abord, avec des paroles de blues, naturellement, mais pas aussi dépourvues de sens qu'il y paraissait et pas si innocentes non plus. Ni le blues ni le cafard ne sont jamais tout à fait innocents. Maintenant que je ne jouais plus, je pouvais me rendre compte avec le recul que c'était vraiment de la bonne *môsique* que nous avions commise là, de la très bonne *môsique*, râpeuse et lancinante, étrangement nostalgique, et dont aucun d'entre nous n'était plus capable. Je me suis rendu compte de ce que j'avais gâché à courir derrière mes chimères.

Je me suis rappelé l'expression de haine qu'avait eue Calhoune en me recevant dans son bureau aux Bœufs. Peut-être me faisait-elle grief surtout de ce gâchis, mais Calhoune ne pouvait pas comprendre et Moll non plus : ils se trouvaient de l'autre côté de la ligne, là où il y a du soleil. Une Calhoune se trouvait du côté du soleil. L'autre avait un visage effrayant. Je ne le savais pas, pas de façon claire. Si je l'avais su, j'aurais fait en sorte qu'elle se tire d'affaire. Je n'ai pas eu le courage de mettre la seconde face. J'ai enlevé le disque de la platine, je l'ai glissé dans son enveloppe de papier gris puis dans la pochette que j'ai replacée là où je l'avais trouvée. Le téléphone a sonné dans l'entrée.

C'était Léon.

Elle me disait avec un semblant d'entrain factice, de sa voix rauque et grave, comme dans un de mes blues, mieux que dans l'un de mes blues, qu'il était trop tard, qu'il y avait déjà sur place avant qu'elle arrive les pompiers et les flics, elle disait à peu près : *Trop tard, mon pote, trop tard, elle est partie. / Elle est partie, / Seigneur, elle est partie. / Pas plus loin qu'le bout d' la nuit. / Là où elle est partie, / Maintenant / C'est sûr qu'elle aura plus jamais d'ennuis. / Maintenant / Jamais d' sa vie.*

J'ai raccroché. J'ai regardé mes doigts trembler sur le combiné plat, puis je suis allé rendre de la bile et du café. On m'avait bloqué juste le temps de l'expédier, juste avant que le jour se lève. J'ai attendu Léon.

En rentrant, elle a retiré ses bottes et s'est passé l'index droit sous la gorge d'un geste très expressif.

— Sourire kabyle. Il y a du raisiné partout dans l'appart. Il n'a pas eu le temps de sécher. Pas de traces d'effraction et les voisins n'ont rien entendu. La bignole dormait. Rien n'a été volé. Je n'ai pas parlé de toi, ni de moi. C'était la pétaudière dans tout l'étage. J'ai discuté avec les *kébours* en bas. La police-secours a été requise sur appel anonyme. Comme c'était une voix bizarre, ils ont d'abord pensé à un canular.

— Quelle sorte de voix bizarre ?

— Chanstiquée. Comme dans les jeux électroniques. (Elle a enlevé son blouson et l'a jeté à côté de moi.) C'était pas un canular. Qu'est-ce que tu vas faire ?

— Je n'en sais rien.

Je n'en savais rien. Elle a regardé son peignoir sur mon dos et a remué les lèvres sans un mot. J'ai compris que ça lui rappelait des souvenirs pas très agréables. J'ai commencé à l'enlever, mais elle a prévenu mon geste :

— Garde-le, ça ne fait rien. Il n'en a plus besoin.

Elle a allumé une cigarette sans me regarder. Je ne la regardais pas non plus, je regardais mes pointes de bottes, lesquelles ne pouvaient rien m'apprendre. Elle s'est un peu penchée pour ramasser l'enveloppe qui contenait les photos de l'autopsie et en se redressant, elle m'a demandé d'une voix sourde :

— C'est toi qui l'as expédiée ? Farida, c'est toi ?
— Pourquoi j'aurais fait ça ? Non, c'est pas moi.
— Tu vas avoir des chagrins, mon pote. En partant, j'ai vu arriver la voiture de Calhoune. Et il y avait Calhoune dedans. Je ne pense pas qu'elle m'ait vue. Qu'est-ce que tu en dis ?

Qu'est-ce que je pouvais en dire ?

Dix-huit

Nous avons dormi quelques heures chacun de son côté, Léon dans la chambre et moi sur le divan. En me réveillant, j'ai aperçu ma chemise repassée sur le dos d'une chaise. Il était onze heures et dehors il faisait beau et froid. On y voyait loin, mais pas jusqu'où Franck et Farida étaient partis. Léon m'a versé un bol de café. Elle avait la figure chiffonnée et ses yeux étaient dépourvus d'éclat. Elle n'était pas plus gaillarde que moi.

Elle m'a dit :

— On l'enterre à quinze heures. Un patelin de Seine-et-Marne, La Genevraie.

— Église du XIe siècle. Franck l'aimait.

— Aimait quoi ?

— Le XIe siècle.

Elle m'avait servi un grand bol de café, comme on le faisait dans le temps à la campagne. Je n'avais jamais su, pendant toutes ces années à marner ensemble, comment Léon vivait. Je ne savais rien d'elle. Ce qu'elle savait de moi, elle l'avait appris par Franck. Tout n'était pas de nature à me rendre détestable à ses yeux. Elle fumait, déjà habillée. Blouson et bottes. Elle s'était lavé et séché les cheveux. Elle n'avait pas d'âge. C'est souvent l'effet que produit une trop grande souffrance. Elle avait son .357 contre le flanc, mais aucune arme ne pouvait l'aider. Elle m'a demandé :

— Tu as une voiture ? (J'ai fait non de la tête.) Prends la mienne, j'irai en moto.
— Pourquoi non.
— Quinze heures.

Elle m'a donné un trousseau de clés. Elle n'avait pas envie que je reste et je n'en voyais pas la nécessité non plus. J'ai enfilé ma chemise et mon brêlage à la con, j'ai vérifié machinalement que mon pistolet était plein. Il était plein.
— Parking 44, a déclaré Léon. Deuxième sous-sol.

Je me suis rangé à quelques rues de l'endroit où j'habitais et j'ai fini à pied. Je voyais gros comme un camion des sbires qui m'attendaient, aussi bien ceux de Hadj que les flics de Calhoune, ou des gens de la Crime et pourquoi pas de la Douze ? Un arrachage en douce, une voiture... Je ne savais plus au juste lesquels je redoutais le plus. Je savais en revanche que personne n'avait intérêt à me mettre une balle dans la nuque, ce qui eût été charitable. Je suis monté en longeant le mur, les doigts sur la crosse de mon pistolet. Personne. Je suis rentré. Personne. Yellow Dog dormait sous la couette. Je lui ai rempli son assiette.

Je me suis récuré de fond en comble et je me suis rasé. Il y avait dans toutes les pièces une claire et froide lumière bleutée. Je suis resté un moment dans l'un des deux fauteuils dont les huissiers n'avaient pas voulu. Je savais que je ne me défendrais pas, mais les autres l'ignoraient. En ce qui concernait Lampe-Torche, il serait plus prudent à notre prochaine entrevue. Foutaises. Mon soleil se levait, triste et pâle.

C'était une bonne idée de la part de Franck, d'avoir voulu se faire enterrer là-bas. On dit que c'est un cimetière des Templiers. Personne ne l'a jamais prouvé. Avant de descendre, je suis allé chercher ma Gretsch dans son coffre. J'ai essuyé la poussière. C'était bien inutile, mais je ne pouvais pas faire autrement.

Ils sont venus dans beaucoup de voitures, comme pour un ball-trap. En général, de belles voitures. J'étais arrivé bien avant eux et j'étais loin, assis sur une tombe sans dalle, les genoux sous le menton. Je les voyais venir de la route, hésiter parfois, de moins en moins au fur et à mesure que le parking se remplissait et débordait le long des talus. Léon a béquillé son engin très loin, elle a retiré son casque et secoué sa crinière. Elle aussi, je l'ai vue monter pas à pas, les bras le long du corps. Elle m'a aperçu comme les autres, mais elle au moins s'est approchée. Je ne me suis pas levé.

— La fin de la route, mon pote...
— Presque la fin, Léon.

Nous avons allumé chacun une cigarette. Léon a donné un tout petit coup avec la pointe de sa botte contre l'étui de la guitare, qui a rendu un son creux et étouffé comme l'était ma voix. Elle avait énormément de peine, Léon. C'était tout un monde pour elle qui s'était écroulé. Plus jamais elle n'irait faire de courses au supermarché en attendant Franck, plus jamais il ne poserait les mains sur elle. Plus jamais il ne lui sourirait. J'ai essayé de fixer le ciel clair et limpide sans y parvenir. Léon a tenté de se mettre en règle. Elle n'ignorait pas qu'elle allait partir. Elle m'a dit en regardant ailleurs quelque chose qu'elle était seule à voir :

— Quand tu as dégusté, c'est moi qui ai renseigné Franck. Il a appelé les types d'en face devant moi. Il leur a dit qu'ils pouvaient taper, qu'il n'y aurait personne de chez nous. Il l'a fait devant moi et je ne l'ai pas empêché...
— Laisse tomber, Léon.
— On n'aurait pas dû t'enlever le Groupe, ni te virer à la Nuit. Tu n'y étais pour rien.
— Deux morts, Léon. On a dit que j'avais effacé Gino Maretti de sang-froid pour qu'il ne parle pas. On ne prête qu'aux riches, Léon.
— C'est ce que tu as fait ?
— Je ne sais pas.
— Tu l'as poussé à la faute.

— Je l'ai poussé à la faute, oui. J'ai tiré, Gino a tiré...
C'est fini maintenant.
— Qu'est-ce qu'il aurait dit, Gino, s'il avait parlé ?
— Que François « Franck Nitti » Novac balançait.
— Et tu n'as pas voulu ?
— Non. Je n'ai pas voulu.
— Et tu t'es fait démolir.
— Oui.
— Pour Franck ?

J'ai fait oui de la tête et des épaules avec en même temps le geste que ça n'avait pas beaucoup d'importance. Léon est allée s'appuyer des deux poings au petit mur qui borde le cimetière du côté de l'occident. Il n'y avait presque pas de vent et les branches bougeaient à peine. Moi aussi, à ma petite façon j'avais été fidèle. Il y a eu du remue-ménage lorsque le sapin a été porté près de la fosse. Je suis resté assis, mais Léon s'est tournée et elle est venue poser les fesses sur l'étui de la Gretsch. Nous ne faisions pas partie de la fête, mais personne ne pouvait nous empêcher d'être là.

Je les ai tous reconnus. Léon aussi. Elle les avait vus chez moi à un 21 juin et ce qu'elle avait soupçonné, elle me l'avait tu, mais Franck aussi l'avait affranchie, elle n'ignorait donc pas grand-chose de leur association amicale. Elle ne devait pas ignorer non plus que j'avais été sorti. J'ai aperçu Bess avec Franck Junior et près d'eux le Roi Marc, très grand et imposant, avec des traits de vieux noble et l'air usé et las. Non loin de lui se trouvait Calhoune dont les yeux se dissimulaient derrière des lunettes noires. Elle le tenait par le coude, comme il sied à une femme de le faire à son époux dans la douleur. La cérémonie religieuse a été brève et simple, et à la distance où nous nous trouvions inaudible. Je me foutais du texte. Le prêtre était resté pour l'autre partie.
— Francs-maçons ? m'a soufflé Léon.
— Correct.
— Calhoune aussi, m'a-t-elle annoncé.

Je ne le savais pas et ça ne me regardait plus. *Jadis, nous fûmes riches...* Le texte, je le connaissais par cœur. La fatigue m'est tombée dessus à l'improviste. Le soleil était tiède et il n'y avait plus du tout de vent. A mi-voix, j'ai présenté les membres de l'assemblée à Léon, ceux que j'avais connus tout au moins. Pour la plupart, ils faisaient partie des notables et tous étaient assez à l'aise dans la vie.

Il y avait le Roi Marc et sa clinique dentaire, deux retraités de l'Éducation nationale, un conseiller général en civil, plus à gauche un ingénieur de la direction départementale de l'Équipement. Juste à côté de lui se tenait une jeune et belle pharmacienne que j'avais bien connue. Plus loin, un industriel tout aussi jeune, très prometteur, avec sa compagne. Un inspecteur du Trésor et le psychiatre qui m'avait suivi à la clinique (en parlant de moi, il avait déclaré sans risque de se tromper : « Une fois, deux fois... Il reviendra. Il est fini. De rechute en rechute... Il reviendra. Pour guérir, il faut le vouloir. Il ne veut pas », et on m'avait rapporté ses propos très vite et fidèlement, comme si je ne le savais pas moi-même), il y avait aussi Strauss qui m'avait recousu le bide à Saint-Antoine. Tous deux étaient au courant de ma faillite. J'ai reconnu à quelque distance le directeur de la Caisse de crédit mutuel où j'avais eu mes comptes — quand j'avais encore des comptes. Des comptes, une maison et des amis. Lui aussi, question faillite, il savait.

C'étaient des braves gens dans l'ensemble, raisonnablement honnêtes et courageux, raisonnablement bien dans leur peau. Pourtant, pour la plupart, ils semblaient chagrinés et quelques-uns m'ont paru plus soucieux que de raison. Je sais bien que le souci, c'est souvent ce que provoque chez les vivants le spectacle de la mort des autres. Même Calhoune et son mari, qui était le patron de leur boutique, avaient perdu un peu de leur superbe. Calhoune avait les traits beaucoup trop tirés, même pour les obsèques de Franck. Elle avait l'air vieille et pour la première et la seule fois de ma vie je l'ai trouvée laide.

C'était bientôt fini. Moi aussi, tout comme eux, à ma petite mesure, je m'étais battu dans mon coin sans relâche pour le *perfectionnement intellectuel et moral et pour le progrès de l'humanité*. Je m'étais battu, sans doute pas très bien, pour que des gosses — les leurs, les miens, ceux de tout le monde — cessent de se piquer et de crever de surdose, pour que les promoteurs immobiliers cessent de faire griller des vieilles dans les immeubles qu'ils convoitent, pour qu'on arrête de traiter les *blacks, les biques*, les basanés et ceux qui n'ont pas eu de chance comme des chiens. Moi aussi je m'étais battu pour un monde plus juste et plus fraternel, jour après jour, nuit après nuit. Bien sûr que ça n'était pas raisonnable, mais je n'avais jamais été raisonnable, seulement fidèle autant que je l'avais pu à la devise de mon ordre. J'avais rêvé d'un monde où les flics cesseraient de faire des pipes aux gros et aux riches, et de latter les pauvres et les laissés-pour-compte, où les commissaires ne se sucreraient plus sur les expulsions et les vacations funéraires... J'avais rêvé... C'est lorsqu'on est tombé tout en bas, avec l'angle de dérive d'une plaque de fonte lancée dans un égout, qu'on se rend compte... D'abord on rêve, après on meurt. Nul n'est jamais aussi fort ni endurant qu'il le croit. Je m'étais battu et j'avais perdu.

Rideau.

J'ai senti la main de Léon sur mon épaule gauche. Sa grande main dure et osseuse m'a serré comme les mâchoires d'un étau. Fallait-il que j'aie l'air mal en point ! Léon ne m'avait jamais touché et je ne l'avais jamais touchée non plus. C'est tout juste si nous nous serrions la main à la prise de service. Elle m'a dit sans que sa voix porte bien loin :

— Tu as perdu. Franck avait un cancer. Il souffrait beaucoup. Les dernières semaines, il me parlait souvent de toi. Il me racontait vos marches de nuit et la fois où vous aviez failli mourir de froid.

— Il n'aurait pas dû. Je ne parlais jamais de lui.

— Il m'a dit que c'est toi qui l'avais parrainé.

— Parfois, on croit bien faire, Léon. Aux résultats, rien n'est moins sûr. *Pas pour nous, pas pour nous, Seigneur...*
C'était d'une grande tristesse, ce ciel bleu et clair, ces grands arbres immobiles et tous ces visages défaits. Près du portail se trouvait une silhouette sombre vêtue d'un manteau strict. L'homme me fixait, les poings dans les poches, en me couvrant peut-être d'une arme automatique à canon court. Plus que toute autre chose, c'était son immobilité qui avait attiré mon regard. Lampe-Torche. Je ne me suis pas attardé sur lui.

Léon me tenait toujours. Elle regardait le cercueil qu'on descendait maintenant avec des cordes. *La fin de la route, mon pote...* L'un après l'autre, chacun a lancé une poignée de terre après avoir enlevé ses gants, et peu à peu, par petits groupes, les gens sont partis. A part Calhoune, Léon et moi, il n'était venu personne de l'Usine. On ne m'a pas fait signe et je ne me suis pas manifesté non plus. Lorsque j'ai reporté les yeux en direction du portail, Lampe-Torche ne s'y trouvait plus. Léon s'est levée. Je lui ai demandé ses clés de moto et nous avons échangé les trousseaux. A travers les tombes, elle s'est dirigée seule vers le trou. Bess était partie — avec le Roi Marc et Calhoune, dès la première vague de reflux —, Franck Junior aussi. Il n'y avait plus que le fossoyeur. Je ne sais pas trop ce qu'elle a dit ou promis à Franck, ou ce qu'elle s'est promis à elle-même, toujours est-il qu'elle est restée peu de temps et qu'elle est partie elle aussi sans se retourner.

Mon Oméga marquait seize heures vingt. Un petit moment, des voitures ont démarré sur le parking, puis le fossoyeur est allé prendre sa mobylette contre le mur de l'église et il s'en est allé. Une fine brise fraîche s'est levée au ras du sol, en même temps que le silence revenait. Je n'avais rien à dire à Franck, rien à me promettre non plus. Je ne pouvais pas plus lui en vouloir pour ce qu'il avait fait que pour ce qu'il avait subi. La nuit allait revenir, une nuit glacée avec encore beaucoup de lune. Le froid m'a saisi et je me suis levé, j'ai pris mon étui à guitare et je suis allé pas à pas jusqu'à l'ombre où il reposait. Ça sentait fort la terre comme un fer de bêche. J'ai ouvert l'étui sans bruit à mes pieds, j'ai sorti la Gretsch. Je n'avais pas l'intention d'en jouer. Je l'ai attrapée à deux mains par le manche, à la manière d'une cognée.

Derrière moi, Franck Junior a dit :

— Ne faites pas ça. Donnez-la-moi.

Je ne l'avais pas entendu approcher. Je le croyais parti avec les autres. Il avait les mains dans les poches de son Chevignon et portait des Nike. Il ressemblait beaucoup à l'homme que j'avais connu — beaucoup trop. C'était un grand jeune homme maigre au visage triste et doux. Franck aussi avait eu ce regard tourné vers le dedans, pas tout à fait paisible, mais pas tourmenté non plus. Franck Junior a sorti la main droite, il l'a tendue ouverte, la paume tournée vers le ciel. C'était ce geste que j'avais fait parfois pour réclamer une arme qu'il fallait me remettre. Je n'avais pas tant de souffrance dans le bas du visage. Il m'a prié :

— Ne la cassez pas. Elle est trop belle.

— C'est pas elle qui est belle, Franck, c'est ce qu'on peut faire avec.

— Donnez-la-moi. Vous m'apprendrez ?

Le froid est monté de partout. Le froid, l'angoisse et la nuit qui ne cessait de rôder. Il faut tellement de temps pour apprendre, et ça sert à si peu de chose... Il me regardait en face, et m'a dit sans reproche :

— Il vous aimait. Il est mort.

— Indiscutablement.

— Donnez-la-moi.

Je lui ai tendu la guitare. C'était tout ce qui me restait qui eût un peu de valeur. Il l'a examinée sans que ses traits s'animent, puis il l'a renfermée dans l'étui. Il était juste qu'elle lui revienne, après tout. Il m'a laissé dans l'ombre, comme je l'avais fait pour Franck. Il fallait que je m'en aille. Avant, j'ai pris une poignée de terre que j'ai émiettée et laissée filer entre les doigts. Franck était venu et il était parti. Il avait accompli tant bien que mal son destin d'arbre. Dorénavant, comme bien d'autres, il habiterait dans nos rêves. Peut-être était-il enfin en paix. Je ne pouvais le dire, ni affirmer l'inverse. Moi aussi, comme Léon, je suis parti sans me retourner.

En bas, le parking était vide et la route déserte. De la brume bleutée montait avec la nuit dans les creux. Je n'ai eu aucun mal à faire démarrer le monstre de Léon et son casque m'allait. Je n'ai roulé ni vite, ni lentement et sans but, tout au moins au début. Il n'y avait personne derrière moi. Au bout d'une vingtaine de kilomètres, j'ai compris où j'allais. Je me rendais à un endroit qui avait cessé d'exister, même sur les cartes d'état-major.

Une autre chapelle, avec un tympan qui datait, lui, incontestablement du xie siècle et qu'on attribuait au maître de Rampillon. L'édifice avait été bâti sur une crypte largement antérieure et le puits remontait au plus profond de la nuit des âges. Devant se trouvait un tilleul dont le tour faisait cent coudées et la ramure se voyait par temps clair à des kilomètres à la ronde. Rien qu'une chapelle qui ne servait plus à rien ni à personne depuis des siècles, sauf aux corbeaux qui habitaient les anfractuosités des murs et perchaient parfois, certains soirs d'automne aux atours maléfiques, tout à la cime du tilleul qu'ils remplissaient de leurs cris et de leurs tourments.

C'était là que nous allions, Franck et moi, sac à dos, certaines nuits.

Je ne saurais dire au juste pourquoi. Franck avait un grand sens religieux, qui ne le rendait pas très apte à la consommation courante. Il remuait dans sa tête des questions insolubles qui avaient trait au bien et au mal, à la vie et à la mort. A sa manière, il les avait résolues. On l'y avait grandement aidé sur la fin.

Je suis arrivé au début de la nuit. Il restait encore un peu de clarté tout en haut du ciel, mais plus guère, et elle était glaciale. Tout en coupant le contact, j'ai remonté la visière du casque. Le moteur s'est éteint. J'ai béquillé comme l'avait fait Léon, avec plus de difficulté, et j'ai fait quelques pas pour me dégourdir les jambes. J'ai enlevé le casque. Au loin, très loin en direction du sud, des chiens criaient, l'un après l'autre puis tous ensemble comme dans un chorus quand les trompettistes semblent se monter sur les épaules les uns des autres. Je me suis assis sur le casque en m'adossant au tronc du tilleul et j'ai allumé une cigarette avec mon Zippo. Là où j'étais, je pouvais parler à Franck. Je pouvais me parler. Je pouvais lui dire qu'on avait égorgé Farida et que je courais au devant de graves ennuis. Seul et tranquille comme je l'étais, même avec le froid qui me traversait comme du verre à vitre, ce n'étaient pas de gros ennuis.

J'ai entendu des pas, cette fois. Je n'ai pas bougé ni dissimulé l'extrémité incandescente de la cigarette que j'avais à la bouche. Si la lune s'était déjà levée, j'aurais distingué quelque chose, mais je ne voyais rien et j'ai laissé les deux mains à plat sur les cuisses, là où elles se trouvaient. Le faisceau de la torche m'a pris en pleine figure et s'est éteint aussitôt. La voix a fait :

— Ah, c'est vous, commandant.
— Plus de commandant, mon père.
— Plus de père non plus.
— C'est vrai.

Il a gardé le silence et moi aussi, puis je lui ai annoncé :
— Franck est mort.
— Je le sais. C'est pour ça que vous êtes venu ?
— Je ne sais pas.

Il s'est approché. J'ai fini par distinguer sa silhouette, sans beaucoup de netteté. Je n'avais pas envie de lui parler. Je ne cherchais pas à savoir, surtout pas des choses qui fatalement blessent. J'ai allumé une autre cigarette. A la flamme du Zippo, j'ai vu qu'il avait à la main quelque chose qui ressemblait à une arme à feu. Lui aussi se considérait comme un gardien. Je ne pouvais pas lui en tenir rigueur, mais il n'y avait plus rien à piller dans les lieux. La dernière petite pietà en bois noir avait disparu de sa niche dix ans auparavant, à destination des antiquaires ou d'un coffre à l'étranger, ou du dessus de bahut d'une résidence secondaire comme il y en a tant dans la région. Dans la crypte, les sarcophages étaient trop lourds pour intéresser quiconque et les ossements trop quelconques. Il m'a dit :

— Votre ami est venu, il y a quelques jours. Il est passé prendre la clé.

J'ai relevé la tête, bien trop vite et trop fort, aussi me suis-je fait mal contre l'écorce du tronc. Crétin : *Dans une heure chez toi, ou alors à la porte de la Chapelle.* Franck ne me donnait pas rendez-vous dans une station de métro. Je me suis levé lentement.

— Il était seul ?

— Il n'y avait personne de vivant avec lui, mais il n'était pas seul.

— Voiture ?

— Marque, type et numéro d'immatriculation ignorés.

— BMW, avec des plaques consulaires. Le type était mort ?

— L'homme avait cessé de vivre. Franck était blessé au flanc gauche. Deux balles de petit calibre. Je ne voulais pas qu'il reparte, mais il vous a appelé de chez moi, et je n'ai pas trouvé le moyen de l'empêcher de s'en aller.

— Prendre la clé pourquoi ?

Il m'a donné la clé — la clé et sa torche.

Les morts ne m'effraient pas — bien moins que les vivants. On accède à la crypte par une trappe en fer à même le sol qui donne sur un boyau coudé juste assez large pour permettre le passage d'un homme de front, puis on débouche sur quelques marches et un couloir qui n'excède pas cinq mètres de longueur sur deux de haut. J'ai balancé de la lumière devant mes pas au fur et à mesure. Les piliers sont apparus, de même que les faces grimaçantes qui ornaient les chapiteaux, mais je ne les craignais pas non plus. Je ne redoute pas l'enfer, pas ce genre d'enfer. Sur les dalles, il y avait des traces glissées qui se dirigeaient vers l'entrée du puits. Les traces que laisse un corps traîné avec peine. Elles montraient le chemin qu'avait fait le fonctionnaire international. Il n'était pas utile que je les efface. Dans une niche grillagée, on avait accumulé en vrac des crânes d'âges et de calibres différents et leur air souriant n'était rien moins que factice.

J'ai défait le grillage, deux ou trois sont tombés et ont roulé en se démantibulant avec des bruits de calebasses vides. Par la brèche, j'ai aperçu le couvercle d'une mallette. Il m'a fallu encore déblayer devant, d'autres calebasses vides, pour m'en saisir.

Elle était si lourde que j'ai dû la poser à mes pieds. J'ai soufflé, en balayant le sol de la torche. Il était peuplé d'yeux vides et de mâchoires en désordre, et certaines, dérangées, pouvaient sembler féroces. Elles l'étaient peut-être, après tout.

Avec mon buck, j'ai forcé les serrures.
Elles n'ont pas résisté.
Les liasses étaient rangées de champ, et si serrées qu'il ne restait plus un millimètre d'espace de chaque côté. Les billets étaient de cent dollars et, en parcourant le carnet de Franck, j'ai appris par la suite qu'une dévaluation soudaine du franc français avait contrarié une transaction précédente, c'est pourquoi on avait choisi une devise étrangère — et pas la moindre. Sur le fric, il y avait un ridicule pistolet avec une chaîne en or comme en ont les montres de gousset. C'était une arme à deux canons superposés qui tint à l'aise dans ma paume. Au début du siècle, on appelait ce genre d'objet un *velo-dog* et les Américains le nomment *derringer*. A courte portée, c'est un outil de défense redoutable. Franck en avait fait la cruelle expérience. En l'ouvrant, j'ai trouvé deux étuis

percutés. A la balistique, on n'aurait pas la moindre difficulté à démontrer par un tir de comparaison que c'était avec ça que Franck avait été touché au flanc. Il ne s'était pas méfié du fonctionnaire international. Dommage. L'avait-il seulement palpé sommairement en montant dans la voiture ? Peut-être, et peut-être pas.

Le carnet était épais comme mon pouce et relié cuir, la couverture retenue par une bande élastique. J'ai posé la lampe de façon à l'éclairer et je l'ai feuilleté rapidement. C'était un autre bilan comptable et toute l'histoire de Franck y était retracée au jour le jour, avec beaucoup de chiffres — trop de chiffres. Les noms en regard étaient mentionnés en clair. J'ai senti la sueur me couler le long des flancs et sur la figure. C'était une sueur froide dont le goût devait être bien amer.

L'histoire de Franck, puis celle de Franck et de ses complices, était racontée de manière détachée et implacable. Il y avait peu de texte, sauf à la fin. Sans aucun doute possible, c'était l'écriture de Franck. Je ne voyais pas l'intérêt qu'il avait trouvé à cette longue confession, puisqu'il savait qu'il allait partir. Je ne voyais pas pourquoi il m'avait destiné personnellement la relation des dernières heures. Elle commençait au moment où il était parti de l'endroit où j'habitais, le matin après la Nuit de la femme sans tête. Si, comme je le pensais, l'esprit de Franck était passablement lézardé, en revanche les lettres étaient fermes, les phrases nettes et précises, aussi dépourvues de fioritures, aussi parfaitement vérifiables que les termes d'un rapport d'enquête destiné au parquet, *après identification des auteurs*. Il relatait sa planque et l'élimination physique d'Ali-Baba Mike auquel il avait bien emprunté le blouson, la casquette et les lunettes noires dont le jeune homme ne se séparait jamais et qui avaient permis de tromper les observateurs. Franck était monté dans la BMW. Le conducteur avait démarré. C'est après avoir quitté l'autoroute, en effet par une sortie de service dont Franck détenait le carré, que l'homme avait tiré deux fois sur Franck presque à bout touchant, avec ce que ce dernier avait pris tout d'abord pour une montre de gousset. Commentaire : *Ni lui ni Ali-Baba ne devaient porter d'arme. Les pistolets se trouvaient dissimulés dans une cache du pavillon à laquelle on accédait par le toit ouvrant. Ils s'y trouvent certainement encore. En remontant en voiture, notre ami a tiré au jugé, pas si mal après tout. J'ai été contraint de le supprimer.* « Été contraint. » « Pas si mal après tout » constituait une appréciation hors de propos dans un compte rendu. La lumière de la torche a vacillé. Je ne souffrais pas. Je me suis assis par terre avec les autres tout autour, nous avons tenu une conférence durant laquelle je n'ai pas été le plus loquace. Aucun bruit ne provenait de l'extérieur. Une certaine densité de silence finit par rendre les choses encore plus pénibles. La lumière jaune et faiblissante éclairait les billets en vol rasant. *L'argent se trouvait dans trois caches, deux d'entre elles derrière les garnissages de portes, la troisième, la plus importante, sous la roue de secours. Aucune d'elles n'était indétectable lors d'un examen minutieux du véhicule, mais la porosité des frontières et surtout les plaques diplomatiques rendaient son contrôle peu problable.* « Porosité des frontières. » Franck se fichait de ma figure. « Plaques diplomatiques. » *Prends le fric et tire-toi, pays...* Enfoiré.

C'était beaucoup de fric. Je disposais d'une moto puissante, d'un automatique avec un chargeur plein et un autre de rechange. J'avais en guise de sésame une carte et une plaque de police qui rendaient mon contrôle *peu* « probable ». C'était en outre du fric qui n'existait pas. Il n'appartenait plus à personne, à présent, pas plus la part de Hadj que celle que Franck avait apporté grâce à ses financiers. Franck avait appâté ces derniers par des mises modestes, qui rapportaient tout de même vingt-cinq pour cent net d'impôts sur quinze jours, puis petit à petit il avait monté la barre, jusqu'au niveau du dernier coup. Le Roi Marc avait avancé cent unités, et même pour lui c'était une somme dont les enquêteurs découvriraient la trace dans sa comptabilité, surtout les gens des finances. Presque à égalité se trouvait le directeur du Crédit mutuel, venaient ensuite une dizaine d'actionnaires qui avaient contribué dans une moindre mesure et des petits porteurs. Tout était inscrit, la date et l'heure, le montant des versements. Franck avait mentionné en résumé : *Ils ne pouvaient ignorer la nature de la transaction, pays. Rien ne rapporte autant en un si court trait de temps, rien sauf la neige. Aucun d'entre eux n'en a jamais vu la couleur, bien entendu, mais la vie coûte si cher... Peut-être n'avaient-ils pas l'impression de mal faire ?* La fraude fiscale peut être considérée comme un sport national, pas le trafic des stupéfiants. J'ai parcouru encore une fois les colonnes de chiffres, d'un œil hébété. Les piles n'allaient pas tarder à s'éteindre. Pour tout annuler, il me suffisait d'attendre que la nuit vienne. Je la prévoyais froide et miséricordieuse. Très froide, mais très miséricordieuse. C'est le refuge de tous ceux que le jour a brisés. J'ai pourtant refermé le couvercle de la mallette que j'ai placée à plat, maintenant qu'elle ne fermait plus bien, dans la niche. Je l'ai poussée au fond, j'ai fait le ménage tant bien que mal et remis les crânes en place. J'ignore d'où ils provenaient et le savoir ne m'aurait pas avancé beaucoup. J'ai replacé le grillage comme je l'avais trouvé. Il m'a semblé qu'on m'approuvait en secret.

Je suis remonté avec le carnet dans ma poche intérieure. La lampe ne donnait presque plus. Une grande main robuste s'est tendue pour m'aider à m'extraire du boyau et en silence nous avons refermé la trappe. La lune s'était levée et éclairait la petite nef de côté avec beaucoup de douceur, sans trop de précision.

— Vous êtes resté longtemps, commandant.
— Longtemps.

Nous avons traîné quelques bancs de manière à dissimuler l'entrée de la crypte. Lorsque tout a été terminé, nous sommes restés une seconde, aussi immobiles l'un que l'autre, comme si nous attendions un bruit, un signe, quelque chose qui ne viendrait pas.

— Restez cette nuit, commandant.

Il habitait une maisonnette, dont il avait transformé l'appentis en atelier. Les fenêtres donnaient sur l'arbre et la chapelle. C'était un homme de mon âge, qui avait été prêtre. A présent, il s'occupait de restaurer des œuvres d'art à caractère religieux et il travaillait beaucoup pour les monuments historiques. Suspendu par le pontet à un crochet de l'établi, se trouvait un automatique .45 semblable au mien. Avant d'être prêtre, il avait été longtemps aumônier militaire. Je l'avais rencontré dans les Aurès, à un retour de mission. Comme bon nombre d'entre nous, il savait que nous avions perdu. J'ai actionné la culasse du colt et une cartouche est tombée à mes pieds. Je l'ai ramassée, et amenée dans la lumière.

— Tout ce temps, toute cette nuit...

Il m'a pris la cartouche des doigts. Sa voix n'avait rien de désagréable, seulement je n'avais pas très envie de l'entendre.

— Qu'est-ce qu'il cherchait, commandant ?

— Quelque chose derrière le miroir. C'est ce que nous faisons tous un jour ou l'autre. Lui y a mis toute sa vie. Et vous ?

— *Veillez, car vous ne savez ni le jour ni l'heure...*

— Bien sûr. Franck savait.

— Le jour peut-être, certainement pas l'heure.

J'ai posé le pistolet à plat sur l'établi. Sans se pencher, dans la froide clarté suspendue de la lune, on distinguait parfaitement la silhouette trapue de l'édifice et la couronne de branches nues qui l'ornait en s'échevelant quelque peu. Nous avions été des soldats. Même Franck, à sa pauvre façon. *Le seul pouvoir, le seul vrai pouvoir, est celui de corrompre.* Il n'y avait rien gagné. Son parcours avait été

inutile et on y distinguait les marques d'un esprit dérangé, comme tous ceux qu'a frappés cette forme de folie qu'on nomme parfois mysticisme et qui en est peut-être, qui sait ?
 J'avais rencontré bien des criminels et Franck en avait été un, mais jamais de cette sorte. On ne corrompt que ce qui est corruptible. Criminel mystique. Il avait payé au prix fort, mais c'est ce qu'il avait cherché de bout en bout à travers sa vie. J'ai demandé des aspirines. Mon hôte a ramené des verres, une carafe d'eau, et une autre de l'alcool qu'il fabriquait. Aspirines effervescentes. *Une cause de perdue, dix de retrouvées.* Il m'a montré un pan de triptyque sur lequel il travaillait. Quelque chose derrière le miroir où il n'y avait sans doute rien. Il m'a confié :
 — J'ai quitté l'Église. Pourtant, je n'ai jamais été aussi proche de Lui. Vous ne croyez pas en Lui ?
 — Non.
 — Franck croyait en Lui.
 — Peut-être. Lorsqu'une voix se tait, c'est un univers qui meurt.
 — Qu'est-ce que vous allez faire ?
 — Retourner à la Nuit. Où se trouve la BMW ?
 — Dans une gravière.
 — Sans les plaques d'immatriculation. Une gravière dont on ne se sert plus. Elle pourra y rester des années. Franck était trop affaibli pour descendre le corps et le traîner tout seul jusqu'au puits.
 — Il était déjà trop faible pour soulever la valise.
 L'air sentait, paisible et salubre, le bois fraîchement coupé et l'essence de térébenthine. Le sol en ciment était balayé avec soin, chaque outil rangé à sa juste place. Nous avons bu un fond de verre chacun et nous avons fumé une de mes cigarettes en se la passant comme les taulards. Il était temps que je m'en aille. Sur le seuil, en remettant le casque de Léon, j'ai prévenu :
 — Tout n'est pas tout à fait fini. Un jour, il se peut que des hommes viennent. Tout le monde dans le hameau sait

que c'est vous qui gardez la clé. Si ce sont des flics, vous le verrez bien et vous n'avez rien à redouter d'eux. Les autres, en revanche, risquent de ne pas être... aimables.

Mon hôte s'est tapoté la ceinture du bout des doigts. Je le savais apte à se défendre, mais je n'en voyais pas la nécessité.

— S'ils viennent, laissez-les prendre ce qu'ils cherchent. On ne meurt pas pour des images coloriées en vert, même si ceux qui les ont imprimées ont pris la précaution de graver dessus qu'ils croient en Dieu. Même si ces images sont de l'étoffe dont sont fabriqués nos rêves.

J'ai enlevé la lourde machine de Léon dans un feulement rauque, sans faire craquer la boîte. La lune dessinait le paysage avec assez de netteté, en plus je connaissais suffisamment le parcours pour ne pas avoir besoin tout de suite des phares. A petite vitesse, dans l'air qui me glaçait jusqu'aux os malgré le blouson, j'ai suivi le ruban phosphorescent du chemin jusqu'à l'embranchement qui donne sur la départementale. Elle était déserte aussi loin que portait le regard. Avant de m'y engager, j'ai mis un pied à terre et j'ai regardé derrière moi une dernière fois. La lune se trouvait à l'aplomb du toit dont les vieilles tuiles luisaient comme du fer-blanc et sa clarté étale fouillait les branches tout à côté sans toutefois en percer totalement l'obscurité, pas plus que je n'étais parvenu à pénétrer complètement celle de Franck ou seulement la mienne. Comme tous les disques qu'on a trop passés, le sien s'usait déjà.

J'ai allumé les phares et mis pleins gaz.

En cinquante minutes, j'avais regagné Paris, porte de Charenton.

Une dernière fois, j'avais suivi les pas de Franck.

Léon m'a ouvert et m'a dit :
— On te cherche partout.
Comme si je ne m'en doutais pas !
Je lui ai rendu les clés et le casque et je me suis dégourdi les doigts. C'est elle qui a allumé ma cigarette. Elle n'a pas

vu d'objection à ce que je me laisse tomber sur son divan. Elle est restée debout à fumer elle aussi, sans parler. Elle n'a pas manifesté d'émotion lorsque j'ai retiré le carnet de Franck de ma poche intérieure, elle n'a rien fait pour le saisir lorsque je le lui ai tendu sans l'ouvrir. Elle a seulement estimé :

— Si tu n'as rien à *vendre*, rien ni personne, tu es rincé. Ils ne te laisseront rien, pas même la Nuit, pas même ton calibre et ta brème. Parti comme tu l'es, tu vas au trou, direct.

— Quel chef d'inculpation ?

— Autant qu'un curé peut en bénir... Proxénétisme aggravé, corruption passive. Complicité d'homicide volontaire avec tortures et séquestration. On ne relèvera pas le fait que tu avais coutume de pisser sur les trottoirs, ni celle de cracher n'importe où. Entrave au cours de la justice par dissimulation de preuves.

— Quoi d'autre ?

— Coups et blessures volontaires. La totale. Tu as quelque chose à vendre ?

J'ai remis le carnet dans ma poche et je me suis levé. Le living de Léon était rangé, bien mieux que la veille, mais il me semblait que c'était la même nuit. L'enveloppe qui m'avait été destinée ne se trouvait plus sur la table basse, ni les photos qu'elle contenait. Léon était habillée comme pour sortir. Je n'avais jamais rien vendu, à personne. J'étais comme un bateau qui court sur l'erre et ainsi on ne va jamais très loin.

Sauf la lune, personne ne m'attendait en bas de chez elle dans la rue. Il faisait froid et j'étais seul, seul pour encore un tout petit moment. J'ai palpé du bout des doigts la crosse tiède de mon arme. De la Nuit, on ne sort que d'une manière mais je n'en ai pas trouvé le courage. Je ne risquais pourtant pas de me manquer. Une patrouilleuse noire et blanche est passée avec la rampe éteinte sur le toit, mais son équipage ne m'a pas remarqué dans l'encoignure où je me trouvais, ou alors le chef de bord n'a pas jugé bon d'intervenir. J'ai compté la ferraille dans mes poches.

Il restait de quoi louer un casier de consigne dans une gare et ce qu'il fallait pour prendre un taxi. Sur ma carte de téléphone, il devait y avoir encore suffisamment d'unités pour appeler Calhoune, puisque selon toute vraisemblance, c'était elle qui devait diriger l'enquête me concernant. Depuis une cabine, nous pourrions convenir d'un lieu de reddition commode pour tous. En règle générale, les malfaiteurs choisissent un lieu public où une fusillade ferait mauvais effet. J'avais très froid, mais pas réellement faim. Bien après que la voiture de flics eut disparu, je suis resté dans l'ombre. Je ne parvenais pas à me décider. Dans la cour derrière moi, des chats se disputaient le contenu d'une poubelle, avec autant de dureté et de hargne que le font les humains autour d'autres poubelles, mais aussi avec beaucoup plus de prestesse et d'élégance que n'en ont les hommes — et sans doute plus de nécessité.

Je me suis mis à marcher au milieu du trottoir. Mes pas portaient loin et m'embrouillaient la tête. Ils n'étaient pas très sûrs, pas plus que je ne l'étais moi-même. J'avais trouvé sans chercher ce que je ne voulais pas savoir, parce que je l'avais deviné avec trop d'exactitude. « La totale », avait dit Léon. Ça signifiait la garde à vue, les perquisitions et de longs interrogatoires, toute une mascarade qui donnait sur le Dépôt, ses couloirs et ses geôles, ensuite sur d'autres couloirs et une cellule, puis sur un tribunal et un avocat commis d'office, enfin une autre cellule et pour longtemps.

Je savais trop bien comment les choses allaient se passer.

Je n'avais jamais donné personne.

J'ai maudit Franck, qui n'en avait pas vraiment besoin. A cause de lui, j'avais le moyen de remettre les compteurs à zéro. Avec ce qu'il m'avait laissé, j'avais le moyen de tenir Calhoune et ses semblables exactement comme ils me tenaient. *Calhoune et ses semblables. Du travail de flic, mon pote...* Je suis resté sur place comme si une balle m'avait frappé entre les omoplates. Si j'avais eu quelque chose dans l'estomac, je l'aurais rendu. *Calhoune.* Calhoune était flic et rien ne l'empêchait, là où elle était placée, de mettre une ligne téléphonique de l'Usine sur écoutes. Elle pouvait aller et venir à sa guise. Lorsqu'il l'avait aperçue en bas de chez moi, Franck n'avait pas eu de raisons de se méfier d'elle puisqu'en outre ils faisaient partie de la même boutique. De même Farida n'avait rien à craindre a priori d'un policier qui l'avait déjà entendue plusieurs fois. Pour autant, je ne parvenais pas à la voir en tueuse, et pas davantage en tortionnaire, ce qui prouve que personne n'est à l'abri d'une erreur de jugement.

Là où j'habitais, rien n'avait été touché en apparence. L'échantillon sans valeur déclarée qu'on m'avait envoyé de Farida se trouvait toujours dans le papier essuie-tout au frigo, de même que le gros cafard mort dans le bac à légumes. Il restait de quoi faire du café en attendant le jour, mais l'heure légale à laquelle ils pouvaient pénétrer *au domicile du suspect, afin d'y procéder à perquisition en sa présence effective et constante* venait l'hiver avant le jour. Mon Oméga disait trois heures trente. Il restait peu de temps avant six heures. La surveillance en bas, s'il y en avait une, avait pour dessein, non pas de m'empêcher de monter, mais de m'interdire de m'en aller après. A la place de Calhoune, avec tout ce que je lui avais appris, c'est ce que j'aurais fait — j'aurais mis en place une souricière avec deux ou trois voitures reliées entre elles par radio et interdiction de taper avant six heures. Je n'étais pas à la place de Calhoune.

Je me suis préparé du café. Tout en le buvant, j'ai parcouru de nouveau le carnet de Franck. Ils avaient tous craché, chacun à sa mesure, et tous avaient été rétribués à hauteur de leur mise, sauf la dernière fois. La dernière fois,

lorsque Franck leur avait proposé de jouer bien plus que le tapis, comme les grands escrocs dans les belles carambouilles. Je comprenais mieux à présent certains airs soucieux et les visages tendus qui l'avaient accompagné dans le trou. Les amis de Franck ne se tracassaient pas pour lui, mais pour eux, et pas pour le trou à leurs pieds mais pour celui qu'il avait creusé dans leurs poches en s'en allant.
Il faut toujours cogner où ça fait le plus mal.
Rien n'est jamais si sensible ni si douloureux que le portefeuille, c'est pourquoi la plupart des hommes le portent sur leur cœur. Peu à peu, j'en ai eu assez d'attendre. J'ai préparé une assiette pour Yellow Dog, j'ai remis mon blouson et je suis descendu. Je n'avais nulle part où aller. Je suis sorti par l'entrée principale et officielle de l'immeuble et j'ai allumé une cigarette derrière mes paumes debout en plein milieu du trottoir. La flamme d'un Zippo se voit de loin. J'ai mis plus de temps que de raison à le faire, mais rien n'a bougé. J'ai pris à droite, je suis passé devant chez le Tunisien dont le rideau de fer était baissé sans que quiconque ait l'idée de m'intercepter.
C'était un drôle de jeu.
C'était aussi une longue nuit. J'ai marché longtemps, jusqu'à République et ensuite de République à Bastille, où je me suis arrêté dans un café qui ouvrait juste et dont je connaissais la patronne. Il commençait à y avoir du passage. Si on m'avait suivi, c'était rudement bien fait. J'ai payé mon crème et je suis sorti par où passaient les fournisseurs. Je n'allais pas très vite, pas très loin. A filocher les voyous, j'en avais appris long sur les *parcours de sécurité,* les *défilements* et les *itinéraires bis.* Peu à peu cependant, j'ai acquis la certitude qu'on ne m'avait pas pris en bobine. Ça aurait dû me rassurer plus ou moins. En réfléchissant à l'abri d'une sanisette, je me suis demandé si je ne faisais pas fausse route. Si on ne m'attendait pas ailleurs et autrement, pas du tout de manière officielle, judiciaire.
Si on ne m'attendait pas pour une autre sorte de deal.

Si Calhoune ne m'attendait pas pour le dernier deal.
Rien que quelque chose entre elle et moi.
Sans flics, sans magistrats, sans rien.
Notre dernier deal à tous les deux...

Dix-neuf

J'avais aimé Calhoune, à peu près autant que j'avais aimé cette vérité que je cherchais, et l'une et l'autre m'étaient parfaitement inaccessibles à présent. Certains hommes se chargent de tâches tout à fait indues dont l'utilité n'est rien moins que probable, ce qui les empêche de demeurer en repos bien longtemps. Le jour s'est levé tandis que je déambulais. C'était un matin froid et clair, un matin de décembre comme il y en aurait un second le lendemain et d'autres encore plus tard que je n'attendais pas. Le soleil était clair, froid, tranquille. Il avait une neutralité de procès-verbal de renseignements.

Je suis passé chez Saïd, non pas en entrant par le bistrot qui était fermé, mais en empruntant la cour intérieure où était rangée sa Honda. Il m'a ouvert sans surprise. A ses yeux, j'ai compris qu'il était au courant de ce qui était arrivé à Farida et qu'il ne m'en tenait pas rigueur. Nous nous sommes installés dans l'arrière-salle. Saïd s'est gratté l'estomac sous sa vilaine chemise hawaïenne. Il a observé :

— Tu as dormi dans des cartons ?
— Pas dormi. Il me faut ta caisse. Pas pour longtemps.
— Calhoune est passée.
— Je sais.
— Seule. Elle voulait te parler. Urgent et important.

— Il n'y a plus rien d'urgent ni d'important. Elle était seule ?
— Seule. Je l'ai prise pour Léon
— Pour Léon ?
— Calhoune était sapée voyou.
— Quelle idée.
Il m'a donné les clés de voiture. Nous sommes sortis par-derrière et il m'a ouvert le portail. Je suis tombé sur les embouteillages du périphérique et j'ai roulé presque au pas jusque bien après la bretelle d'Orly, en surveillant les rétroviseurs dans lesquels je n'ai rien noté de particulier. Je me suis arrêté sur l'aire des Lisses. Le ciel était d'un bleu doux qui avait encore quelque chose d'automnal, bien que l'automne fût déjà passé. J'ai examiné les bas de caisses, les passages de roues, partout où les flics avaient coutume de poser une balise radio qui permet une filature à distance, une filature *de l'autre côté de la ligne d'horizon*. Pas de ventouse. Assis sur le capot tiède, j'ai fumé une cigarette sans qu'on s'intéresse à moi, pas plus une Pontiac qu'une moto ou qu'une petite voiture de poursuite rapide. Dans les champs, les creux étaient remplis de gelée blanche.

Je suis allé jusqu'au point téléphone et j'ai appelé Bess :
— J'aimerais vous voir.
— Bien sûr. Quand ?
— Tout de suite.
— Venez.
— Merci, Bess.
J'ai raccroché. Le peu de ferraille que j'avais, je l'ai utilisée à copier les bonnes feuilles du carnet de Franck en plusieurs exemplaires. Les copies étaient meilleures que je l'aurais pensé pour une telle machine dont tout le monde se sert. Leur contenu était explicite. La fille qui tenait la caisse de la boutique m'a adressé une mimique désabusée qui ne voulait rien dire. Elle était construite comme un avion torpilleur et ne l'ignorait pas. Il m'aurait fallu plus de temps pour donner suite.

Avant de démarrer la Honda, j'ai enfilé mes lunettes noires. Trop de soleil, mon pote... J'ai roulé plus vite, puis très au-dessous de l'allure autorisée et de nouveau très vite, jusqu'à la sortie de Fontainebleau où j'ai pris à droite au ras d'un camion. Je me suis encore arrêté dans une allée cavalière où je suis resté embossé dix minutes sans quitter la voiture, ni couper le moteur, à écouter la radio sans y prêter attention tout en surveillant la route. Personne. On avait décidé de me laisser la bride sur le cou. Je l'avais fait souvent, mais toujours lorsque j'avais eu la certitude absolue de pouvoir remonter le poisson au moment voulu, lorsque je savais que sa marge de manœuvre réelle était à peu de chose près égale à zéro, et qu'il était déjà ferré, le leurre bien au fond de la gorge, déjà clouté.

Après Fontainebleau, je me suis arrêté dans un village. J'ai acheté une forte enveloppe kraft, j'y ai glissé le carnet et la vendeuse m'a aidé à la refermer et à en renforcer les bords avec de la bande adhésive qui sert habituellement aux cartons d'emballage. Du bureau local, je me suis expédié le paquet en poste restante à mon nom, dans un bureau du XXe où je n'allais pas souvent, et jamais pour y prendre du courrier. C'était tout ce que je pouvais imaginer. Il m'est juste resté de quoi acheter deux paquets de Camel sans filtre au bistrot qui faisait tabac, dépôt de presse, et dans une moindre mesure épicerie-mercerie.

Quelques nuages diffus sont venus masquer le soleil par instants, sans animosité ni réelle intention de nuire. J'ai encore un peu roulé, sur plusieurs kilomètres derrière une citerne de gaz qui a fini par me laisser le champ libre en prenant à gauche, puis sur une route vide, et enfin j'ai pris le chemin qui conduisait chez Franck.

C'était maintenant, la fin de la route.

J'ai coupé le contact en haut de l'allée. La maison était grande, basse et de plain-pied. Certains soirs d'été, des myriades d'hirondelles s'ébattaient dans le ciel alentour en lançant de brefs cris aigus comme de minuscules déchirures qui zébraient le silence. La façade donnait au sud, et l'arrière sur un bois de pins qui couvrait la colline et dévalait encore plus loin, jusqu'à des bosquets de bouleaux et de jeunes chênes qui faisaient toujours partie de la propriété. J'ai fait le tour. Le parc était à l'abandon et le fond de la piscine jonché de feuilles mortes depuis longtemps. Les anciennes serres étaient vides et bon nombre de carreaux cassés.

Tout trahissait le manque de soin et une grande lassitude. Tout y était à l'image de Franck, à la fin de sa vie. Je me suis adossé à un pin. Bess a mis longtemps à me rejoindre. Elle portait un gros chandail gris, un bas de treillis trop grand pour elle. Elle était en espadrilles, les cheveux retenus par un ruban sur la nuque. Elle s'essuyait les mains à un chiffon maculé de peinture par places. Elle m'a tendu la joue.

— Autrefois, nous nous tutoyions.

— Autrefois, Bess.

Elle a posé les deux mains sur mes épaules et m'a attiré contre elle. C'était doux, sans malice, un peu triste quand même. Je l'ai serré, mais pas au point de lui faire mal. Elle sentait bon l'huile de lin dont ses vêtements étaient imprégnés, ses vêtements et ses cheveux, et peut-être toute sa peau. Elle a tremblé un peu. Elle m'a dit :

— Il est parti. Je savais qu'un jour il partirait, mais pas de cette manière. Nous ne nous entendions plus très bien depuis des années. Je crois que nous ne nous entendions plus du tout, mais c'était Franck. Et il est parti.

— Il faut que je vous parle, Bess.

— Il faut que je te parle, Bess. Moi aussi, il faut que je te parle. Et que je te montre quelque chose avant que tu t'en ailles. Toi aussi, tu vas t'en aller, n'est-ce pas ?

— Je vais m'en aller.

— C'est ce que tu as toujours fait, d'aussi loin que je te connaisse. T'en aller.

Je l'ai lâchée et j'ai fait quelques pas dans la lumière qui traversait les branches, sans autre but que trouver le courage de lui dire ce que j'avais à lui dire. Elle m'observait avec sa

franchise habituelle. Bess n'avait jamais rien su dissimuler, du moins le pensais-je, par exemple le peu de sympathie que je croyais susciter en elle. J'ai sorti les photocopies de ma poche et en les prenant, Bess a dit avec dureté :
— Rentrons, veux-tu ?
Dehors, dedans, quelle différence ?
Je l'ai suivie.
Elle est restée longtemps silencieuse, la tête penchée, et je l'ai crue abasourdie. J'ai allumé une cigarette dont je n'avais aucun besoin et qui ne m'a pas apporté de soulagement. Je n'en aurais pas voulu, du reste. Je n'étais pas sensible au luxe et Franck ne devait pas l'être beaucoup plus que moi, mais je ne manquai pas d'être impressionné. Tout était très classe, très juste, chaque meuble et les rares bibelots, les grandes toiles au mur de même que la cheminée monumentale à laquelle Bess tournait le dos, mais on n'y voyait pas trace de Franck. Bess a fini par prendre une cigarette dans mon paquet. Je lui ai donné du feu. Penchée sur la flamme, elle a dit :
— Mon Dieu, quelle horreur ! (Elle a relevé le front et m'a fixé sans dureté ni ressentiment.) Nous n'avions pas besoin d'argent. L'an dernier, j'ai exposé à Paris et à New York. Cette maison est payée. Mes toiles se vendent bien, la plus chère est partie à douze millions. Franck pouvait travailler pour son argent de poche et les cigarettes. Il ne fumait plus beaucoup à cause de ses poumons.

J'avais vu ses poumons. Ses poumons et ce qu'on lui avait fait.

Bess a posé les copies à ses pieds. Elle a ajouté :
— Pour rien au monde, je ne l'aurais quitté. Qu'est-ce que tu vas faire ?
— Me rendre, comme on dit.
— Tous mouillés.
Elle a répété d'une voix sourde :
— Quelle horreur !
Je n'avais pas le même sens que Bess de l'horreur. Le

mien s'était considérablement émoussé au fil des ans, ou bien n'en avais-je eu jamais beaucoup. La lumière qui provenait des baies à meneaux losangés modelait son visage avec une rare douceur. Jamais Bess n'avait été aussi belle à mes yeux. Son regard a balayé toute ma face puis mes mains.

— Eux non plus n'avaient pas besoin d'argent. Pas à ce point.

— Personne ne devrait en avoir besoin à ce point. C'était peut-être un jeu dans leur esprit.

— Un jeu ?

Indignée, elle n'était pas moins belle.

— Un jeu, Bess. Vingt-cinq pour cent net d'impôts sur dix ou quinze jours. Jackpot. Aucune banque au monde, à ma connaissance, ne sert de tels intérêts, même sur le très court terme. A preuve, même un banquier s'est pris au jeu...

— Jackpot. C'est pour ça qu'on l'a tué ?

— Je ne sais pas. Il était l'âme de la combine. Lui seul avait les contacts nécessaires pour monter ce type d'opération. Il servait de collecteur de fonds et aussi de fusible. (J'ai dû sourire un peu, pour dissiper mon propre malaise.) Il avait commencé petit pour appâter ses amis.

— Tes amis.

— Je n'ai plus d'amis, Bess. Petit d'abord, puis de plus en plus gros. Franck connaissait bien l'âme humaine. C'est cher, une seconde voiture et ce petit appartement qu'on convoite sur la Côte, les vacances de neige... Les études de la grande qui rentre à l'Université. Tout est cher, de nos jours, Bess, et certains rêves hors de prix. Et puis, ils ne savaient pas *au juste*. Franck était policier, après tout.

— Policier.

Elle s'est levée et nous a fait deux bourbons sans glace. Bess avait de la mémoire, bien plus que je le pensais. Sur son compte aussi, je m'étais lourdement trompé. Quand elle m'a tendu le verre, j'ai frôlé ses doigts sans le faire exprès. Ils étaient si froids que ça m'a serré le cœur. Elle s'est rassise en face de moi avec un soupir usagé

— Ils savaient. Liberté, égalité, fraternité. Dans le fond, ils savaient.

— Naturellement, Bess. Franck a tout consigné noir sur blanc. Tout est marqué, y compris les dates et les références des chèques...

— Des chèques ?

— Oui. Des chèques. Même des chèques.

— Ils avaient confiance à ce point ?

— Franck inspirait naturellement confiance. Il avait tissé sa toile et elle s'étend bien plus loin que vous le pensez. C'est pourquoi il y avait de si tristes mines aux obsèques. Je n'ai jamais eu qu'un ami, un frère, et c'était Franck. Quelqu'un a écrit que le soleil se lève aussi.

— Ernest Hemingway.

— Peut-être. Je suis resté trop longtemps à la Nuit.

— J'imagine.

— La dernière fois, Franck est parti avec la caisse. Je sais où elle se trouve. Il me l'avait dit dans son dernier coup de téléphone, mais je n'avais pas bien compris. Je ne veux pas qu'on s'en prenne à toi, ni à Junior.

Elle a levé les yeux avec lenteur. Ils étaient très dorés dans la lumière, avec un liseré plus sombre, irrégulier autour, comme en ont certains chats. Elle a bu quelques gorgées.

— Tu as trouvé la caisse, mais tu n'es pas parti avec, toi.

— Non.

— Pourquoi ?

— Chaque homme a son prix. Ça n'était pas le mien.

— Idiot. Tu es idiot. Franck le disait toujours lorsqu'il parlait de toi, c'est-à-dire trop souvent. Tu tenais trop de place dans sa vie. Il parlait de toi comme d'un Grand Maître, mais d'un Grand Maître idiot. Qu'est-ce que tu vas faire ?

— Me rendre et dire la vérité. (J'ai levé la main droite, d'un geste qui se voulait frivole mais qui ne l'était pas et qui m'a fait un peu peur. C'est ainsi qu'on jure devant un tribunal.) Toute la vérité, rien que la vérité.

Bess avait eu le temps de lire la liste sur laquelle les noms figuraient en clair. Elle a observé :
— Si tu parles, Calhoune trinque. Indirectement, mais elle trinque.
— Correct.
Elle a vidé son verre d'un trait. J'ai reposé le mien à mes pieds. Je n'avais pas envie de boire. Je me suis levé et je suis allé jusqu'à la fenêtre. Je n'étais pas très fier, mais j'avais moins mal. J'étais resté trop longtemps dans ma nuit. J'ai tapoté le verre cathédrale du bout des doigts, comme pour me convaincre qu'il existait, de même que la lumière qui le traversait, ou peut-être pour me rendre compte que j'existais encore.
J'ai ajouté sans rien cacher :
— Si je parle, il y aura sans doute perquisition ici. Vous serez tracassés, à moins naturellement qu'on choisisse d'écraser le coup. Sinon, vous risquez d'être ennuyés. Interrogés.

Les choses se sont passées en deux temps.
Premièrement, Bess est venue et en me prenant le bras, elle m'a conduit où habitait Franck à la fin. Il s'était aménagé une pièce à lui dans l'ancienne véranda au nord. Il y régnait la chaleur et l'odeur d'une serre tropicale, à la fois vaguement sucrée comme celle de certains morts et les fleurs qui commencent à pourrir dans leur vase, épicée comme les lactaires poivrés, riche comme de l'humus sous les pas, presque abasourdissante. L'endroit était peuplé de grandes plantes presque toutes exotiques, aux grasses fleurs grenat et pourpres, aux feuilles tarabiscotées qui se promenèrent sur mon visage à la manière de longs doigts cireux et réticents à mon passage. La plupart des espèces m'étaient inconnues, et beaucoup m'ont paru détestables. Bess était restée sur le seuil. Près de la fenêtre se trouvait un grand bureau dont le dessus était rangé. Téléphone et minitel. Au mur passé à la chaux était fixée la commande de la climatisation. La

température et le degré hygrométrique étaient gérés par l'électronique, de même que l'ouverture des volets d'aération et la lumière ambiante. Il y avait aussi un lit de camp fait au carré.

— Voilà, m'a dit Bess sans s'approcher. C'est là qu'il vivait. Il nous avait laissé le reste.

Je me suis essuyé la figure. Lui ici, moi ailleurs. Un simple lit de camp pourvu de couvertures des surplus de l'armée. Le sol était cimenté. Un autre homme seul. Bess a encore dit :

— Franck était devenu un spécialiste de ces plantes. Des correspondants venaient le voir depuis toute l'Europe. Parfois de plus loin. Je ne sais pas quel attrait il leur trouvait, à part l'odeur. Venez.

Deuxièmement, elle m'a conduit à son atelier. Bess avait toujours peint, et même avant que ce fût à la mode, dans une veine hyperréaliste qui ne pouvait manquer d'avoir beaucoup de succès à la longue. C'était orienté sud-est dans une ancienne buanderie qu'elle avait éclaircie et rénovée. Les baies vitrées allaient des bardeaux au sol couvert de larges dalles en pierre grise qui provenaient de fouilles. Les rideaux étaient grands ouverts, si bien qu'il n'y avait d'ombre nulle part. Bess avait toujours détesté l'obscurité. En plein milieu se trouvait son chevalet qui me tournait le dos. Bess a regardé ce qu'il y avait dessus et que je ne pouvais pas voir, et elle m'a regardé, comme à titre de comparaison, d'un œil vif et scrutateur

— Venez...

Elle s'est reculée d'un pas.

L'homme était assis, le menton sur les avant-bras et les genoux dessous, adossé à quelque chose qui pouvait être une colonne bancale ou un morceau de croix. On remarquait qu'il portait des bottes en cuir défraîchi et un jean passé dont le bas s'effrangeait. Ses talons étaient plantés dans du gravier rendu avec une grande précision et beaucoup de netteté. Le fond baignait en revanche dans un lointain froid et bleuté propice à la mélancolie. Je n'ai rien trouvé à redire à la description fidèle du blouson, ni au peu qu'on voyait d'une main. Je n'ai pas aimé le traitement du visage ni l'expression des yeux. Il y avait dedans trop de tristesse et d'amertume. On y lisait trop de défaites pour qu'elles fussent explicables par des motifs de droit commun. Bess se tenait à côté de moi, les coudes dans les paumes, les bras croisés sur l'estomac. Je n'ai pas trouvé la force de la regarder en face. J'avais stoppé des hommes bien moins abîmés que ça. Les yeux mangeaient la figure maigre, eux seuls étaient restés avides, ils paraissaient aussi trop suppliants, pour ainsi dire presque encore trop vivants. C'était le regard de quelqu'un d'incurable. C'était le mien.

— Je l'ai fait en rentrant du cimetière, a dit Bess. On te voyait de loin, là où tu étais.

Je ne pensais pas qu'on m'avait vu. Pas de cette manière. Si je l'avais su, je me serais mis ailleurs et autrement. Bess a dit :

— C'est ce métier que vous faisiez, Franck et toi, qui vous a tués.

— Non, Bess. Nous étions morts d'avance. Il y a des milliers d'hommes dans ce pays qui font le même métier. L'écrasante majorité d'entre eux parvient sans encombre à l'âge de la retraite. C'est très beau. Qu'est-ce que tu vas en faire ?

— Le garder.

— Qui gardera les gardiens, Bess ?

Elle m'a retenu pour déjeuner et je n'ai pas pu refuser. Elle aurait voulu que je revoie Franck Junior avant de m'en aller. Junior, je l'avais connu poupon, et à présent il circulait en scooter aux couleurs d'une marque de chaussettes qu'affectionnent les gosses de son âge — les gosses de tous les âges. Il fumait des Marlboro et avait une petite amie, mais pas encore de fiancée. A part ce qui venait d'arriver, je ne lui voyais pas de souci majeur. Je me suis retrouvé à laver la vaisselle que nous avions utilisée. Bess a voulu servir le

Vingt

— Vous allez tomber, m'a dit Mauser.
Il n'avait pas retiré son vilain manteau couleur moutarde dont le col était relevé. Ses cheveux jaunes se raréfiaient. Ils semblaient peignés au clou avec des mèches en arrière qui lui donnaient l'air d'un jeune vieux branché. Ses yeux me détaillaient sans vergogne, tandis que ses doigts feuilletaient machinalement les documents que je lui avais remis.
— Vous allez tomber de tellement haut que vous allez avoir le temps de regretter d'être jamais monté, si peu que ce soit.
Ça ne lui plaisait pas. On le voyait au pli amer de sa bouche, de même qu'à l'expression de ses yeux. Ils n'étaient pas complaisants. Mauser n'avait jamais passé pour un magistrat complaisant. Ce que ses yeux disaient de moi, je le pensais depuis longtemps. Je n'étais pas beaucoup monté. Je me rappelai mon visage tel que l'avait vu Bess, des yeux suppliants que démesurait une barbe de plusieurs nuits, des joues caves, la peau flasque et grise. Rien d'aimable. J'avais un café devant moi et Mauser avait pris un demi d'Heineken auquel il avait à peine touché. Il avait lu de bout en bout ce que je lui avais tendu. Il a dit :
— Je ne voyais pas la fin de cette façon. Ce pays se fout des scandales quand bien même ce sont ceux qui ont la

garde de la paix publique qui les provoquent. Votre ami témoigne d'une minutie de comptable.

— Une minutie de flic.

— Si vous voulez. Beaucoup de noms sont connus. Certains très connus. Il y aura enquête. Elle sera longue, minutieuse, détaillée. Vous le savez. Certains tomberont, d'autres pas. Il y aura une enquête fiscale. Des éclaboussures.

Je savais qu'il pensait à Calhoune. Mauser parlait en magistrat. Il était plus jeune que moi de dix ans, mais déjà touché par la sagacité, et l'amertume qui en est souvent le pendant. Dans sa tête, il organisait déjà les recherches. Il réfléchit :

— Certains ont déjà payé... Ali-Baba Mike, le fonctionnaire international. Votre ami n'a pas eu la main légère.

— Il a agi comme un commando. Il ne lui restait plus rien à vivre.

— Quelques heures. Pourquoi avez-vous assisté à son autopsie ?

— Je voulais savoir ce qu'il avait dans le ventre.

Mauser a tiqué. Il était un peu moins amer et aguerri que je l'imaginais. Pour autant, il n'a pas baissé son masque. J'ai posé les mains à plat sur la petite table qui nous séparait. Nous étions convenus d'un rendez-vous dans un troquet pas très éloigné du Palais de justice, dans Saint-Michel. On pouvait s'en aller par-derrière. Il y avait des gosses autour — ce que j'appelle des gosses. Entre dix-huit et vingt ans, l'âge des miens. On dirait que le monde et le lendemain matin sont encore un peu à eux, et même le lendemain soir. Ils sont gracieux et affairés. On ne faisait pas attention à Mauser et à moi. Un jeune cadre ambitieux et à la mode, et une espèce de cow-boy séché, émacié, sans plus d'avenir qu'un jeton de taxiphone.

— Oui, a fait Mauser à part soi. Enquête. On remontera jusqu'à cet homme que vous appelez Lampe-Torche. On démantibulera les modes de financement, on mettra tout à plat. Probablement, nous n'irons pas très haut. Il est peu vraisemblable qu'on atteigne la tête.

— Si vous l'atteignez, vous vous rendrez compte que l'homme sert aussi d'intermédiaire dans des passations de commandes avec le Proche-Orient.

— Hadj.

— Lui aussi est un fusible.

— Vous en savez long.

— Trop long.

— Mais vous n'avez pas de preuves.

— Non, pas de preuves.

Il a hoché la tête de façon machinale. Je l'avais vu souvent faire ce geste lorsqu'il enregistrait les déclarations d'un prévenu. Ses yeux étaient toujours rivés sur moi. J'ai allumé une Camel tant bien que mal et je l'ai regardé. Au bout d'un quart de siècle, un flic en sait long. Il pourrait chanter beaucoup de choses si l'envie lui en prenait. Je n'en avais pas envie. Si Franck n'avait pas mentionné le nom d'Hadj dans son carnet (avec les dates et les heures de ses contacts, de même qu'un bref résumé de leurs entretiens), je n'en aurais pas fait état. Pas une donneuse.

Mauser m'a taxé d'une cigarette. Il se l'est allumée avec mon Zippo. Là se bornaient ses largesses. Il a remarqué :

— On va dire que vous avez trouvé le moyen en vous confiant à moi de... mettons, vous venger.

— On le dira. On dira des choses bien pires. On dira qu'en me présentant à vous j'ai allumé un contre-feu. On dira que j'ai sans doute voulu passer un accord pour me défarguer de tout ou partie de l'addition et que vous aurez refusé. N'est-ce pas ?

Il se rappelait comment je répondais. Il a dit :

— Correct.

— Pas de deal, Mauser. Vous ferez ouvrir une information si vous le jugez bon. Il y aura une enquête. Je ne sais pas à qui elle sera confiée et je m'en fous. Il y aura des inculpations, peut-être. Lundi matin, je vous tiendrai en

main propre le carnet de Franck, ou je vous le ferai remettre par une tierce personne.
— Léon.
— Peut-être. Vous ferez ce qu'il y a à faire.
— Je ferai ce qu'on me laissera faire. Savez-vous où se trouve l'argent ?
— Affirmatif. L'argent, le vélo-dog qui a servi à tuer Franck. Le corps de l'homme que Franck a tué.
— Beaucoup d'argent.
— Énormément d'argent. Des dollars américains. Je n'y ai pas touché. Je ne les ai pas comptés. Dans ce genre de transaction, le vendeur passe des échantillons pris au hasard au détecteur de faux billets. (Mauser a eu un mince sourire, presque insignifiant.) De vrais dollars américains. Si j'en crois Franck, l'équivalent de six millions de francs lourds.
— Vous n'y avez pas touché.
— Non. En perquisitionnant, vous trouverez chez moi, si elle y est encore, une enveloppe d'instructions. Lampe-Torche me l'a donnée. Il était question que j'interroge les types chargés de la surveillance de l'opération. Ce sont des deuxièmes couteaux, ils pourront vous apporter peut-être un peu de biscuit.
— Peut-être. Vous les avez interrogés ?
— Non. Il y a aussi un peu d'argent.
— Vos frais de mission. Vous n'y avez pas touché non plus.
— Non. Vous trouverez aussi un cafard mort dans le bac à légumes du frigo et il ne vous apprendra rien. Vous trouverez également l'annulaire gauche d'une femme dont le corps se trouve actuellement à la morgue. C'est Lampe-Torche qui me l'a apporté dans un emballage cadeau fabriqué sur les Champs. C'était censé m'inciter à plus de coopérativité.

C'était la nuit. Je ne l'avais jamais vraiment quittée. Il ne me restait plus grand-chose à déclarer et Mauser s'en est rendu compte. Bien sûr, que j'allais tomber — que j'étais déjà tombé. J'y avais mis beaucoup de suivi et d'application. On lâche un peu la rampe, pour une raison ou une autre, les autres vous dépassent en maugréant comme dans un escalier mécanique du métro où le moindre traînard bouchonne, on les voit bien continuer à monter en hâte, emportés qu'ils sont par des choses minutieuses et précises qui vous resteront à jamais mystérieuses et impénétrables, et bientôt il n'y a plus personne. On est seul et c'est la nuit. C'est en tombant qu'on se rend compte, pas quand on est pressé et qu'on maugrée. C'est dans la nuit qu'on comprend le mieux, quand il n'y a plus personne autour.

— J'ai connu un bon flic, m'a confié Mauser. Un homme solide et franc. Vous ne lui ressemblez plus.

— Plus vraiment.

Il n'y avait pas de mépris dans ce qu'il disait, et ses propos avaient le ton d'un simple constat empreint de lucidité. Ça n'aurait servi à rien d'expliquer. J'ai sorti quelques pièces de monnaie. Il me restait de quoi payer, mais Mauser m'en a empêché :

— Laissez. Vous aurez bien d'autres choses à régler. Plus chères.

Je l'ai regardé. Mauser était un bon magistrat. Un homme solide et franc. Il ferait de son mieux, ce qu'on lui laisserait faire tout au moins. J'avais confiance en lui comme j'avais eu confiance en moi. Il a souri, mais de façon moins automatique, avec un peu plus de chaleur.

— Vous auriez pu vous taire. Faire le canard, comme on dit chez vous. Vous aviez touché le pactole. Même avec Hadj aux fesses, vous aviez quelques belles journées devant vous.

— Quelques belles nuits.

— Vous ne l'avez pas fait. Pourquoi ?

— Franck n'aurait pas aimé. Le Franck solide et franc que j'ai connu n'aurait pas aimé. Et je n'aurais pas aimé donner raison à l'autre, celui qu'il était devenu.

— Qui a tué Franck ?

— Le même qui a supprimé Farida.
— La voix de Mickey ?
— Quelle voix de Mickey ?
Mauser a souri. Il m'a donné l'impression d'un cabriolet de sport qui se met en pleins phares.
— Votre ligne à l'Usine était sur écoutes. Celle de Farida également. Celle de Franck aussi.
— Calhoune ?
— Oui.
A mon tour, j'ai bougé la tête et un peu les épaules, sans gaieté. On ne sort pas de la nuit, jamais, sauf pour une autre nuit qui n'est peut-être ni pire ni plus malveillante, ni plus dépourvue de mystère, et dans laquelle on rentre couché et les pieds en avant. Elle nous a accompagné tout du long, comme une maîtresse fidèle, la seule peut-être qui ne vous ait jamais abandonnée, la *seule maîtresse des vrais hommes*, à coup sûr le seul refuge. Mauser m'a dit :
— J'ai obtenu les bandes. Une copie des bandes. Non sans mal. La voix est chanstiquée. Pourquoi ?
— Pour qu'on ne la reconnaisse pas.
— Voilà, a soupiré Mauser. Qui a tué François Novack ?
— Celui dont la voix était chanstiquée.
— Quelqu'un qui savait. Qui pouvait savoir ?
Je n'avais pas touché à mon café. Il était froid et huileux. La mer l'est aussi, également étale, certaines nuits, dans les ports aux eaux sales. Si j'avais eu le temps, j'aurais fini par acheter un bateau. *Celui ou celle dont la voix était chanstiquée.* J'ai répondu à Mauser :
— Je n'ai jamais rien affirmé que je ne sois en mesure de prouver.
— Bien sûr. Mais dans les marges... Vous avez une idée.
— Une idée.
— Est-ce qu'elle vous réjouit ?
— Non.
— Vous viendrez, lundi ?
— Peut-être.

— Si vous ne venez pas, on ira vous chercher.
— Ça ne sera pas utile.
Mauser a fini sa bière. Il m'a regardé en face.
— Que voulez-vous au juste ?
— Seulement la nuit.
— Ils ne vous la laisseront pas. En rentrant chez vous, vous trouverez une convocation pour dix heures trente demain au siège de votre division. Ils ne vous laisseront même pas votre trou à la nuit, même pas votre carte de pêche et votre pistolet. Calhoune a obtenu du parquet général qu'on vous retire votre habilitation d'officier de police judiciaire. Elle ne l'a pas obtenu facilement à cause de votre dossier. En revanche, il lui a été facile de décrocher votre suspension du directeur PJ. Voilà : demain matin, vous allez être suspendu. Proxénétisme aggravé et corruption passive pour commencer. La procédure de révocation est entamée. Elle trouvera le moyen de vous faire inculper...

J'ai regardé mes doigts à plat sur le formica marron qui se donnait bien inutilement des airs de faux bois. La gauche et la droite formaient comme deux donnes, aussi pourries l'une que l'autre, aussi peu propices à la moindre relance. Mauser a poursuivi sur un ton de persiflage :
— Il vous faudra un ténor du barreau. Tixier est mort...
— Pas de bavard, Mauser.

Il a compris. Un jour ou l'autre, on paye, pas toujours pour ce qu'on vous reproche, et même parfois pour des faits que tout le monde ignore. Certains crimes sont imprescriptibles, du seul fait que ceux qui les ont commis ne les ont pas oubliés. J'avais encore besoin d'un peu de chaleur. Je n'ai pas détesté ma voix. C'était celle d'un bluesman qui avait eu du talent.

Je me suis rappelé :
— Pas de bavard, Mauser. (J'ai allumé une cigarette.) C'était en 1961. Fin 1961. Nous savions que cette saleté de guerre allait finir. C'était un soir dans le sud des Aurès. Le temps était froid et très clair. Les ombres s'allongeaient.

Nous avions été engagés contre une des dernières bandes de l'ALN. C'était le soir. De l'autre côté du talweg, il y avait un piton rocheux et au sommet du piton, un chouff. Un veilleur assis en tailleur, appuyé à son fusil tout droit, avec un chèche blanc. Il devait garder le passage. Il y avait des bruits parfois dans les lentisques et les buissons de lauriers-roses, comme une petite troupe qui ne se méfie pas. L'homme gardait le passage. C'était un tir difficile, à plus de six cents mètres.

Je me suis tu un peu. Le ciel en fer-blanc où la nuit montait, le blanc cru du chèche. Pas de vent comme souvent au crépuscule, donc pas de dérive du projectile, pas de dérive due à une cause extérieure. J'avais fait déployer mes hommes. C'était un problème de pure balistique. La nuit ne tombe pas, elle monte. Les grandes ombres mauves s'étendaient à des kilomètres et celle du veilleur était plus longue que les autres. Nous pouvions encore engager la bande de fells, puisqu'elle ne semblait pas se méfier. Lentisques, asphodèles odorants, lauriers-roses. Le fond du talweg était comme un ramassis d'ossements, déjà laiteux.

— Un de mes hommes était doté d'un 49-56 de snipper. Une belle arme, à l'ajustage parfait, avec un affût tripode. A Blida, j'avais fait fabriquer et monter dessus un modérateur de son comme on n'en trouvait guère en dotation. C'était un tir très difficile, dont je n'étais pas capable. J'ai donné l'ordre d'ouvrir le feu. Presque pas de bruit, pas de fumée. Il ne s'est rien passé. Le chouff est resté là où il était et nous aussi. Le soleil s'était éteint complètement. Toute la nuit, nous avons entendu les fells remuer et puis vers l'aube ils ont décroché. Au matin, le chouff était toujours là-haut, immobile en haut de son piton, à croire qu'il y avait passé toute la nuit. Une immobilité de pierre. Personne n'en est capable. Il nous a fallu une heure pour arriver à lui.

Mauser regardait ailleurs. C'était pour lui une histoire sans portée, très loin de ce qui nous occupait à présent.

— L'homme était mort. La balle l'avait touché et lui avait

crevé l'œil gauche. Il y avait un peu de sang sec sur sa joue de parchemin, comme une sorte de grosse larme brune. C'était un homme sans âge, très décharné. Il s'appuyait toujours à son vieux fusil à silex. La balle avait eu juste assez de force pour le toucher et le tuer net, mais pas celle de lui traverser la tête et de le coucher. Une seule balle, à plus de six cents mètres. Un tir impossible. Inutile. On a rejoint la bande de fells. Un troupeau de chèvres que le vieux gardait. Ceux qu'on poursuivait réellement, on a su plus tard qu'ils avaient décroché bien avant notre arrivée et nul ne les a jamais retrouvés avant l'indépendance. Un pur problème de balistique. J'étais jeune sous-lieutenant et j'avais donné l'ordre de tirer. Celui qui a pressé sur la détente s'appelait François Novac.

J'ai regardé partout autour, comme si un grand vent chargé des odeurs pourrissantes des asphodèles écrasés s'était levé soudain, avec les grandes ombres mauves. Il régnait surtout des odeurs de pizza, comme partout où on ne mange pas très bien pour pas très cher. En déposant ma cendre dans la soucoupe, j'ai ajouté :

— Nous avons laissé le *chibani* où il était. Peut-être s'y trouve-t-il encore à veiller sur rien. Ou ses restes appuyés à un fusil sans âge — ou rien.

Mauser m'a touché le revers du blouson.

— Vous ne portez pas vos décorations.

— Jamais.

Je me suis levé. Il ne m'a pas accompagné, mais ses yeux ont suivi les miens. Au dernier moment, il a déclaré :

— Je ne crois pas que vous soyez coupable de quoi que ce soit. Vous allez raquer, mais je ne vous crois pas coupable.

— Pourquoi ?

— Parce que si je croyais en votre culpabilité, je serais forcé aussi de croire en la mienne. Essayez de manger un peu et de dormir. Vous allez en avoir le temps, maintenant. Je n'aimerais pas me croire coupable.

— Tout se paie, Mauser.
— Vous ressemblez à l'homme que j'ai connu. A cet instant, vous lui ressemblez.
Je suis sorti. J'ai remonté sans but le boulevard Saint-Michel. Il y avait du monde, des passants, de la lumière et de la vie. J'ai traîné un grand moment dans des rues qui nous avaient été familières, à Franck et à moi, et à quelques autres. Le vent était sec et froid, taillé en biseau au coin de la rue des Saints-Pères, comme un ciseau à bois, plus large et ample sur les quais, mais dépourvu partout d'animosité et de mémoire. Il me restait à rentrer. On avait fixé la convocation me concernant sur la petite ardoise en plastique où Franck avait marqué ses numéros de téléphone avant de partir. Elle tenait par un petit aimant carré. Je l'ai prise et retournée en tous sens avant de l'ouvrir. Dessus, on avait marqué au feutre rouge en grosses lettres soulignées : « URGENT ET IMPORTANT. » J'en avais remis des dizaines de semblables. Elle disait : « A la demande du commissaire principal VAUTHIER, l'inspecteur divisionnaire UNTEL est invité à se présenter le TANT à dix heures trente à l'adresse indiquée, *pour motif le concernant.* » C'était aussi la raison que j'inscrivais pour réserver la surprise au client, lorsque je n'étais pas sûr qu'il déférerait, s'il savait au juste pourquoi je me proposais de l'interviewer. C'était signé illisible.
L'adresse était celle de la Division.
Je connaissais le vrai motif.
J'ai regardé mes doigts trembler.
On ne paie pas toujours pour les faits qu'on vous reproche et qu'on n'a pas commis. On paie toujours pour quelque chose, parfois pour des actes qu'on est seul à connaître, si graves et si lourds qu'ils vous pourrissent même la mort. A dix heures trente le lendemain matin, le peu que j'avais encore on me l'enlèverait. Calhoune serait là. Calhoune et ses crimes à elle. Moi et les miens. On n'en finit jamais de finir. J'ai bu deux verres d'eau au robinet. Je ne ressentais ni révolte ni amertume. Ni Calhoune, ni Moll, ni

Mauser ne pouvaient me juger et me condamner. Personne ne pouvait le faire à ma place. Je me suis assis à l'endroit où Franck s'était mis, à peu près dans la même posture que lui, j'ai regardé ma place vide de l'autre côté de la table, là où je me tenais toujours d'habitude et où j'avais cessé d'être. Suspendu. Révoqué. Inculpé. A mi-voix, sur un ton de blues, j'ai dit à Franck, ou à moi — à personne peut-être :
— C'est fini, *pays*. C'est fini...
Fini.

Vingt et un

C'était un matin de décembre, un de ces beaux matins froids et venteux qui semblent promettre monts et merveilles et ne tiennent rien du tout. Je suis rentré et je me suis mis un moment sur le balcon. Au-dessus de ma tête, le ciel clair était d'un bleu si profond qu'on pouvait avoir l'idée de s'y noyer. Le vent n'a pas traversé mon blouson, mais il m'a mordu les jambes en rageant comme un chien jaune. Je suis resté tout un grand moment accoudé à la rambarde en fer à fumer en écoutant la lumière de la ville, tous ces bruits que j'avais tant aimés et qui ourdissent la trame des blues et de certaines petites tragédies, j'ai fumé et écouté, l'esprit vide et les mains désœuvrées, et encore fumé. Toute cette petite musique fraîche et pimpante qui montait de partout m'a fait du bien, de même que la lumière calme et saine, le miroitement des toits, l'enchevêtrement des cheminées hérissées d'antennes de télévision et ici ou là les branches nues et grises des arbres, de même que les passants et les pavillons des voitures que je voyais de haut, de même que la Seine qui coulait pont de Bercy, non loin de ces murs qui sentent la mort et où on avait vidé Franck comme un poisson destiné à l'étal. Sur tout cela, j'avais veillé nuit après nuit.

Vers midi, je suis rentré et je me suis fait du vrai café. Sur ma chaîne sans âge, j'ai mis un de ces enregistrements historiques que je ne sors qu'une ou deux fois par an et qu'il n'est pas utile de passer à tout bout de champ. Sur la vieille pochette grise, quelqu'un a écrit non sans justesse que le *Southern Sunset* est un air d'une folle nostalgie qui ne peut laisser les yeux secs qu'à ceux qui sont taillés dans le marbre. Personne ne l'est vraiment. L'enregistrement date de 1938 et Sidney « Pops » Bechet reprend deux fois son thème fétiche, la première au bâton noir (clarinette), la seconde au saxophone soprano, et les deux fois c'est un ravissement de justesse, de lyrisme discret et d'émotion, de douceur réfléchie empreinte d'une très rare qualité mélancolique. Je l'ai remis plusieurs fois en sirotant mon café, je me suis imprégné de chaque note, de la moindre inflexion, de la plus infime part de silence et d'amertume sagace et distante qui transparaissait çà et là, sans laquelle le blues n'est rien et une vie pas grand-chose. Tout en écoutant, j'ai bien sûr revu les yeux de Franck — de Franck vivant. Eux aussi étaient vigilants et doux amers. Eux aussi savaient. Naturellement, ils ne pouvaient pas tout prévoir. Personne ne peut tout prévoir, autrement nous serions des espèces de dieux et même la plus tendre mélodie ne pourrait nous être d'aucun secours.

J'ai revu Franck avant sa maladie, comme il était dans son ample manteau sombre avec sa face obstinée et rieuse de faune guilleret, ses chemises de lin et ses complets coûteux. Je l'ai revu avec sa grosse chevalière très comparable à la mienne, avec ce sourire rentré qui lui était propre, ses yeux prestes et vifs de voleur à la tire encagnardés dans tout un lacis de rides précoces comme en ont les loups de mer et ceux qu'on habitue dès leur plus jeune âge à scruter l'horizon et le ciel. J'ai revu Franck au volant de son Alfa. Je l'ai revu défaisant le brêlage de son parachute, lorsque nous venions de sauter. Tout le temps que durait la chute, nous volions de conserve à des deux cents à l'heure et c'est tout juste si nous nous rendions compte que nous tombions. Franck avait chuté rien qu'un tout petit peu de temps avant moi. Il ne me restait qu'à le suivre. Je l'ai revu attisant les braises dans le soir, avec près de lui le visage rude, soucieux, de Léon — il y a longtemps que j'aurais dû comprendre, et à présent ça ne servait plus à rien. Franck avait été un homme dur et vulnérable, assez dur pour survivre, assez vulnérable pour le mériter. Il avait marché sans cesse à la rencontre de quelque chose qui sans cesse reculait et s'effaçait devant ses pas, sans cesse déçu mais non pas découragé. Face à la mort, il n'avait pas trahi. Ma peine était aussi infinie que la sienne.

J'ai éteint l'ampli et enlevé le disque. Il ne pouvait plus faire de bien à personne. J'ai avalé le reste du café et je me suis attaqué au ménage. J'ai ouvert toutes les fenêtres au large et briqué partout, même les trois pièces vides, surtout celle où il y avait la grande verrière carrée dans le plafond, mon Salon de musique, où j'avais décidé d'attendre dans ma tête. J'ai passé un coup de serpillière sur le parquet qui s'est mis à sentir le chien mouillé.

Tout cela m'a pris du temps et à plusieurs reprises je me suis retourné comme s'il venait quelqu'un, mais c'était encore trop tôt, trop tôt pour tout le monde. Il fallait laisser à Mauser le temps de bouger, d'aller aux ordres, laisser le temps aussi aux nouvelles de fuir. Je voyais, sans rancune, sans joie, le barouf, les mines s'allonger... Des téléphones devaient fumer en de nombreux endroits. A quinze heures, je me suis préparé deux œufs sur le plat et j'ai mangé debout en sauçant la poêle. Je me suis refait du café et je suis allé ranger les disques et les livres dans la pièce où je dormais. Il y manquait le coffre de la guitare, soit près des deux tiers de ma vie. Franck Junior n'aurait aucun mal à l'apprivoiser tout seul. Dans certaines familles, le malheur et la *môsique* font partie des maux héréditaires.

Plus tard, j'ai dévissé à la pointe de mon Buck la petite trappe dans le mur après avoir découpé le journal qui tapisse le mur. On a chacun son petit jardin secret. Le mien contenait un automatique .45 Governement Model en acier gris, le nécessaire d'entretien et une boîte de cartouches en calibre 11,43, ainsi qu'un petit magnétophone de précision qui se déclenche au son et s'alimente à l'aide de piles au cadmium-nickel. Du shit et des papiers sans valeur — sans valeur maintenant. Un coffret avec une décoration à laquelle je n'avais jamais touché. Un jour, un original a ajouté une branche à la croix pattée de gueules du Temple et en a fait la Légion d'honneur. L'original s'était couronné empereur et s'appelait Napoléon. La mienne, je suis allé l'épingler à la porte des chiottes. Il y avait aussi la photo de Calhoune, dans une pose qui n'était ni obscène ni vulgaire, bien qu'elle fût très révélatrice de ses intentions du moment et de ses capacités. Calhoune avait beaucoup d'ingéniosité et une impudeur de gymnaste.

J'avais aussi aimé cette Calhoune, comme on peut aimer un miroir brisé. J'ai remis la trappe en place, pas la photo. Je me suis occupé à démonter et à nettoyer le mécanisme du colt. Les plaques de couche étaient usées et sombres, mais l'arme intacte. Je l'ai remontée comme à l'exercice, j'ai rempli le chargeur à sept cartouches dum-dum et je l'ai enfoncé dans la crosse d'un coup de paume. Pas plus que le reste, ce genre de geste ne s'oublie.

Yellow Dog est rentré en retard. Il a à peine touché à son assiette et il est allé tout de suite s'installer en rond sous la couette. Deux minutes après, il dormait comme un corps mort. J'étais plein de tristesse, d'amertume et d'appréhension. J'aurais voulu en finir vite, maintenant. J'ai contrôlé l'état de marche du magnétophone en comptant lentement de un à dix et en repassant la bande, je n'ai pas aimé ma voix. Elle était trop lente, trop pleine de regrets, trop lasse. Elle ne pouvait plus tromper personne. Même à mon propre égard, elle manquait de cette courtoisie qui rend toute chose possible ou seulement tolérable, même des aveux.

J'ai placé le magnétophone dans la verrière en m'aidant d'un des deux fauteuils dont même les huissiers de justice n'avaient pas voulu. J'ai fait des essais qui m'ont permis d'acquérir la certitude que d'où qu'on parlerait dans la pièce, rien ne manquerait. Peut-être ceux qui écouteraient la bande plus tard n'entendraient-ils que des bruits de pas sur le parquet et deux détonations énormes presque confondues qui empâteraient tout — rien d'autre.

Est-ce qu'on sait jamais ?

Lorsque tout a été bien calé, jusqu'à l'emplacement précis des fauteuils, le mien le dos tourné à la fenêtre du fond, l'autre en face près de la porte, le magnétophone en place dans le plafond sur la position veille, je suis allé me laver et me changer et j'ai remis un peu de quoi manger à Yellow Dog.

On ne sait jamais

Après, j'ai enfilé mes vieilles bottes comme si j'allais sortir, j'ai pris mes deux derniers paquets de cigarettes et un cendrier en terre, une bouteille d'eau minérale et le bourbon, la bouteille de la grande occasion, et ce recueil de Rilke qui ne m'a jamais quitté. J'avais le colt dans la ceinture au milieu du dos. Je me suis installé dans le fauteuil le dos à la lumière vitreuse, j'ai croisé les chevilles, les jambes étendues devant moi, et j'ai commencé à attendre.

J'avais fini de descendre.

La nuit et le froid m'ont pris. J'ai dû m'assoupir, car c'est le grondement de la rampe qui m'a réveillé. La porte palière n'était jamais verrouillée. Il suffisait de tourner la poignée et de pousser pour entrer. Celui qui montait avait pensé à étouffer ses pas, ne serait-ce que par habitude, mais il ne s'était pas méfié de la rampe. Celui ou celle. Je me suis massé les poignets, puis j'ai saisi le .45 et d'un geste j'ai monté une cartouche dans la chambre. Je l'ai gardé contre la cuisse. Le geste n'avait rien d'hostile.

La devanture au néon du chinois faisait rougeoyer la fenêtre ainsi qu'un vaste morceau de plafond, mais pas jusqu'à la verrière ni au magnétophone. Les pas ont sonné clair sur le palier et on a tapé à la porte, franchement, sans se cacher. Des tas de gens ne se cachent pas, qui n'ont pourtant pas tous de très bonnes intentions. J'avais froid et je me sentais migraineux. Je n'ai pas bougé. J'ai crié d'entrer depuis là où j'étais. Sans bruit, la bande a commencé à tourner.

On est entré. J'ai encore appelé.

Dans la pénombre, une grande silhouette mince et sévère en tailleur sombre est apparue. Elle avait une main devant elle et cette main pouvait tenir une arme dont elle aurait cherché à explorer l'obscurité, mais ce n'était ni une arme, ni celle que j'attendais. C'était un maglite et c'était Léon qui la tenait devant elle.

Quand elle a donné de la lumière, le dur faisceau a rencontré le canon du pistolet braqué sur elle et Léon a dit :

— Holà ! Ho...

Aussitôt, elle a éteint. J'ai posé le .45 en travers des cuisses et allumé une cigarette. Léon s'est déplacée au hasard. Si elle a remarqué le fauteuil, elle n'en a rien laissé paraître. Elle est restée debout à tripoter les lanières de son sac qu'elle avait à l'épaule. Je n'avais jamais vu Léon en tailleur. J'ignorais qu'elle en possédât un. J'avais ignoré tant de choses d'elle qu'un petit peu plus ou un petit peu moins... Elle aussi a allumé une cigarette. Dans la flamme du briquet, son visage avait un modelé doux et pensif, le visage qu'elle devait avoir pour se pencher sur celui de Franck, un visage capable d'une peine bien démesurée puisque lui ne l'avait jamais vraiment aimée. Jamais en tout cas comme elle l'avait aimé. Pour se pencher sur Franck en lui tendant sa bouche. Elle a refermé son briquet — plus de flamme ni de douceur teintée de regret. Elle s'est enlevée du cadre lumineux de la porte et je suppose qu'elle s'est adossée au mur. Elle m'a dit d'une voix qui se voulait amère mais ne parvenait pas à l'être tout à fait :

— Tu veilles les morts ?
— Pas les morts. Un mort.

J'ai vu remuer l'extrémité incandescente de sa cigarette.

Ça pouvait vouloir dire n'importe quoi. Dans son sac, elle avait son .357 de service, puisque la veste de tailleur était trop ajustée pour qu'elle le portât sous le bras ou à la ceinture, et Léon ne sortait jamais à poil — à poil, pour les flics, signifie désarmé. Dans la pénombre, j'ai fini par distinguer un peu de son visage, mais rien de ce que contenaient les trous sombres des orbites, gros comme le poing, et qui semblaient manger tout. Elle a dit :

— Tu attends quelqu'un ?
— J'attends quelqu'un.
— Celui qui a séché Franck ?
— Séché, oui. Celui ou celle.
— Tu risques d'attendre longtemps.
— Non.

Non, je ne risquais pas d'attendre longtemps. Je comptais sur la peur, l'impatience et la cupidité, et sur le fait aussi que certaines choses sont bien lourdes à garder pour soi, surtout lorsqu'on n'y est pas habitué. Tuer n'est pas si facile qu'on le croit d'ordinaire et personne n'en sort jamais tout à fait indemne d'un côté comme de l'autre. J'aurais aimé que Léon s'en aille tout de suite et me laisse seul avec mes fantômes. Elle a déclaré sans raison :

— Tu as foutu un beau bordel. L'Usine est à feu et à sang depuis le milieu de l'après-midi. Moll a été appelé chez le directeur. On parle de papiers bien emmerdants pour pas mal de gens. On parle de toi et d'une entente possible, si tu y mets du tien.

— Pas de lézard, Léon. Et pas d'entente.
— Le cabinet du directeur n'est plus très sûr de l'opportunité des sanctions qui te frappent, ni de leur fondement réel.

— Bien sûr, Léon.
— Fumier.
— Oui, Léon.

Elle a eu un rire glacial.

— Franck est venu te voir. Il avait besoin d'un *deuxième*.

Moi, je serais montée derrière lui. Pourquoi il n'est pas venu me voir, moi ?

— Parce qu'il ne t'aimait pas, Léon. Pas à ce point.

J'ai senti le coup au moment où elle le recevait. Je ne lui apprenais rien, en somme, mais c'était dur quand même, pour elle comme pour moi. J'aurais préféré qu'elle m'insulte, comme d'habitude, plutôt que de l'entendre gémir. Je n'avais jamais entendu Léon gémir ni se plaindre. Bien sûr, qu'elle était dure, Léon, mais moins que je le croyais. D'une voix que je ne lui connaissais pas (qu'elle ne devait pas se connaître non plus), elle a murmuré :

— Je sais pas combien il me reste à tirer, mais c'est fini. Je sais pas ce que j'aurais pas fait pour lui. On se voyait tous les tremblements de terre, quand il avait le blues ou envie de tirer un coup...

— Ou besoin d'un rencard.

— Ou besoin d'un rencard. A chaque fois, je me disais que c'était la dernière et à chaque fois j'oubliais de lui redemander sa clé.

Elle s'est rappelé avec douceur :

— Je lui avais donné la clé de mon appartement, celle de la voiture et du box. Je m'étais dit...

— Laisse tomber, Léon. Ça ne sert plus à rien.

— ... Un jour je rentrerai et il sera là. On fera des courses chez Ed ensemble, on dînera...

— Laisse tomber, Léon.

Elle avait besoin de parler, mais moi je n'avais pas besoin de l'entendre. Je n'aimais pas cette voix blanche qu'elle avait à se lécher ses blessures au sang. Franck n'était jamais rentré, nulle part. Un autre homme seul dans une autre histoire sans relief. La vie est faite de petites méprises qui prennent parfois le tour de tragédies, et je n'étais pas équipé pour le tragique. Je n'étais équipé pour rien. Je l'ai écouté gémir et il m'a même semblé à un moment qu'elle pleurait, ce qui était plutôt bon signe. A présent, je pense qu'elle ne pleurait pas. Elle respirait fort, comme une bête blessée, mais tout en comprenant ce qui lui restait à faire et comment il lui fallait organiser la fin, à sa manière à elle.

On ne se méfie jamais assez de soi, des autres. Je ne me suis pas méfié. Pendant longtemps encore, par à-coups, elle m'a parlé de lui sans plus jamais prononcer son prénom, seulement en disant il ou nous. J'aurais dû comprendre qu'elle remontait toute sa vie pas à pas, qu'elle déroulait tout à plat, qu'elle s'affermissait dans sa détermination. La souffrance fait dire et faire de bien étranges choses. Sa souffrance, je la sentais dans toute la pièce comme de grandes bouffées d'ondes sombres et maléfiques, des orbes plus sombres et plus vastes que la nuit. Sa douleur était trop grande pour elle. Elle aurait été trop grande pour tout le monde. Ses courtes phrases me faisaient l'effet de brèves rafales de balles tirées à la hanche. Plus d'une finit par me toucher au passage. Certains mots sont comme des balles perdues qui n'en finissent pas de ricocher avec leur terrible charge de mort.

Pas moyen de les éviter.

Elle a fini par se taire. Elle avait glissé le long du mur et elle était assise sur les talons, les genoux entre les avant-bras. En cognant le parquet, son sac avait rendu un son métallique et sourd. Le genre de bruit que fait une masse métallique en général, un calibre en particulier. J'aurais dû le prendre, mais de quel droit ? Le prendre et aller le déposer au coffre, à la Division, mais ça aurait provoqué une salade. Une salade de plus.

Et puis elle a fini aussi par se redresser. Elle a cherché ses cigarettes et son briquet et tout en allumant une Gitane, elle s'est adressée à moi de sa voix dure et neutre, celle que je préférais, à tout prendre. Elle m'a dit :

— J'ai craqué. Excuse-moi...

— Je te prie de m'excuser...

— Oui. J' vais te dire...

Elle ne m'a rien dit. Elle était redevenue Léon. Une dure. J'ai pensé à tort que le gros de l'orage était passé et qu'en somme il valait mieux que ça me soit tombé dessus puisque Léon savait que je ne parlerais pas. Je lui ai demandé :

— Qu'est-ce que tu vas faire, Léon ?

Elle m'a répondu d'un ton rogue et persifleur :

— Rien... Comme tous les mecs. Me bourrer la gueule. Aller au cul. Rien. Tu es sûr qu'il va venir ?

— Il ou elle. Oui.

Elle a tiré deux grandes bouffées de sa Gitane. Je ne voyais ni ses yeux ni sa bouche qu'elle cachait de la main. Elle non plus, je ne la voyais pas en criminelle. Tant qu'à faire d'aller au cul par ces temps de Sida, je lui ai donné l'adresse d'une ou deux boîtes à partouzes connues de tous et même des flics où au moins elle ne risquait rien. En guise de viatique, c'est la dernière chose que je lui ai dite. Elle a ricané :

— Tu es un vrai frère pour moi.

— Pas un frère, Léon, un copain de régiment.

— Adieu, mon pote.

Elle est partie. Pas très loin, mais elle est partie. Le cadran lumineux de mon Oméga marquait trois heures vingt. Je me suis levé pour pisser et je suis allé prendre ma maglite. Si Léon n'était pas venue, je n'y aurais pas pensé. J'ai vérifié que Yellow Dog dormait toujours sur la couette. Il se trouvait en plongée profonde, bien au-delà de l'immersion périscopique qu'est mon sommeil ou celui des êtres apeurés. Yellow Dog n'était pas apeuré. Je suis retourné dans mon fauteuil. J'ai pensé à rembobiner la bande car ce que m'avait confié Léon n'intéressait pas la justice. J'ai pensé vaguement à ce que je ferais le jour même, le lendemain et les jours suivants, maintenant que je n'avais plus de boulot et bientôt plus personne alentour. J'ai pensé aux liasses contenues dans la valise, si nombreuses, si serrées, si bien rangées qu'il eût été dommage de les défaire pour compter. L'étoffe de nos rêves est en chiffon de papier. Avec un peu de temps et de courage... Je me suis essuyé la figure dans le noir.

J'ai pensé à Franck avec ses deux saletés de petites balles

dans le ventre. Il savait qu'il était en train de se vider en dedans. En bougeant, il sentait les deux petits noyaux brûlants, peut-être même sans bouger, il sentait aussi le froid venir dans les pieds et les doigts. Il était revenu me voir, me rendre compte peut-être comme à un retour de mission, ou encore m'expliquer...

Seulement, je n'étais pas là et quelqu'un d'autre l'attendait.

Quelqu'un dont il n'avait pas de vraies raisons de se méfier.

Et moi à présent j'attendais ce quelqu'un d'autre.

Il ne me restait plus très longtemps à attendre.

A Léon non plus.

Calhoune portait ses bottes texanes, le vieux blouson flight qu'elle mettait à l'époque où elle grattait au Groupe sous mes ordres, un blouson constellé d'écussons comme en avaient les pilotes de B-17, une chemise kaki et son chèche autour du cou. Elle avait aussi son gros ceinturon avec la boucle d'argent — de vrai argent — bien au milieu, et dans le poing gauche son Smith & Wesson en inox quinze coups. Aux Bœufs, elle n'avait pas dû en avoir besoin souvent. Elle le tenait braqué à mi-distance, comme il se doit lorsqu'on pénètre dans un local inconnu et peu sûr. Si elle avait voulu me faire la surprise, c'était manqué.

Calhoune se trouvait épinglée sur le pas de la porte dans le faisceau de ma torche, la figure de travers. Elle s'était rhabillée en voyou, le voyou qu'elle n'avait jamais cessé d'être. Un beau voyou. Je lui ai dit :

— Je vais éteindre, Calhoune. Si tu veux tirer, fais-le tout de suite.

Je l'ai encore regardée un grand coup. Il fallait être fou pour abîmer un morceau pareil, mais fou aussi pour la laisser continuer. Trop de seins et de hanches, trop de tout finalement, trop de choses entre nous. Calhoune était bien trop vivante pour un homme comme moi.

Ou bien j'étais trop mort pour elle.
Calhoune ne bougeait pas, mais le canon de son Smith, si. Je ne pouvais pas m'empêcher de lui trouver beaucoup de cran. Comme elle me connaissait, elle devait bien savoir qu'elle aussi était braquée, ça ne l'empêchait pas d'aligner sa cible, les paupières serrées, la figure de côté. Elle avait une épaule un peu plus haute que l'autre, les genoux à peine fléchis. Elle a remué sa crinière. Elle a remarqué d'une voix rauque et plaisante :
— A quoi ça sert d'aller au tas tous les deux ?
Ça ne servait à rien.
Comme je n'avais pas éteint, elle a défait la fermeture du blouson et s'est éventé la poitrine, en desserrant le chèche. Le canon du Smith m'avait trouvé et quant à moi, je n'avais qu'à presser sur la queue de détente et la grosse balle lourde et matelassée la frapperait juste au sternum. Ce genre de projectile fait en rentrant un trou à l'emporte-pièce par où passerait à peine un souriceau et laisse en sortant un orifice qui pourrait servir de nid à un rat adulte. Elle ne pouvait pas l'ignorer.
J'aurais dû éteindre.
On en aurait fini plus vite et mieux.
Moins mal.
De toute ma saloperie de vie, je n'ai aimé qu'une femme. Peut-être qu'elle aussi m'a aimé, après tout, à sa manière. Drôle de gâchis, *mon pote*. Du bout des doigts, Calhoune s'est mise à défaire ses boutons de chemise. Dessous, elle ne portait rien. Dessous, elle n'avait pas changé. Elle était seulement un peu plus bronzée que dans le temps. Pas moins tentante. Elle m'a demandé :
— Qu'est-ce que tu attends pour éteindre ?
Je ne le savais pas. Je savais seulement que ma main droite tremblait à tel point que je n'étais plus tout à fait sûr d'atteindre ma cible, même à si peu de distance. Je tenais la lampe écartée au bout du bras gauche, perpendiculaire au corps de manière à dérouter son tir. Notions théoriques. Le

faisceau cru et dur faisait comme le projecteur d'une boîte de strip-tease minable. Jamais Calhoune ne se serait produite dans ce genre de bastringue. J'attendais pour éteindre de voir la suite, jusqu'où elle pourrait aller. Il manquait juste la musique, mais Calhoune l'avait dans sa tête. Peu à peu, je l'ai vue se mettre à remuer doucement, les pieds puis le bassin et les épaules — mais pas le poing qui tenait l'automatique. Elle a déroulé le chèche qui est tombé à ses côtés avec des gestes lents et un peu rêveurs qui paraissaient détachés, pensifs. Elle s'y est prise de manière adroite pour tomber le blouson. Le pistolet est passé sans effort d'une main à l'autre, sans effort il est revenu dans la gauche. Sans effort, il a retrouvé la direction de ma tête.

Elle a encore répété, mais d'une voix moins plaisante :
— Qu'est-ce que tu attends pour éteindre ?

J'ai éteint. Elle était en train d'arracher les pans de chemise de son ceinturon et j'ai éteint. Autant en finir tout de suite. J'ai attendu l'explosion finale, le grand éblouissement qui servirait de conclusion, la balle qui ne pourrait pas me manquer, et j'ai seulement souhaité que Calhoune tire vite et juste, parce que moi je ne la manquerais pas. Il y avait encore dans mes yeux son image et l'expression douloureuse de son visage, c'était la dernière image que je voulais emporter, celle de ses grands cheveux acajou, de sa mâchoire dure, de ses épaules et de sa gorge nue. Calhoune.

Elle n'a pas tiré. Elle m'a dit :
— Je ne peux pas. Bordel de merde. Je ne peux pas.
— Tu as pu, avec Franck. Tu as pu lui cogner dessus à coups de matraque. La main gauche... Tous les doigts de la main gauche. L'un après l'autre. Ça a duré longtemps ?
— Longtemps, a reconnu Calhoune.

Sa voix était comme un écho, pénible et dépourvu de relief.
— La main gauche, parce que tu es gauchère.
— Non, a-t-elle dit d'un ton très doux. Non, à cause de

cette saleté de chevalière. Longtemps. Au bout d'un moment, il est parti dans les vapes.

— Tu l'as fait revenir.

— Il n'est pas revenu.

— Tu lui as déchiré la chemise et tu as fourré le canon de ton calibre dans ses blessures. Tu t'imaginais que ça le ferait revenir.

— Il n'est pas revenu.

— Pourquoi, Calhoune ?

Elle a bougé un peu. Je savais ce qu'elle voyait et ce qu'elle entendait. Franck. Longtemps. On tue pour tout un tas de raisons, presque jamais les bonnes. Tu n'étais pas très forte, Calhoune, pas si forte et sauvage que tu le croyais, ni aussi libre, pas assez revenue de tout. J'ai entendu son pas hésiter, comme il y avait très longtemps, sur l'appontement. Je me suis levé. Dans un sursaut, elle a relevé son pistolet. J'aurais pu le prendre. Il ne pouvait plus lui servir. Je l'ai poussée dans le fauteuil, j'ai ramassé son blouson et je lui ai lancé le flight, d'un geste peut-être un peu trop sec, au jugé, parce que j'y voyais mal. La migraine était revenue, fidèle compagne de mes jours et de mes nuits. Calhoune aussi était revenue.

Sa peau était brûlante, mais pas sèche. Pas douce non plus. Elle avait une odeur poivrée que j'aurais pu reconnaître entre mille. Je suis allé jusqu'à la fenêtre du fond, conscient qu'à la clarté de la rue j'offrais une cible parfaite.

Pourquoi, Calhoune ?

Elle était revenue.

Je savais bien pourquoi.

L'argent avait la couleur de nos rêves. Je suis resté un bon moment à regarder les façades et les toits et le ciel laiteux qui n'avait rien à m'apprendre. J'avais glissé mon colt dans la ceinture, dans le dos. Moi non plus, je n'étais pas innocent — personne n'est innocent. Seulement moi, je n'avais plus de rêves. C'est à cela qu'on reconnaît les morts. Je suis retourné m'asseoir, j'ai bu un coup de bourbon qui ne m'a pas fait de bien. J'ai allumé une Camel. La flamme du briquet a suffi pour que je voie ses yeux braqués sur moi. Ils regardaient en dedans un spectacle qu'elle était bien la seule à contempler. Le pistolet lui pendait entre les genoux. Elle n'avait pas refermé sa chemise, mais ça n'était plus un argument de vente, rien qu'un petit oubli triste et le flight était par terre à ses pieds.

Je me suis relevé, je lui ai tendu la bouteille. Elle a bu au goulot sans faire la grimace la valeur d'un bon verre. Je lui ai allumé une Camel et je suis retourné m'asseoir. J'ai rebu. Il aurait mieux valu qu'on tire tout de suite. Au bout d'un moment, Calhoune m'a dit :

— J'étais au courant de la combine de Franck. Tout le monde était au courant, et tout le monde s'est sucré. La dernière fois, j'ai compris où il voulait en venir. Je pensais que tu étais derrière. C'est pour ça que je t'ai attaqué.

— Descendu.

— Si tu veux.

— Tu aurais dû m'achever, Calhoune. Comme tu as achevé Franck.

— Oui. Je ne voulais pas le tuer.

— Tu ne voulais pas. Tu voulais le fric.

— Je ne sais pas. Le fric, oui, certainement. Peut-être pas. Il était couvert de sang. Il était en train de garer sa voiture, en bas. Je ne sais pas s'il m'a vue.

— En bas ?

— En bas de chez toi. Il y avait assez de place pour un quinze tonnes et il n'y arrivait pas. J'ai tapé à la vitre et il l'a descendue. Il m'a reconnue. A ce moment-là, il m'a reconnue et il m'a demandé si c'était toi qui m'envoyais. J'ai dit oui. Je lui ai dit : il n'est pas là, il m'a dit de vous emmener...

— Tu l'as emmené.

— Je l'ai emmené.

— Où ?

— Terrain vague.

J'ai écrasé ma cigarette à tâtons, j'ai bu du bourbon. La migraine ne me quittait pas et la culasse du colt m'entamait la peau du dos. Peu à peu, Calhoune m'a tout raconté. Je savais que la bande du magnétophone tournait sans bruit — une longue bande qui ne me servirait à rien, sinon à entendre sa voix quand elle ne serait plus là. Tout n'était pas très clair dans ce qu'elle disait. Elle se rappelait très bien certaines choses, par à-coups, et beaucoup moins bien d'autres. Elle se rappelait le sang, l'odeur du sang. A plusieurs reprises, elle m'a parlé du bruit écœurant des coups de matraque. Elle s'était servie d'une queue de castor plombée ripouillée dans une perquise quand elle faisait encore partie du groupe. Elle se rappelait que Franck n'avait presque rien dit — rien en tout cas sur l'endroit où il avait planqué le blé.

Calhoune reparlait mal. Elle reparlait comme un flic.

Comme un des mes flics.

Sur la fin, elle m'a avoué, alors que je ne lui demandais plus rien depuis un bon moment :

— J' vais te dire... Je suis mariée. Robert est un type très chouette. Un homme bien. Très bien. Chaque fois qu'il me touche, tu vois, j'ai envie de hurler. De hurler! Si je l'écoutais, il me toucherait tout le temps. Tu as déjà eu envie de hurler ?

— Souvent. Pas pour les mêmes raisons.

— Pourquoi, toi ?

Elle m'avait tout dit, ce qui fait que je n'avais plus rien à lui cacher. En outre, je n'avais pas beaucoup dormi les dernières semaines, guère mangé et trop fumé. Les nerfs en avaient pris un coup et je n'avais pas encaissé Franck en pièces détachées. Moi aussi, je m'étais cru trop fort. Un homme seul, dans une histoire sans contours. Pour un peu, si je l'avais pu, j'aurais pleuré sur tous nos petits espoirs bien vains, ces petites occasions manquées, cette triste trame usée de nos vies, sur Calhoune, sur Franck et sur Léon et nos infimes destins croisés, et peut-être bien aussi sur moi, après tout. Pourquoi pas. Je lui ai dit avec le plus de douceur possible :

— J'ai eu envie de hurler chaque fois que je me suis réveillé en sachant que je ne pourrais jamais plus te toucher. J'ai eu envie de hurler des millions de fois depuis le moment que je t'ai perdue.

— Tu ne m'avais jamais gagnée.
— Jamais, je sais.
— Tu n'as jamais voulu me gagner.
— J'aurais pu ?
— Tu aurais pu. Tu le sais.
— Je le sais.
— Tu n'as pas voulu.
— Je n'ai pas voulu.

Elle m'a demandé une cigarette et nous avons fumé en silence. Le jour n'allait plus tarder à se lever. Le vent était tombé, il ne restait plus beaucoup de bourbon dans la bouteille et nous nous le sommes partagé. Calhoune m'a demandé :

— Qu'est-ce que tu vas faire ?
— Rien.
— Même pas me toucher ?
— A quoi ça servirait ?
— A rien, mais ça serait agréable.
— Tu as entendu la conversation avec Farida. Tu es allée chez elle. Elle ne s'est pas méfiée. Elle avait confiance dans la police. Pourquoi elle ?
— Tu allais t'en aller avec.
— Non, Calhoune, je n'allais pas m'en aller. Pas avec elle.
— Tu venais de dire...
— On dit tellement de choses. Difficile, elle ?

D'une voix blanche, Calhoune a dit :

— Pas très difficile. Elle était déjà groggy. Elle allait faire du café. Je lui en avais demandé. Elle est allée dans la cuisine. Il y avait un couteau à pain sur la table près de la fenêtre, des médicaments... Je lui ai pris les cheveux. Un seul coup du côté gauche du cou. Elle est tombée à genoux.

— Jugulaire tranchée net. Elle s'est vidée en rien de temps. Drôle d'idée.

Calhoune s'est penchée. Elle aussi devait être un peu partie pour m'en dire autant avec si peu de réticence. Sans qu'on s'en aperçoive, c'était bien le jour qui était en train de se lever. Je devinais la belle grande bouche sombre de Calhoune, dont l'expression m'avait toujours troublé. De toute ma saloperie de vie, je n'avais jamais aimé qu'une seule femme, c'était elle. Dommage. Elle a soufflé un grand nuage de fumée entre nous deux. Elle a ricané :

— Crime passionnel, *hombre*.

Je l'ai crue. Tout se tenait, au fond. Rien que des choses tristes avec beaucoup de gâchis pour enjoliver. Je lui ai dit :

— Tu as donné, Calhoune. Tu as donné cher. Dans la valise, il y a six millions. Là-dessus, Hadj se contentera de la moitié pour solde de tout compte, mais tu peux aussi essayer de tenter ta chance. Lorsqu'on fuit, il faut toujours ricocher, mais on peut ricocher pas mal de temps avec autant de monnaie. Tu peux durer. Un peu.

— Comprends pas, a fait Calhoune.

— Tu t'es mouillée, chérie. Toute peine mérite salaire. Seuls les nigauds prétendent que le crime ne paie pas. C'est ce qu'on raconte aux pauvres et aux enfants des écoles, mais pas celles des quartiers chics. Six cents plaques, Calhoune. Rien que des dollars US. Pas de liasses marquées. Pas de plaintifs. Ton jules va morfler, toi aussi au passage. Il te reste une chance. Pas bien épaisse, mais elle mérite d'être tentée.

— Pourquoi tu fais ça, *hombre* ?

— Ça serait trop long, chérie. Trop dur.

J'ai enlevé ma chevalière et je la lui ai donnée.

Elle avait les doigts aussi glacés que les miens et ils m'ont pris comme des serres. Elle a eu un rire faux, las, incertain.

— Pas de piège, Calhoune. Ce qui est fait est fait.

J'ai retiré mes doigts des siens. Elle a gardé la chevalière. Je lui ai expliqué où il fallait qu'elle se rende et qui gardait la clé. Je savais que la bande tournait toujours. Je lui ai dit de montrer la bague et que l'homme l'aiderait comme il avait aidé Franck et comme il m'aurait aidé. De cette manière, elle touchait au but. Elle m'a dit :

— Viens avec moi, *hombre*.

— Non, chérie, ça n'irait pas, ensemble.

En restant, je lui gagnais du temps. Complicité par fourniture de moyens. J'aurais tout fait pour elle, mais rien avec. Elle s'est penchée. Elle était très partie.

— Touche-moi, m'a-t-elle supplié pour la dernière fois.

Je n'en ai rien fait. J'ai répondu :

— Ça ne donnerait rien de bon.

— Ni bon, ni mauvais. Agréable.

Elle n'aurait jamais dû faire ce qu'elle a fait après. Elle s'est levée et s'est campée devant moi, les chevilles écartées, tout en bougeant le bassin et en se passant la main dans les cheveux. Langage universel. J'ai retrouvé sa dure chaleur épicée. Calhoune émettait la dure chaleur qui émane des plaques de vitro-céramique qu'on laisse allumées pour rien. J'ai entendu son rire, je me suis souvenu de ce qu'elle m'avait dit sur l'appontement : « La seule idée de la pauvreté me donne envie de hurler. »

C'était avant qu'elle parte.

Juste avant.

Elle s'est mise à tripoter la boucle en argent du ceinturon que je lui avais offerte. Calhoune n'était jamais partie. Elle s'est mise aussi à fredonner entre ses dents un air que je connaissais et que je jouais tout le temps, quand je jouais. J'ai reconnu les premières mesures du *Saint Louis Blues*, ce vieux standard qui racontait les malheurs de cette femme, avec ses perles de pluie, que j'avais chanté souvent à Calhoune et qu'elle ne semblait pas avoir oublié.

Tout ce long chemin pour rien.

Si je l'avais touchée, peut-être, si je l'avais laissée continuer à se dévêtir, peut-être... Je ne sais pas. Si je ne l'avais pas virée... Quand je lui ai lancé son blouson à travers la figure au lieu de la prendre aux épaules et de la serrer contre moi, elle m'a regardé avec tant de haine que j'en ai eu froid dans le dos. Quand elle a remis son pistolet à l'étui en m'insultant comme je ne l'avais jamais été par personne auparavant et comme personne ne pourra plus le faire maintenant, j'aurais dû comprendre.

Petite sœur de misère.

Il y avait autre chose que l'argent. Bien autre chose.

Tout un tas de pauvres rêves. Calhoune avait été aussi seule que moi, pas plus innocente mais guère plus coupable. Avec ce que nous avions appris, ni elle ni moi ne croyions plus à la justice des hommes. Moi aussi, à ma manière, j'avais poussé Franck au tas. Calhoune s'était bornée à donner les derniers tours de vis au cercueil. Elle au moins, c'était pour quelque chose, un ramassis de craintes et d'espoirs, tout un tas de minuscules souffrances, de petites blessures au jour le jour — Calhoune était moins morte que les autres. Beaucoup moins morte que moi. Je voulais qu'elle tente sa chance.

Je l'ai entendue s'en aller. La bouteille était vide et il ne me restait plus la moindre cigarette. En partant, elle avait laissé son odeur derrière elle. Pas la moindre chaleur mais son odeur. C'est à cela qu'on reconnaît la vie — la vie et la femme qu'on aime. Qu'on aimait. Elle avait aussi oublié son chèche par terre. Je l'ai ramassé et pris dans mes mains. Je l'ai pétri et flairé comme j'aurais dû faire avec son corps à elle. Bien sûr, Calhoune, mon amour, que je me serais tu, que je t'aurais laissé le temps de fuir comme un lièvre dans la luzerne, loin, très loin, aussi loin que portent l'espoir et la rage de vivre. Bien sûr que tu ne pouvais pas comprendre. Je devais être sérieusement fait, parce que je lui ai encore parlé à haute voix, si j'en juge par ce qu'il y a sur la bande magnétique soixante-six secondes. Le temps qu'elle descende et sorte dans la rue

Jusqu'à ce qu'on entende, répercutées d'en bas, cinq détonations bien séparées, comme méditatives, un peu grondantes, mais suffisamment nettes et fortes pour qu'elles soient enregistrées de façon audible, juste avant le cri que j'ai poussé en me ruant à la fenêtre, le cri que Calhoune ne pouvait plus entendre, son vrai prénom que j'ai hurlé pour rien.
    Il était trop tard. Elle ne pouvait plus entendre.

    Voilà ce que l'enquête a établi et comment les choses se sont passées. Calhoune est descendue. Elle est sortie et s'est rendue à sa voiture. Elle a mis quelques secondes à trouver ses clés et encore quelques secondes à ouvrir la portière, ce qui se comprend dans son état d'imprégnation alcoolique. Elle a eu le temps de s'installer au volant et de mettre la clé de contact, mais pas celui de lancer le moteur.
    Quand elle a porté les yeux sur sa gauche, Léon se trouvait à côté, les doigts sur la poignée de portière. Elle était toujours en tailleur sombre. Elle avait planqué dans sa voiture. Elle avait vu Calhoune monter. Léon a ouvert la portière. Ce qu'elles se sont dit tenait en peu de mots. Pour la seconde fois de la nuit, Calhoune a reconnu les faits. C'est parfois comme un besoin, de parler.
    Léon a sorti son .357 administratif de son sac. Elle a tiré cinq fois coup sur coup. Elle avait rempli le barillet avec des cartouches calibre .38 à haute vitesse. L'une des balles a déchiré la trachée artère de Calhoune, une autre l'a frappée à la tempe gauche, lui a traversé le crâne et la balistique l'a retrouvée dans le mur d'en face. Toutes deux étaient mortelles. Les trois dernières n'étaient pas réellement indispensables.
    La sixième, Léon s'en est servie chez elle deux ou trois heures plus tard. Elle avait mis de l'ordre et s'était étendue, toujours en tailleur sur son lit. Quand elle a entendu la machinerie d'ascenseur se mettre en marche, puis la cabine s'arrêter à l'étage, elle a pressenti que c'était pour elle.

C'était bien pour elle. Elle a mis le canon du revolver dans sa bouche et elle a tiré. Je la vois le faire avec calme, à tête reposée.

Quand on a trouvé un serrurier pour fraquer la porte, Léon était déjà tombée dans le coma. Elle ne s'était pas manquée : elle n'en est jamais revenue. De nous quatre, il n'est resté que moi.

La mort, comme certaines femmes et quelques hommes, ne veut pas de ceux qui l'aiment trop.

« *SPÉCIAL POLICIER* »

WILLIAM BAYER
Voir Jérusalem et mourir

NINO FILASTÒ
Le Repaire de l'aubergiste

HUGUES PAGAN
Last Affair (hors série)
L'Étage des morts

PATRICK RAYNAL
Fenêtre sur femmes

LAWRENCE SANDERS
Le Privé de Wall Street
Les Jeux de Timothy

ANDREW VACHSS
La Sorcière de Brooklyn
Blue Bell

« SPÉCIAL SUSPENSE »

RICHARD BACHMAN
La Peau sur les os
Chantier

CLIVE BARKER
Le Jeu de la Damnation

GERALD A. BROWNE
19 Purchase Street
Stone 588

ROBERT BUCHARD
Parole d'homme

JEAN-FRANÇOIS COATMEUR
La Nuit rouge
Yesterday
Narcose
La Danse des masques

CAROLINE B. COONEY
Une femme traquée

PHILIPPE COUSIN
Le Pacte Prétorius

JAMES CRUMLEY
La Danse de l'ours

JACK CURTIS
Le Parlement des corbeaux

ROBERT DALEY
La nuit tombe sur Manhattan
L'Année du Dragon (hors série)

WILLIAM DICKINSON
Des diamants pour Mrs Clark
Mrs Clark et les enfants du diable
De l'autre côté de la nuit

FRÉDÉRIC H. FAJARDIE
Le Loup d'écume

CHRISTIAN GERNIGON
La Queue du Scorpion
(Grand Prix de littérature policière 1985)

JAMES W. HALL
En plein jour

JEAN-CLAUDE HÉBERLÉ
La Deuxième Vie de Ray Sullivan

JACK HIGGINS
Confessionnal
L'Irlandais (hors série)

MARY HIGGINS CLARK
La Nuit du renard
(Grand Prix de littérature policière 1980)
La Clinique du Docteur H
Un cri dans la nuit
La Maison du Guet
Le Démon du passé
Ne pleure pas, ma belle
Dors ma jolie

TOM KAKONIS
Chicane au Michigan

STEPHEN KING
Cujo
Charlie
Simetierre (hors série)
Différentes saisons (hors série)
Brume (hors série)
Running man (hors série)
Ça (hors série)
Misery (hors série)
Les Tommyknockers (hors série)

DEAN R. KOONTZ
Chasse à mort
Les Étrangers

FROMENTAL / LANDON
Le Système de l'homme-mort

PATRICIA J. MACDONALD
Un étranger dans la maison
Petite sœur
Sans retour

LAURENCE ORIOL
Le Tueur est parmi nous
Le Domaine du Prince

ALAIN PARIS
Impact
Opération Gomorrhe

RICHARD NORTH PATTERSON
Projection privée

STEPHEN PETERS
Central Park

FRANCIS RYCK
Le Nuage et la Foudre
Le Piège

BROOKS STANWOOD
Jogging

« SPÉCIAL FANTASTIQUE »

CLIVE BARKER
Livre de Sang
Une course d'enfer

JAMES HERBERT
Pierre de Lune

ANNE RICE
Lestat le Vampire

*La composition de ce livre
a été effectuée par Bussière à Saint-Amand,
l'impression et le brochage ont été effectués
sur presse CAMERON
dans les ateliers de la S.E.P.C. à Saint-Amand-Montrond (Cher)
pour les éditions Albin Michel*

AM

*Achevé d'imprimer en avril 1990.
N° d'édition 11141. N° d'impression 792-602.
Dépôt légal : avril 1990.*